ANOSH IRANI

DESTINI DI VETRO

Traduzione di
ANNA RUSCONI *e* VELIA FEBRUARI

PIEMME

Titolo originale: *Dahanu Road*

Redazione: *Edistudio, Milano*

I Edizione 2010

20145 Milano - Via Tiziano, 32
info@edizpiemme.it - www.edizpiemme.it

Stampa: Mondadori Printing S.p.A. - Stabilimento NSM - Cles (Trento)

A mio padre, Adi,
e a tutti gli irani di Dahanu Road

Prologo

Iran, 1920

La notte prima di partire per Yazd il giovane Shapur non riuscì a dormire. Pensieri di panna e burro che gli si scioglievano in bocca lo colmavano di piacere. Suo padre gli aveva promesso di portarlo dal pasticcere più rinomato di tutta la Persia, Aflatoon di Esfahan, i cui dolci erano paragonati alla poesia di Rumi e Hafez.

Sedette dunque tutto il tempo sognando, sognando di addentare e masticare e assaporare, di tenere in bocca per l'eternità pezzi di zucchero filato.

Al primo accenno di luce era già pronto.

«Sei un vero Marco Polo» gli disse Vamog, carezzandosi la lunga barba che dal mento gli penzolava in un triangolo rovesciato.

Poi offrì al figlio delle mandorle, ma Shapur non ne voleva.

«Ci aspetta un lungo viaggio» spiegò allora. «Devi mangiare.»

Shapur ingollò le mandorle, sperando che non andassero a occupargli troppo spazio nella pancia. Aveva solo dieci anni e, nonostante l'appetito da uomo, fisicamente era ancora piccolo. Voleva lasciare libero ogni centimetro del suo stomaco per le creazioni di Aflatoon.

Dopo aver arrancato per le sabbie rosse del deserto

e rimediato un passaggio da una carovana di filatori di seta, padre e figlio raggiunsero infine Yazd. Si fermarono davanti al tempio del fuoco zoroastriano. Vamog desiderava moltissimo vedere la fiamma che ardeva nella camera interna dentro a un grande vaso di rame, una fiamma tenuta viva per oltre mille anni. Amorosamente accudita da un gran sacerdote, per tutti i seguaci della fede zoroastriana era simbolo di purezza e bontà.

Un angelo barbuto con in mano un disco d'oro decorava l'ingresso giallo del tempio.

«Lo sai cos'è?» chiese Vamog al figlio

«Una *fravashi*» rispose Shapur. «Mi proteggerà ovunque andrò, giorno e notte, in questa vita e nella prossima.»

La prima volta che Shapur aveva sentito parlare delle fravashi si era immaginato un paio di robuste ali dorate che avviluppavano il tetto a volta della sua casa e così si era sentito al caldo e al sicuro, persino nelle fredde notti invernali in cui gli ululati del lupo si mescolavano ai fruscii del vento rendendo tutto lugubre e sinistro.

Anziché condurlo nel tempio, Vamog portò Shapur presso un pozzo fuori dal cancello. Salendo fra le pareti anguste, il vecchio secchio cigolante fece volare via i passeri posati sul bordo. Vamog riempì una tazza d'acqua e la accostò alle labbra del figlio ma, quando lui aprì la bocca per bere, gliela versò sulla testa.

Sorpreso, Shapur scoppiò in una risata.

«Proprio quel che volevo» disse Vamog. «Il profeta Zarathustra uscì dall'utero di sua madre ridendo. Perciò, quando ci si trova di fronte a questo luogo di preghiera, bisogna sempre essere allegri.»

Shapur non aveva mai sentito suo padre parlare in quel modo del loro amato profeta. Di solito ne pronunciava il nome con grande rispetto, ma in lui sembrava essersi insinuato ora qualcosa di malizioso. Persino i lunghi baffi disegnavano un ricciolo tanto alto da sfiorargli gli zigomi, quasi fossero opera di un minuscolo *goblin* infilatosi nottetempo in casa loro.

Ma Shapur non aveva voglia di entrare nel tempio del fuoco. Non subito, almeno. La fravashi gli stava indubbiamente molto a cuore, ma in quel momento teneva ancor più a qualcos'altro, qualcosa di più solleticante.

Vamog intuì la trepidazione nel figlio. «Andiamo» disse. «Prima che il grande Aflatoon concluda la sua giornata.»

Intinse il fazzoletto bianco nella tazza e se lo appoggiò sul collo, per lenire la pelle bruciata dal sole. Shapur si tolse una pantofola e stava già per rovesciarla.

«Non ancora» disse Vamog. «La sabbia va svuotata solo *dentro* Yazd. In questo modo aiutiamo il deserto a prendersi la città.»

Spiegò che Yazd era intrappolata fra due deserti, il Dasht-è Kavir e il Dasht-è Lut. Qualunque scegliessi di attraversare per raggiungere la città, succedeva una cosa strana, magica: nell'attimo in cui ti fermavi, la sabbia ti veniva incontro ricoprendoti i piedi e riempiendoti i sandali fino all'orlo, nella speranza che ogni granello finisse sparpagliato fra i bazar e i cortili. Era come se i due deserti si contendessero i favori della città, ma, non riuscendo a conquistarla, fossero costretti a dividersela. «Per questo,» concluse Vamog «in tutto l'Iran Yazd è conosciuta come "la sposa del deserto".»

Davanti alle mura un vecchio si sfregava le mani. Shapur pensò che reggesse una lampada e che avesse il disperato bisogno di esprimere un desiderio. Dal palmo teso all'infuori si rese però conto in fretta che quello era solo il suo modo di chiedere soldi ai pellegrini.

Intorno a loro, sui tetti a cupola, svettavano alte torri del vento con la sommità ad arco.

Tutti, a Yazd, dal sarto che depositava perfetti ricami sulla seta alla grinzosa nonnina che sciorinava proverbi alla progenie, erano grati alle torri del vento per il modo in cui inghiottivano la brezza, incanalandola nelle case per rinfrescarle.

Ma presto Shapur giunse nel luogo più dolce di tutta la Persia.

Le parole *Bottega dei dolciumi di Aflatoon* luccicavano su uno striscione verde e la fila serpeggiante davanti alla pasticceria lo lasciò a bocca aperta. La coda si attorcigliava come un bastoncino di caramella. Nell'aria aleggiava una fragranza particolare, non la semplice dolcezza delle paste, ma anche la felicità dei clienti. Il fatto che fossero lì a comprare pasticcini significava che avevano qualcosa da festeggiare. Shapur inalò quanto più poteva e, se nelle sue narici c'era un posto speciale che immagazzinava i profumi, quello l'avrebbe conservato per tutta la vita e l'avrebbe portato con sé ovunque.

Nessuno si preoccupava del caldo. Era secco e feroce, ma la gente aspettava con espressione contenta. Il sole splendeva implacabile, ma tutto ciò che poteva fare era proiettare ombre per terra, l'unica oscurità nella città intera.

«Papà, secondo te qual è la ricetta segreta di Aflatoon?» chiese Shapur.

«Nessuno lo sa. Quando il membro più anziano degli Esfahan è in punto di morte rivela il segreto al suo successore, sussurrandogli all'orecchio così piano che nemmeno il vento riesce a sentirlo.»

Shapur rimase molto colpito. Non pensava esistesse qualcosa che poteva sfuggire al vento.

Si chiese se Aflatoon avesse un figlio. Un giorno gli ingredienti magici sarebbero stati sussurrati al suo orecchio ed egli sarebbe diventato il pasticcere più ammirato di tutta la Persia.

«Se però vuoi sapere come la penso io, è solo un trucco per nascondere la verità» proseguì Vamog. «Per me il segreto è semplice: è la dolcezza che Aflatoon ha nel cuore. Penetra in tutto ciò che tocca.»

Di lì a poco sarebbe stato il loro turno di entrare e Shapur intravedeva già le prelibatezze dentro una teca di vetro e gli assaggi sul banco, con i loro gialli e rosa e verdi vivaci, in cui i clienti avevano affondato stecchini per segnalare il loro apprezzamento, in una sorta di graduatoria.

Vamog infilò una mano in tasca e ne estrasse una moneta, che rotolò per terra e lo canzonò compiendo un girotondo. Vedere quella montagna di suo padre rincorrere una monetina come un bimbo timoroso di perderla e di essere sgridato dalla mamma divertì Shapur.

Ecco, ce l'aveva quasi fatta.

Quasi.

Così piegato, il corpo di Vamog proiettava un'ombra sul terreno, e parte di quell'ombra giunse a sfiorare un reale musulmano.

Shapur vide suo padre cadere. Gli sgherri del reale musulmano, tre in tutto, lo stavano prendendo a calci. Shapur corse verso Vamog, ma uno spintone ben assestato da parte di uno di essi fu sufficiente a rispedirlo indietro barcollante.

«Verme di uno zoroastriano» dissero a suo padre. «Lurido infedele. Hai insozzato un reale musulmano.»

Gli strapparono la camicia, presero il cordoncino sacro che Vamog portava legato in vita e glielo strinsero intorno al collo. Dopodiché lo trascinarono in giro insieme a un asino, proclamando quest'ultimo più bello di lui.

Shapur aveva le vertigini.
Nella lunga coda serpeggiante davanti al negozio di dolciumi non si era mosso nessuno. Il silenzio si mutò in mormorio, come il ronzio di uno sciame di insetti, e Shapur ebbe solo voglia di scappare.
Quando infine gli sgherri se ne andarono, Shapur vide suo padre togliersi con mani tremanti il sacro *kusti* dal collo. Per anni aveva conservato il morbido cordoncino di lana di pecora perfettamente immacolato, e ora era coperto di terra.
Shapur non riusciva a guardarlo negli occhi, perciò con le mani gli spolverò la schiena, cercando di ripulirlo dallo sporco. La moneta era ancora lì, dove si era fermata. Quando fece per andare a raccoglierla, Vamog lo fermò. Semplicemente, scosse la testa.
Stettero seri per tutto il viaggio di ritorno.
La sabbia si accumulò nelle loro pantofole, appesantendole.
Shapur avrebbe voluto sapere dov'era la sua fravashi e perché non era volata fino al bazar. Per aiutare suo padre le sarebbe bastato tuffarsi tra i minareti azzurri che arrivavano quasi alle nuvole.
Quando, il giorno dopo, raggiunsero il villaggio, Vamog annunciò al figlio che se ne sarebbero andati per sempre dall'Iran. Shapur non capì: era quella la casa degli zoroastriani. «Viviamo qui da più di tremila anni» gli aveva detto suo padre. E un uomo non avrebbe dovuto essere costretto ad abbandonare la propria casa. «Ci trattano come cani. Anzi, peggio dei cani.»
Vamog raccontò che cosa avevano fatto gli arabi al suo amico Bizhan, loro vicino di casa prima che nascesse Shapur. Per punirlo, lo avevano legato a un cane ed entrambi erano stati selvaggiamente picchiati, finché l'animale, sofferente e spaventato, si era avventato contro

Bizhan e, con grande divertimento degli arabi, gli aveva dilaniato un braccio.

«Ci fu un tempo in cui, se uno zoroastriano veniva ucciso da un arabo,» proseguì Vamog «la punizione era una semplice multa, l'equivalente in denaro del prezzo di un cammello.»

Ecco quanto valeva la loro vita.

«Il rischio è che le cose non cambino mai. I nostri giorni a Yazd sono finiti. Vediamo cos'ha in serbo per noi l'India.»

Partirono due giorni dopo, su un asino caricato con un fagotto di vestiti, arance, mandorle e acqua, e quando Vamog si girò a guardare per l'ultima volta la sua casa sollevò un braccio in segno di saluto, non ai muri di fango, bensì alla moglie, morta quando Shapur aveva sette anni.

Dopo un viaggio estenuante, dopo che l'asino era stramazzato a neanche metà strada, dopo che per settimane si erano ridotti a mendicare e a rubare e a chiedere passaggi di ogni genere, raggiunsero Karachi, e da là proseguirono fino a Bombay, tutto un altro mondo rispetto ai cipressi e ai portici di Yazd. Trovarono riparo nel frutteto di un famoso filantropo zoroastriano e qui, all'ombra di un albero, Vamog si sdraiò per terra.

Il giovane Shapur vide la luce spegnersi negli occhi del padre.

«Ahura Mazda ci ha condotti fin qui» lo consolò Vamog. «Ahura Mazda provvederà.»

Poi chiuse gli occhi, e Shapur rimase a lungo al suo fianco, sperando che Ahura Mazda si manifestasse. Ma dell'Unico Dio, nessun segno.

Mentre si chinava a baciare la fronte del padre, Shapur scorse accanto alla mano di Vamog un piccolo frutto marrone.

1

India, 2000

L'odore di zanzarifugo pervadeva la piccola stanza di Zairos, ma lui c'era abituato. Ogni sera suo padre, Aspi Irani, entrava in camera, chiudeva porta e finestre e irrorava il repellente con gesti pomposi, da artista. Era ossessionato da quegli insetticidi e ne aveva di tutte le marche presenti sul mercato, dal Baygon al Killer. Trattava la sua collezione di scacciazanzare con la passione normalmente riservata a una raccolta di dischi.

Zairos si grattò una coscia e si rese conto di essere stato punto da un mostro. Sul pavimento giacevano diverse zanzare, alcune sul dorso, altre su un fianco, come se la stanza fosse stata bombardata. Ma, nella cittadina costiera di Dahanu, le zanzare facevano parte del quotidiano conteggio dei morti. A Dahanu vecchi consumatori di tabacco da fiuto, inebriati, indugiavano in ricordi dell'infanzia trascorsa in Iran, chiacchierando tra loro in dari e in farsi; pescatori delle tribù affogavano in mare, sprovvisti tanto dell'energia quanto della volontà di evitare il capovolgimento delle loro barche; maestri in pensione bevevano *arrack* finché il fegato comprendeva la loro supplica e li strappava per sempre alla loro infelicità; e le ragazze che lavoravano nelle fabbriche di palloni diventavano palloni a loro volta, gonfie, sature di delusione.

Il letto cigolò mentre Zairos si alzava. Raggiunse la porta sulla veranda e la spalancò. La sua stanza si trovava al primo piano della casa di famiglia, Villa Aspi, e come ogni mattina anche quel giorno una fronda di palma da cocco si allungava verso di lui. I rami più alti accarezzavano il tetto di tegole e le loro foglie ricordavano a Zairos enormi ciglia, come se l'albero e il tetto fossero amanti.

Si infilò un paio di jeans e una maglietta azzurra, quindi scese in soggiorno. Suo padre sedeva al tavolo tagliando una mela, la pancia sporgente sotto la *sudreh* bianca. La veste sacra aveva una macchia rossa, probabilmente di ketchup, proprio in corrispondenza della piccola tasca cucita sotto lo scollo a V, là dove si conservavano le buone azioni del proprietario. Zairos sorrise pensando al grado di devozione zoroastriana di suo padre: anziché il luccichio delle buone azioni, su quella veste spiccava una macchia di salsa.

Coltello alla mano, Aspi Irani tagliava la mela con sistematica pignoleria, ogni pezzo di una certa misura, e mai che guardasse il frutto. Dalle labbra gli pendeva una sigaretta spenta. Un tempo era stato un fumatore accanito, ma quando Zairos aveva un anno Aspi si era addormentato fumando l'ultima Capstan della sera e, in stato di ottenebramento, aveva lanciato il mozzicone acceso proprio nella culla. L'orrore delle fiamme era bastato a farlo smettere per sempre, piccolo particolare che a Zairos era stato riferito solo a dieci anni, con la leggerezza di una fiaba. «Grazie a Dio andò così» gli aveva detto suo padre. «Altrimenti avrei continuato a fumare fino a oggi.» Ciononostante, Aspi Irani non era riuscito a smettere di tenere una sigaretta fra le labbra. Né di passarsi le dita nei capelli pepe e sale.

Non appena Zairos scese, Aspi si mise a cantare. Le

sue canzoni erano uno strano miscuglio, una miscellanea di tre lingue diverse: hindi, inglese e gujarati. Zairos le aveva sempre paragonate all'arrack, intruglio superalcolico fatto con qualunque cosa uno avesse sotto mano: scorze d'arancia, acido per batterie, ciabatte di cuoio. L'importante era spremere, bere e farti girare la testa. Quel mattino nella canzone di Aspi Irani figuravano soprattutto due ingredienti: il tennis e la sua vecchia Morris. La rima c'era, lui cantava e la sigaretta ben presto gli cadde dalla bocca. Allora si interruppe di colpo e disse a Zairos: «Credo che tua madre abbia una relazione». Lo diceva un giorno sì e l'altro anche, ogni volta che Mithoo andava al bazar.

Insieme formavano una strana coppia. Mithoo era calma e di modi gentili, con un sorriso perpetuo dipinto sul viso. Trascorreva tutto il tempo occupandosi di cani abbandonati e insegnando inglese a qualunque ragazzino avesse voglia di impararlo. Per questo a Villa Aspi c'erano libri sparsi ovunque, dallo spesso volume di grammatica di Wren e Martin a libretti per bambini di cinque o sei anni, tipo *L'ABC dell'inglese*. Certe volte Aspi Irani tornava a casa e in soggiorno si imbatteva in bambini sconosciuti, seduti al tavolo da pranzo con matite colorate in mano e baffi di latte alla cioccolata sulle labbra. «Cosa siamo, un orfanotrofio?» chiedeva alla moglie. «Possiamo restituirli, per favore?» Mithoo allora metteva il broncio e lui si scioglieva all'istante, ma solo per poco. Non appena fuori faceva buio, spegneva le luci del soggiorno, andava a prendere un vecchio scheletro di gomma e lo illuminava con una torcia, di modo che gli allievi della moglie restassero terrorizzati dall'inglese per tutti gli anni a venire.

Aspi Irani amava il concetto di sabotaggio. Aspettava solo l'occasione di rovinare qualcosa, bastava che i danni non fossero permanenti. Non importava dove si trovasse, fosse il mercato o una sala per cerimonie: lui era un folletto sbucato dal mondo sotterraneo, ingannevole e dispettoso. Naturalmente, con quegli avambracci robusti e i poderosi polpacci, era troppo grosso per essere davvero un folletto, ma tale era la sua condotta, dal losco fino al sublime. Quando entrava in azione, le sopracciglia gli si inarcavano come un monumento dell'architettura moghul: era l'arco della conoscenza che si manifestava nel contegno di quanti erano al corrente di speciali segreti, uomini che vedevano bellezza nell'orchestrazione del disastro.

E proprio l'arco delle sue sopracciglia, sosteneva, era ciò che aveva fatto innamorare Mithoo. I genitori della moglie erano morti in un incidente d'auto quando lei aveva quattordici anni, evento cui aveva reagito con un silenzio durato quattro anni, fino al giorno del suo incontro con Aspi Irani, al Café Military di Bombay. «Ero così bello, che tua madre non poté fare altro che aprire bocca e dire qualcosa» aveva raccontato Aspi a Zairos. Poi un giorno, a una festa, mentre suo padre ripeteva quella storiella per la centesima volta, Mithoo aveva bisbigliato al figlio: «Aprii la bocca, sì, ma solo perché avevo sentito un gran male. Tuo padre indossava stivaletti a punta, mi aveva pestato un piede e io urlai. Ma lui preferisce la sua versione». Comunque fosse, sei mesi più tardi erano sposati. A diciotto anni, Mithoo era una sposa radiosa e Aspi Irani, di sette più grande di lei, aveva continuato a usare stivaletti a punta.

Negli anni successivi, agli stivaletti si erano sostituiti i mocassini. Ogni volta che si recava all'estero, Aspi tornava con cinque paia di mocassini marroni. «Uno per ogni anno fino alla nostra prossima vacanza, tra cinque anni.» Al momento i mocassini erano ordinatamente riposti in un angolo del soggiorno, mentre la sua faccia era sprofondata nel «Times of India». «La rupia è ai minimi storici nei confronti del dollaro» borbottò. «Che bel modo di inaugurare il nuovo millennio.»

Poi sollevò lo sguardo sul ritratto incorniciato d'argento di Zarathustra, appeso alla parete. «Dovresti diventare ministro delle Finanze. Solo un miracolo può salvarci.» Ma il profeta rimase impassibile. Con la sua barba morbida e lussureggiante, un'esplosione di luce intorno al capo, i palmi rivolti insù, Zarathustra pareva assorbito da questioni celestiali; la picchiata della rupia o un'incursione nella politica indiana non riuscivano a scalfirlo.

Aspi Irani rivolse le sue apprensioni alla mela che andava tagliando.

«Questa mela è uno strazio» disse indicando una minuscola parte marcia, pressoché invisibile.

La parola "strazio" era pane quotidiano in bocca ad Aspi Irani. Se alla moglie le uova strapazzate non venivano abbastanza soffici, diceva: «Mithoo, queste uova sono uno strazio». Se le lunghe ore di pendolarismo fra Danahu e Bombay, in treno, gli facevano dolere la schiena, sospirava: «Ho la schiena che è uno strazio». Tutto era uno strazio. Gli alberi erano uno strazio, i muri erano uno strazio, le tendine erano uno strazio, la doccia era uno strazio, il whiskey era uno strazio, anche il matrimonio era uno strazio e, per finire, nel caso un'anima sfortunata commettesse l'errore di chiedergli un prestito: «Ti pare forse che voglia farmi straziare?».

Offrì al figlio una fetta di mela, ma Zairos scosse la testa.

La prima cosa che faceva ogni mattina era fumare. Non a casa. A venticinque anni poteva anche permetterselo, dunque non era quella la ragione. Semplicemente, soffiare fumo davanti ai genitori lo metteva in imbarazzo, e così se ne andava tutta la gioia.

Quando fu fuori della visuale paterna, accese.

Il fischio di un treno riecheggiò contro i muri del bungalow, come uno strumento jazz. Erano le otto del mattino, il Gujarat Express era appena arrivato da Bombay e, sebbene le palme da cocco, i manghi e gli alberi di *gulmohar* intorno a Villa Aspi ne tutelassero la privacy, la stazione ferroviaria era, per dirla con Aspi Irani, «a un salto e un balzo» da lì.

"Dahanu Road" diceva il cartello giallo della stazione. In un certo momento poteva anche non essere esistito nient'altro. Una strada e basta. Ma adesso i venditori di cocco in *dhoti* color panna punteggiavano il marciapiede lungo il binario, falcetto in mano e una piramide di noci in una cesta di vimini al loro fianco. Chioschi di *toddy*, il vino di palma, offrivano salvezza alle gole riarse dei passeggeri, dando un tocco di dolcezza a un viaggio di per sé amaro. Venditori di ortaggi stavano accovacciati per terra con i loro cetrioli, melanzane e cavolfiori cosparsi d'acqua, pronti per essere cucinati a casa in mezzo al chiacchiericcio delle donne. Altrettanto freschi del vino di palma e degli ortaggi erano i giornali del chiosco A.H. Wheeler. Fragranti come wafer, i titoli venivano sbeffeggiati dai vagabondi, dai guidatori di risciò, dai proprietari di fabbriche e dai contadini che sfilavano avanti e indietro per la stazione di Dahanu come in un rituale sacro.

Presto Zairos avrebbe raggiunto la casa del nonno, dove avrebbe preso il tè del mattino. Ma prima doveva finire la sua sigaretta e, cosa ancor più importante, doveva rendere omaggio al frutto che per tre generazioni aveva dato da vivere alla sua famiglia. Esalò il fumo in direzione degli alberi di *chickoo* piantati decine di anni addietro da nonno Shapur Irani. Era il suo modo di salutarli. Fumo d'affetto: come una rugiada, un primo bacio, qualcosa che soffiava verso di loro ogni mattina.

Sapota. Sapodilla. In altre parole, il chickoo. Di colore marrone, somigliava a una patata, ma così tondeggiante da ricordare a Zairos le natiche di una donna. Quando lo mordeva, sprigionava una dolcezza tale che gli veniva la voglia di mangiarne dell'altro ancora prima di aver finito il boccone.

Quel furbacchione del chickoo aveva viaggiato in lungo e in largo. Nato in Messico, chissà come era arrivato fino in India, Pakistan, Sri Lanka, Bangladesh (un vero frutto da terzo mondo), Venezuela, Thailandia, Vietnam, Indonesia, Malaysia e persino in Brasile e nelle Indie Occidentali. Amava il sole e le donne abbronzate. Non sopportava la neve.

A parte "sapota" e "sapodilla", aveva un'infinità di nomi. In Sri Lanka lo chiamavano *rata-mi*; *sawo* in Indonesia, *lamoot* in Thailandia, *nispero* in Venezuela, *naseberry* nelle Indie Occidentali, *sapoti* in Brasile e, ecco il nome preferito da Zairos, *sugardilly*, zuccherino, alle Bahamas.

Mentre camminava sul terreno sassoso, lanciò il mozzicone verso la siepe di cactus. Il bungalow del nonno si vedeva già. Nonostante solo due anni prima lo avessero ripitturato di un giallino chiarissimo, le forti piogge avevano dilavato i muri scoprendone di nuovo l'intonaco in alcuni punti. La forma era strana: due blocchi rettangolari disposti ad angolo retto, come vagoni di treno slogati.

Il nonno era in veranda, sulla sua sedia a dondolo, come sempre immobile. Benché sedesse tutto il giorno su quel dondolo, non si muoveva mai. Il movimento era nemico, cosa del passato, e, spostandosi tanto raramente, Shapur Irani ricordava tutto. Quanti alberi possedeva e quanto vecchi, o la freschezza dell'aria di cinquant'anni prima. Ma sopra a ogni altra cosa ricordava l'amore che lo aveva unito a sua moglie Banu.

Un giorno aveva detto a Zairos: «Se prendessi un esercito di soldati affamati che da anni non vedono la propria moglie e confrontassi il loro desiderio con il mio, saresti ancora lontanissimo da quel che provavo per tua nonna».

Né l'amore né le medicine avevano però potuto salvarla. Banumai era morta di febbri prima di compiere trent'anni. A Zairos sarebbe piaciuto moltissimo conoscerla. Suo nonno parlava di lei, ma presentandone sempre solo dei tratti: le piaceva leggere, aveva due sorelle minori gemelle, la pelle chiara, preferiva Bombay a Dahanu, sopportava i dolori del travaglio come una tigre, adorava sentire sotto i piedi la rugiada del mattino e una volta aveva visto macellare una capra e per tre giorni non era più riuscita a mangiare.

Oltre a questi frammenti gli uscivano però strane frasi, sussurrate quasi in una foschia, cose come «Banu, scalda l'acqua», «Il fucile resta sul letto», o «Non andremo a Bombay». Con il nonno, Zairos non si lasciava mai scappare di aver udito anche quelle reminiscenze, però tra sé andava componendo un'immagine di Banumai; sentiva il profumo della sua boccetta di acqua di colonia vicino al letto, scorgeva alcuni dei suoi capelli neri impigliati nella spazzola accanto allo specchio e il sudore sul suo collo, così come il ventaglio di carta che usava pei allontanare il caldo. Con Banumai, Zairos si comportava come un ladro: bastava che il nonno si distraesse un attimo che lui arraffava tutto quanto poteva. Una cosa però non gli serviva rubare, l'unica evidente e profonda quanto le rughe che attraversavano il volto del nonno: l'amore che li univa.

Salì i tre gradini della veranda. Shapur Irani lo chiamava Zairos Magno. Gli aveva dato quel nome la prima volta che l'aveva visto camminare. «È un conquistatore come Alessandro» aveva detto. Da allora, ogni volta che il piccolo Zairos arrivava, lui andava all'albero di chickoo più vicino e lo scuoteva energicamente. «Attento,» gli diceva, mentre sul nipote piovevano foglie lucide e verdi «sei talmente forte che fai tremare gli alberi.»

Ma per Zairos quel nome aveva avuto un altro significato durante la cerimonia del Navjote. Il giorno della sua iniziazione alla fede zoroastriana, il grande sacerdote, in vesti e copricapo da preghiera bianchi, aveva ammonito Zairos, di nove anni, a non usare quel nome, nemmeno per gioco o con gli amici.

«Alessandro era nemico degli zoroastriani» aveva detto. «Uccise i *dastur* come me e distrusse le nostre sacre scritture.»

Ma Shapur Irani era stato lesto nel riportare il sacerdote a più miti consigli.

«Andandosene in giro a testa alta, Zairos reclama ciò che Alessandro ci tolse» aveva ribattuto. «E questo è un segno di grandezza.»

Dopodiché si era chinato a posare una mano sul capo del nipote.

«Ricorda, sono i nostri nemici a insegnarci a dominare la paura.»

Shapur Irani se ne stava a occhi chiusi.

Nonostante i suoi novant'anni, era ancora un omone. Alto più di un metro e novanta, non aveva affatto l'aria ingobbita di chi si porta in giro i suoi anni in un sacco sulla testa. Aveva tutti i denti, gambe forti e sopracciglia folte, sul petto gli crescevano peli bianchi e lunghi e ogni mattina alle cinque si radeva anche se non doveva andare da nessuna parte.

«Pa» lo chiamò Zairos, sedendosi sui gradini.

Shapur Irani non rispose. Gli occhi erano ancora chiusi e le labbra tradivano un impercettibile tremore, una specie di linguaggio dei fantasmi che solo i defunti erano in grado di decifrare. Zairos osservò la folta chioma del nonno, argentea e lisciata all'indietro con la brillantina.

«Pa» ripeté.

Lentamente Shapur Irani aprì gli occhi. Se c'era una cosa che gli dava sui nervi, era la luce. Non voleva che i raggi solari avessero accesso alle sue pupille e andassero a illuminare le parti di lui ormai morte e sepolte. «Guardare il passato» aveva detto una volta a Zairos «è come puntare una torcia su un cadavere.»

Zairos udì il familiare acciottolio di tazza e piattino e, come sempre, il suo tè comparve quasi per magia. Lakhu, l'uomo da anni a servizio del nonno, possedeva strani poteri. Forse ogni mattino sentiva scricchiolare la ghiaia sotto i suoi piedi, mentre arrivava, e lo prendeva come un segnale per preparare il tè. Fosse come fosse, il punto era che riusciva a non far aspettare Zairos più di un minuto.

Bevve un sorso, gustando la miscela di Brooke Bond, menta, cardamomo e zenzero. Intorno ai piedi del nonno si indaffaravano formiche cariche di briciole di biscotti.

«Sarà ora che tu vada a trovarli» disse Shapur Irani.

Si riferiva agli alberi di chickoo. Erano creature sue, non meno reali e amate dei tre figli, Khodi, Sohrab e Aspi. Era stato il loro respiro a tenerlo in vita per tutti quegli anni. Ogni mattino si aggirava con gusto tra i suoi venti ettari di coltivazioni, senza nemmeno usare il bastone, solo per far sapere loro che era ancora vivo. E voleva che Zairos facesse lo stesso.

«Va', che ti aspettano» ripeté.

Prosciugata l'ultima goccia di tè allo zenzero, Zairos si incamminò sulla ghiaia e per i campi. I rami gli strusciavano contro le braccia, lasciandovi segni. Ogni giorno erano un graffio o due in più, ora sull'avambraccio, ora sul polso, ma sempre delicati.

Sapeva che il chickoo era stato portato in India dai portoghesi a metà del Cinquecento, e che aveva continuato a prosperarvi anche dopo che gli invasori se n'erano andati. Ma quando era piccolo, suo padre gli aveva raccontato che uno gnomo messicano di nome Rosa, così chiamato per via di un orecchio deforme che somigliava a un fiore, era venuto a piedi dal Messico con un chickoo in mano e, all'arrivo, aveva scavato un buco e sepolto nella terra se stesso insieme a un seme lucido e nero. Perciò gli alberi di chickoo non diventavano alti come i pini: dovevano contenersi in segno di rispetto verso lo gnomo. Quando Zairos aveva domandato a suo padre per quale ragione lo gnomo fosse venuto a piedi fino in India, Aspi Irani gli aveva risposto: «Perché si era perso».

Zairos si spinse oltre gli alberi di papaya che da lungo tempo ormai avevano cessato di fruttare, scavalcando i grossi tubi neri che si snodavano per la piantagione come enormi pitoni. Ogni volta seguiva lo stesso percorso fino al pozzo. Era uno dei più profondi di Dahanu, più di venti metri, dotato di massicce spalle che sporgevano dalle pareti interne, ma non dava acqua. Vecchio e asciutto, una semplice suppellettile.

Zairos strappò da terra uno stelo d'erba rinsecchito, se lo infilò in bocca e sedette sul parapetto. In cielo volteggiava un numero inconsueto di corvi. Sollevò lo sguardo, seguendo i cerchi concentrici del loro volo; planavano verso qualcosa alla sua sinistra.

Fece appena in tempo a voltarsi, e scoprì cosa attirava i corvi.

A un albero di chickoo era appeso un uomo. La testa piegata di lato, le braccia penzoloni lungo i fianchi, gli occhi spalancati.

Sembrava una marionetta scura.

2

«Ganpat» sussurrò Zairos.

Ganpat non si mosse, non uno spasmo né un alito di respiro.

La fune, spessa e robusta, aveva fatto il suo lavoro, ma non mollava ancora la presa. Attirato verso il corpo da quella stretta, Zairos premette una mano sotto la pianta del piede fangoso e spaccato di Ganpat.

Il puzzo lo fece arretrare.

Provò sorpresa, vergogna addirittura, per la facilità con cui il cadavere lo aveva schifato. Dopo tutto, Ganpat era un warli che viveva e lavorava nella tenuta da quando lui era bambino. Membro di una tribù locale, era uno dei braccianti più fidati di Shapur Irani.

Ma quando era stato colto nell'atto di rubare del denaro, gli era stato intimato di andarsene.

Zairos ricordava ancora quel pomeriggio di dieci anni prima. Ganpat aveva gli occhi rossi e, per una volta, non era colpa del liquore ma delle lacrime, la prova del tradimento nei confronti del padrone. Aveva dovuto lasciare la tenuta in cui era cresciuto e da allora nessuno l'aveva più rivisto. Fino a oggi.

Il suo viso non era molto cambiato. Aveva sopracciglia finissime, mere linee disegnate sopra gli occhi quasi a rimediare a una dimenticanza; i baffi erano ciuffetti minuscoli, tanto frugali da rispecchiare alla perfezione la sua povertà. Solo il naso era bulboso, una contraddizione del suo intero essere. La camicia bianca e i pantaloncini kaki mostravano dei buchi, opera dei denti dei ratti. L'unico oggetto di valore sulla sua persona era un orologio.

Che ancora ticchettava.

Zairos si girò verso il bungalow del nonno. Accanto a lui, per terra, l'acqua serpeggiava all'interno delle tubature nere, dissetando fedelmente ogni singolo albero di chickoo della piantagione. Tra le piante soffiava un vento leggero che svegliava le foglie.

Il passo di Zairos era veloce, esito forse di quel tanfo, della spoglia nudità della cosa.

Di lì a poco stava correndo lungo la siepe di cactus. Il perché non lo sapeva, visto che non c'era speranza di salvare l'uomo, ma era l'unica cosa che gli venne da fare. Una vita sprecata. Non provava dolore per Ganpat, ma un senso d'urgenza sì.

Quando raggiunse il bungalow, ormai ansimava.

«Pa» disse. «C'è... Ricordi Ganpat?»

Gli occhi di Shapur Irani si aprirono.

«Si è impiccato a un albero» disse Zairos. «È morto.»

Avrebbe dovuto rallentare e darsi un contegno. Non voleva allarmare il nonno. Soprattutto, non voleva pensasse che non era in grado di gestire la situazione.

«Chiamo la polizia» disse.

Nell'attimo in cui pronunciò quelle parole, seppe di aver deluso il nonno. In momenti simili la polizia non era di aiuto alcuno. Avrebbero aperto un'indagine ed effettuato un'autopsia, e tutto per assicurarsi una bella mazzetta. Un esercito di scarafaggi da tenere alla larga.

Zairos attese una risposta dal nonno, ma il volto di

Shapur Irani rimase impenetrabile. Come se fissasse la stella di una galassia lontana.

Poi, con un gesto della mano, si pronunciò: «Chiama Damu».

Damu era il warli a capo della piantagione. Abitava in una capanna di paglia alle spalle del bungalow. Alto appena un metro e trenta, poteva essere scambiato per una piccola creatura della foresta, ma i braccianti lo rispettavano perché non conosceva paura. Una volta era balzato addosso a un uomo grande il doppio di lui, per mordergli il collo.

Il figlioletto di Damu, di cinque anni, giocava davanti alla capanna con un copertone di bicicletta. Non appena vide Zairos, corse in casa ad avvertire il padre. Mentre aspettava, Zairos inspirò profumo di cibo sfacciatamente mescolato a quello di sterco di vacca. Due grandi papaye pendevano dall'albero di fianco alla capanna e la vista del loro turgore lo costrinse a distogliere lo sguardo. Gli ricordavano gli occhi di Ganpat.

Si dondolò sui piedi, allontanando una lunga ciocca di capelli dal viso.

Damu ci stava mettendo troppo.

Dal tetto dell'abitazione caddero dei fili di paglia, che subito la brezza annodò soffiandoli verso Zairos.

Un gallo dalla criniera rosso fuoco becchettava nella polvere. Spesso sollevava la testa, incerto e agitato. Zairos pestò un piede per terra e lo mandò via.

Finalmente Damu emerse, i capelli bagnati, il torace nudo imperlato d'acqua come se si stesse lavando.

«Seguimi» gli disse Zairos.

Damu si grattò il mento; l'ispido argento delle guance barbute gli conferiva un'aria d'importanza superiore a quella che in realtà aveva. I braccianti della piantagione scherzavano sempre dicendo che, per ottenere peli tanto lucidi, si tuffava in tutte le pozze prosciugate, salate, di Dahanu.

Si unì a loro anche Lakhu, il servitore di Shapur Irani, e Zairos guidò i due uomini fino al corpo di Ganpat. Questa volta camminò adagio. Non voleva che avvertissero la sua ansia.

Un corvo si era appollaiato in cima alla testa di Ganpat. Sembrava starci proprio comodo e non mostrava alcun rispetto per quella parte del corpo umano. Davanti a Ganpat, Lakhu si fece nervoso. Senza piatti e tazzine da stringere, le sue mani non sapevano cosa fare. Le dita nodose si chiusero come artigli, senza trovare nulla, e dopo un'occhiata iniziale distolse lo sguardo dal cadavere.

Dal canto suo, invece, Damu esaminò Ganpat con grande intensità. Pur non avendo legami di parentela, vedeva in lui un pezzo di se stesso. Appartenevano entrambi alla stessa tribù e i loro antenati avevano vissuto per generazioni sui rilievi ai piedi dei monti Sahyadri: scendere in pianura era stato un errore, perché la pianura li aveva traditi. Prometteva una vita migliore, ma anch'essa era piena di crepacci e centinaia di warli vi erano precipitati. Ganpat era l'ultima vittima.

«Zairos *seth*» disse Damu. «Ganpat ha una figlia.»

«Dove sta?» chiese Zairos, irritato per non averci pensato da solo.

«Non distante. Vado a chiamarla?»

«Prendi il trattore.»

Sebbene la figlia di Ganpat abitasse in un villaggio lì vicino, da sola ci avrebbe messo troppo. Zairos non poteva cambiare il gesto di suo padre, ma poteva impedire che i suoi piedi si stancassero.

«Fa' in modo che nessun bracciante venga da questa parte della piantagione» disse poi a Damu. «Tienili impegnati di là.»

Non voleva che i braccianti o i loro figli facessero capannello intorno al corpo e vedessero alla luce del sole il loro compagno di tribù morto, così, senza alcuna spiegazione, ma non gli piaceva nemmeno che il cadavere restasse in mezzo agli alberi. Forse era superstizioso, ma sentiva che in quel modo la piantagione ne avrebbe sofferto. Una qualche forza avrebbe potuto risucchiare la vita anche alle piante.

Era ora di fumare un'altra sigaretta. Questa sarebbe stata ben diversa da quella di prima: non avrebbe avuto nulla di festoso, niente baci di fumo agli alberi di chickoo, nessun canticchiare come sottofondo musicale.

Sarebbe stata una sigaretta seria. La sigaretta di un'attesa.

Il vecchio trattore Mitsubishi rosso si fece strada rombando sul sentiero che portava al bungalow. Più una motozappa che non un vero e proprio trattore, faceva un rumore impressionante ma era di piccole dimensioni e scassato oltre ogni dire. Aveva anche una forma strana: sembrava una moto d'acqua con un cassone posteriore aperto adibito al trasporto di chickoo alla stazione di Dahanu.

Damu era alla guida, i muscoli scuri impegnati a governare il manubrio biforcuto del trattore. Alle sue spalle, due donne sedevano rannicchiate sul cassone. C'era abbastanza spazio, ma stavano una stretta all'altra, come galline spaventate.

Con il trattore che sputava e tossiva, Damu tornò dove Zairos lo stava aspettando. Dall'espressione sul suo viso era evidente che non aveva ancora detto alle due donne della morte di Ganpat. Doveva anzi essersi limitato a un «Il mio seth vuole vedervi» e, se un padrone irani desiderava vedere due warli, non era necessaria alcuna spiegazione. Le donne dovevano essere salite sul cassone obbedienti, senza alcuna idea di ciò che le attendeva.

Quando finalmente il trattore si zittì, scese per prima una vecchia avvizzita, dai denti storti. La veste verde stentava quasi a coprirle la pelle nera e stanca. L'attenzione di Zairos tornò ai denti. Guardavano in tutte le direzioni, ma con una decisione tale che avrebbero potuto lacerare le carni di un pipistrello. Una lunga zanna le spuntava dalla bocca come un gancio. Se l'avesse vista da bambino, Zairos l'avrebbe creduta una strega. L'altra donna, invece, fu una vera visione. Vent'anni, e non un giorno di più, scivolò dal trattore con il busto piegato all'altezza della vita e una magnifica curva delle anche. Zairos distolse subito lo sguardo.

Il compito di recare una cattiva notizia lo stava raggelando.

Non gli era mai capitato nulla del genere. Le parole gli attraversavano a raffica la mente, ma non riusciva a pensare a un'unica frase da dire. La cosa più naturale era dirigersi verso gli alberi di chickoo dove si trovava il corpo. Forse era crudele porgere loro la notizia nuda e cruda, ma non riuscì a inventarsi altro.

Un cane randagio si avviò insieme a loro e Zairos fu grato di quel sostegno.

La vecchia calpestava le tubature nere con forza, quasi fossero vene che portavano sangue al nemico.

Pochi secondi, e la giovane avrebbe visto il padre impiccato a un albero.

All'inizio, nessuna delle due disse una parola.

Zairos si aspettava una reazione, ma non accadde nulla. Forse era la vista del volto gonfio di Ganpat, o della sua esile carcassa sospesa nell'aria come quella di un uccello carbonizzato.

Il silenzio lo costrinse a notare nuovi particolari di

quel corpo. La saliva all'angolo delle labbra. Il taglio rosso scuro sul polpaccio destro, procurato forse dalla salita sull'albero. Anche il tanfo era più penetrante, aggressivo.

Di colpo provò un senso d'ebbrezza, come l'adrenalina di cento sigarette.

Fu la vecchia a crollare per prima. Lacrime le rigarono le guance, due gocce perfette che navigarono le pieghe della sua pelle sfatta. Avanzò di due passi, strascicando i piedi per terra, e posò una mano sulla spalla della più giovane. In quel preciso istante, la ragazza ebbe un tremito. La bocca si aprì, ne uscì un lamento che si ruppe a mezz'aria. Sul collo le pulsavano grosse vene.

Zairos le si avvicinò di un passo. La giovane sembrava sul punto di soffocare.

I denti serrati, le mani strette a pugno, si avvicinò al corpo del padre. Sotto di esso si fermò e sollevò il viso a guardarlo come si guarda un idolo in un tempio.

«È la figlia di Ganpat» disse la vecchia. «Si chiama Kusum.»

La donna aveva gli occhi arrossati. Fieri e stanchi, contenevano già le braci ardenti dei defunti. Kusum continuava a fissare il padre. Ogni respiro che tirava era profondo e rabbioso, quasi volesse spegnere le fiamme invisibili dell'amore e della tenerezza.

«L'ho trovato stamattina camminando per la piantagione» spiegò Zairos.

Voleva solo allontanarsi da lì. Kusum mostrava una forza inusitata e lui voleva andarsene, darle modo di soffrire, di singhiozzare e sospirare liberamente.

Ma alla sua affermazione lei non reagì. Abbassò lo sguardo sui propri piedi, prigionieri della terra, perciò Zairos si rivolse alla vecchia, tanto anziana che poteva essere una lontana cugina della morte.

«Tu chi sei?» le chiese. «Una parente di Ganpat?»
«Mi chiamo Rami» rispose lei. «Sono la sorella.»
Dicendolo gli si avvicinò, al punto che Zairos sentì il tabacco nel suo alito. Gli parve strano che una donna di una tribù osasse avvicinarsi tanto alla sua persona. I warli si tenevano sempre a distanza. Ma forse a farle dimenticare la paura e il rispetto era lo shock del momento. Quando avesse digerito la notizia, le antiche leggi le sarebbero riaffiorate alla mente.
«Quando è uscito di casa, stamattina, stava bene...» osservò Rami.
Ascoltandola, a Zairos pareva di udire il cigolio di una vecchia porta. Era la voce di qualcuno che non parlava spesso. Ancora una volta, la vecchia calcò il piede sulle tubature nere. Erano troppo dure per schiacciarle, troppo solide perché potesse interrompere il flusso che vi scorreva dentro.
«Adesso possiamo tirarlo giù» disse Zairos.
Faceva il cinico apposta, suo malgrado. Non voleva incoraggiare troppi discorsi. Ma scoprì che Kusum aveva altri progetti.
«Mio padre era venuto per incontrare Shapur seth» disse.
«Non pronunciare il nome di mio nonno» replicò Zairos.
Sapeva di essere duro, ma andava bene così. Occorreva mantenere l'ordine. Nella giungla il leone era senza dubbio saggio e giusto, ma, soprattutto, era temuto. Qualunque forma di gentilezza poteva essere interpretata come una debolezza. La gentilezza poteva sovvertire l'ordine delle cose. In una giungla, poteva condurre alla rivolta.
Quella severità spinse Kusum a riaccostarsi al corpo del padre. Sul suo viso si scontravano ferocemente bel-

lezza e dolore. Gli alberi di chickoo non offrivano altro che ombra. La luce si insinuava tra le foglie. Per un attimo Kusum guardò in alto e tenne testa ai raggi, flebile tentativo di trovare un po' di conforto. Avvicinò quanto poteva la bocca all'orecchio del padre. Le sue labbra lo supplicarono di rivelarle perché si era ucciso.

La prima cosa che Kusum fece quando il corpo venne calato fu appoggiare la mano sul petto del padre. Un gesto che colse Zairos alla sprovvista. Non era sicuramente in cerca di segni di vita: voleva solo che il padre sentisse il calore del suo palmo.

Si spostò solo quando vide Lakhu con un lenzuolo bianco in mano. Era andato a prenderlo in casa e ora lo dispiegò con un colpo deciso. Quel telo gonfio come un pallone era troppo chiassoso. Coprì il volto di Ganpat mormorando una preghiera. Ma a Kusum non piaceva che occultassero la faccia di suo padre, perciò gli abbassò il lenzuolo sotto il mento.

«Per ora lo lasceremo qui» comandò Zairos. «Damu ve lo porterà dopo il tramonto.»

Non gli andava che il cadavere venisse trasportato con il trattore in piena luce, c'era il rischio che un *policewala* facesse problemi. Poco tempo prima c'era stato un suicidio in una piantagione lì vicino e il proprietario aveva dovuto foraggiare la polizia con ventimila rupie.

«Damu vi riaccompagnerà indietro» aggiunse. «Usate il trattore per raccogliere la legna.»

«Non c'è legna» disse Rami. «La legna è finita.»

Lo disse come in un sussurro, come in trance, come fosse un antico proverbio. Certe volte Zairos faticava a comprendere la lingua marathi dei warli. Era uno strano dialetto dalla pronuncia secca, che lasciava improvvisamente senza fiato, le frasi amputate.

«Seth, prenderò dei copertoni alla pompa di benzina» disse Damu.

Quante volte Zairos aveva visto code di warli davanti ai benzinai, a cui chiedevano pneumatici con cui garantire il viaggio dei loro cari? E se non li ottenevano, allora li rubavano.

Damu avviò il trattore, lo girò e attese le due donne.

Kusum si trattenne un poco accanto al corpo. Aveva gli occhi umidi, a differenza di quelli Rami, ormai completamente asciutti. Rami aveva versato la sua razione di lacrime anni prima. Ora non le restava niente, nessun pozzo a cui attingerne ancora, solo polvere. Carezzò con delicatezza la schiena di Kusum e la fece alzare.

Passarono davanti a Zairos a occhi bassi.

L'ordine naturale era ristabilito. Con gli occhi a terra camminarono fino al trattore e sedettero sul pianale. Dopo aver fatto aperta e coraggiosa mostra del dolore, erano di nuovo spaventate.

3

Zairos guidava alla volta dell'Anna Purna, il chiosco del *chai*, e intanto salutava il sole. Sperava che il suo calore bruciasse via i ricordi del mattino. Superò i vagoni ferroviari abbandonati, le balle di paglia in attesa di partire per Bombay, la baracca dei liquori dove per poche rupie i membri delle tribù si ottundevano il cervello, la biglietteria, il negozio di mobili che vendeva solo panche color senape, le segherie da cui riecheggiava l'irritante stridio di passeri, fino a immettersi sulla strada principale, un disastro di pietre e polvere, crivellata di buche. I carretti tirati da buoi, i camion, i furgoni, le macchine e le biciclette vi disegnavano gincane, sparando all'intorno detriti sassosi con i loro pneumatici.

Dopo il distributore di Alan, con le sue vizze palme da cocco, girò a sinistra e mancò poco che travolgesse Pinky, un'orfanella di sei anni con un eterno moccio al naso, appollaiata nei pressi dell'Anna Purna in attesa della quotidiana razione di biscotti Tiger.

Anna, il proprietario, era una specie di Clark Gable indiano: baffi sottili, pelle chiara, capelli sempre ravviati nella massima compostezza. Nessuno conosceva il suo vero nome, perciò lo chiamavano Anna, o Fratello Maggiore, titolo riservato a qualsiasi indiano del Sud che indossasse un *lungi* e gestisse un chiosco di tè. Anna irradiava un fascino stile vecchia Hollywood, ma la moglie era quasi l'opposto: scura e florida abbastanza da occupare le pagine di una rivista erotica maschile.

Per gli irani, il chiosco di chai di Anna era un luogo fra i più preziosi, ritrovo amatissimo che negli anni aveva accolto sulle sue panche di legno innumerevoli irani sovrappeso, topaia magnificamente acconcia ai tratti irsuti dei suoi frequentatori. Lì dentro somigliavano a bestie in una caverna, liberi di scoreggiare, fumare, scherzare, insultare e pontificare. Naturalmente lo facevano *ovunque*, ma da Anna giocavano in casa. Ogni mattina, dopo aver fatto il giro delle loro piantagioni di chickoo, gli irani si davano appuntamento lì a bere tè, caffè o Pepsi. Il fumo di sigaretta aleggiava come una tetra nebbiolina da cimitero, e ciononostante era un luogo vivo, pieno di gioia ed eccitazione, e il merito andava al chai fumante e all'altrettanto bollente moglie di Anna.

Nel bagliore bianco e freddo dei neon, Anna travasava il tè da una caraffa d'acciaio a un'altra, per raffreddarlo. Un discreto spettacolo, quella calda cascata di tè al latte, e gli spettatori non mancavano mai. Quel giorno c'erano Merwan Mota, l'uomo più grasso di tutta Dahanu, che spazzolava tre omelette per volta con il suo astuccio azzurro da diabetico a un fianco; Behrooz, la testa più calva e liscia del paese, proprietario del negozio di ricambi lì accanto; Keki l'italiano, che se ne stava in un angolo a fumare *bidi* e a leggere Camus e Turgenev; e Dara Atom, il guaritore ufficiale del paese, a uno sputo dal superare in stazza Merwan Mota.

Nelle ore di punta, cioè fra le nove e le undici del mattino, l'Anna's offriva uno stordente cocktail di lingue. Alla moglie, Anna si rivolgeva piano in tulu, e forte in hindi ai padroni della fabbrica di palloni; alcuni fra gli irani conversavano in dari solo per ricordare a chi non lo faceva che era inferiore e contaminato dall'India, mentre gli irani inferiori, che parlavano gujarati, lo facevano così male da far infuriare i gujarati veri, quelli indiani, perché la loro lingua veniva così imbastardita nel modo più bieco. Ma, alla fine, mantenendo un poco di distacco, ciascuno poteva riconoscere la bellezza dell'Anna Purna, di quel bordello di lingue. Lingue che peraltro si conoscevano bene a vicenda, tutte in confidenza con le pieghe e le curve dei rispettivi corpi e per nulla spaventate di inalare l'aroma pungente delle ascelle altrui.

In lontananza Zairos udì il rombo di una moto che arrivava a tutta velocità e in effetti di lì a poco sull'asfalto ne sfrecciò una. Era il suo cugino più caro, Bumble, figlio di un fratello del padre e di due anni più grande di lui. Il suo vero nome era Farhad, ma tutti lo chiamavano Bumble, da *bumblebee*, calabrone, per quel suo modo disordinato di ronzare all'intorno sulla motocicletta. Spesso mancava la destinazione solo perché viaggiava troppo veloce per fermarsi, ma non lo avrebbe mai ammesso. In ogni caso era un abile motociclista e la sua moto una bellezza, una BMW rossa.

Quel mattino, Bumble era vestito da Babbo Natale.

E, una volta di più, mancò il traguardo. Tornò indietro, la barba di cotone bianco tesa di lato. Dalla tasca dei calzoni gli ballonzolava il berretto del costume, ma i Ray-Ban neri da aviatore erano perfettamente in bilico sul naso. Parcheggiò la moto e a piedi si avvicinò alla macchina azzurra fuori dal chiosco, dove i giocatori d'azzardo di Dahanu indulgevano nella loro attività più sacra e preferita: il *rummy*. Uomini il cui corpo era composto per il settanta per cento non d'acqua, ma di carte. Ogni volta che Aspi Irani ne buttava una sulla valigia nera che fungeva da tavolo da gioco, guardava al di sopra della montatura in argento degli occhiali da lettura; Kavas Undie si alzava, andava fra i cespugli e ne tornava con le mutande alla rovescia, sperando in un colpo di fortuna; il padre di Bumble, Sohrab Irani il mancino, mescolava il mazzo con un fervore e una concentrazione che avrebbe fatto impallidire qualunque uomo pio. Quell'auto venerata era il Casinò Mobile di Dahanu.

«Allora, com'è andata la festa?» chiese Sohrab Irani al figlio.

«Benone,» rispose quello «finché i ragazzi non hanno cominciato a tirarmi la barba.»

Il nipote di Bumble soffriva di ittero, così, per rallegrarlo, quel mattino Bumble aveva organizzato una festicciola natalizia anticipata. A Natale mancavano ancora mesi, ma, per dirla con lui, «tanto i bambini non lo sanno».

Si tolse i Ray-Ban con un gesto affettato che evocava l'immagine del proprietario di una squadra di calcio di serie B di Napoli e ordinò ad Anna un chai.

Zairos avrebbe tanto voluto che il nonno li raggiungesse lì.

Ogni tanto chiedeva a Shapur Irani di andare a sedersi con lui sulle panche traballanti, anche solo per restarsene zitto ad ascoltare le uova che friggevano nel cucinino di Anna. E ogni volta Shapur Irani educatamente declinava. Forse pensava al chiosco come a un'aberrazione, a qualcosa di frivolo.

Ma in un giorno come quello, in cui aveva trovato un uomo impiccato a un albero, il locale si trasformava in una sorta di balsamo e Zairos arrivava ad apprezzarne la strampalata follia: il colossale Merwan Mota, diabetico grave, che si ingozzava di gelato alla fragola; Behrooz che si grattava il cranio lucido, avvinto da una *graphic novel* in hindi intitolata *Il giorno in cui mia moglie morì dissanguata*; Keki l'italiano che lo incitava a leggere autori veri, come Tolstoj, e l'altro che a quel nome extraterrestre gli scoccava un'occhiata disgustata.

Il chiosco era il bozzolo di Zairos, che mentre sedeva lì, confortevolmente pur fra gli eccessi, ripensava a Kusum seduta sul pianale di un trattore con solo una vecchia stanca ad aiutarla nel giorno della perdita del padre. Nel suo mondo non esisteva chai zuccherino, né auto con l'aria condizionata dove i giocatori stringevano le carte più forte delle loro mogli, e certo nemmeno portafogli di pelle gonfi di contanti su cui sedersi a mo' di cuscino. Tutto ciò che Kusum aveva in quel rientro a casa erano la luce ustionante del giorno e il rombo di un trattore che gravava sul cuore già pesante e affannato.

Kusum raccolse una pala davanti alla capanna dei vicini. Era pesante, il manico di ferro arrugginito, con dei chiodi piantati alla base per impedirgli di staccarsi. Il sole faceva brillare la ruggine di arancione, come se, anziché alla fine della sua vita, la pala fosse ancora in fonderia.

Era solo giusto che adesso fosse lei a occuparsi della fossa di suo padre.

Se si era ucciso, era colpa sua. Non era riuscita a nascondergli i segni che portava sul corpo, quelli lasciati da suo marito. Forse a tradirla era stato il modo in cui camminava. O quello in cui il costato le si piegava in dentro quando si sedeva.

Ciò aveva spinto suo padre a rivolgersi a Shapur seth per chiedergli del denaro. Se lo avessero dato a suo marito, questi le avrebbe concesso il divorzio. Ma lei sapeva che non era vero. Laxman non l'avrebbe lasciata andare nemmeno così. Si sarebbe tenuto lei e il denaro.

Kusum si inoltrò in una macchia d'alberi, fino a raggiungere le sponde di un corso d'acqua. Mancava ancora un po' all'inizio della stagione monsonica, perciò il greto era asciutto. Con la pala sondò la consistenza del terreno; poi, avendo trovato il punto adatto, si mise a scavare. Quando la terra si faceva più dura, montava sulla pala sino a vincerne la resistenza.

Sullo sfondo, le colline di Dahanu si sollevavano e abbassavano come le speranze della sua gente, i warli, i re della giungla. O almeno così volevano le antiche storie tradizionali sul suo popolo. E così si definivano i medici sciamani, ubriachi di *daru*. Se solo avessero visto suo padre appeso a un albero di chickoo, le leggende sarebbero state riviste e corrette.

Ma doveva succedere.

Il cappio gli si era stretto intorno al collo anni prima, perché Ganpat, come suo padre Vithal prima di lui, era custode delle storie del loro popolo. Storie il cui peso non poteva sopportare, non era abbastanza forte.

Da che Kusum aveva memoria, Ganpat era sempre stato un testimone.

Ciò gli aveva impedito di essere come un padre dovrebbe: intrepido e forte.

Quando nel cuore della notte si svegliava urlando, lei si sentiva confusa, addirittura terrorizzata.

Non era che una bambina.

Impossibile comprendere perché sulla fronte di suo padre si raccogliesse tanto sudore. Nell'oscurità, le sue guance brillavano come quelle di un uomo ricco dopo un bagno nell'olio.

E nello svegliarsi, nel gridare, la afferrava, la toccava per sincerarsi che fosse ancora viva. Allora la prendeva fra le braccia e la cullava avanti e indietro, avanti e indietro, sino a riaddormentarsi. Ma il suo respiro affannoso, quel panico batter di denti, il pallore delle guance, tutto ciò le penetrava dentro creando una musica innaturale, un incessante brontolio.

Kusum si scioglieva dal suo abbraccio e raggiungeva sua madre, Kamla, che le diceva: «Tuo padre ha nuovamente visitato il tempo delle grida».

Nient'altro.

Non le restava che riprender sonno ascoltando i cani selvatici là fuori. La reazione isterica di suo padre seminava agitazione fra le bestie, che si addossavano alla porta della capanna, mostrando i denti e sbavando.

Solo anni più tardi Kusum aveva scoperto il motivo degli incubi paterni.

Era trascorso poco più di mezzo secolo dal tragico giorno in cui gli uomini dei padroni avevano attaccato un villaggio dei warli. A centinaia, i warli erano scesi in spiaggia sventolando bandiere rosse per partecipare a un raduno politico che prometteva di porre fine alla loro schiavitù. A casa erano rimaste solo le donne, i vecchi, i bambini.

Ganpat non si trovava nella piantagione in cui viveva, era nella capanna di uno sciamano insieme alla madre e alla sorella appena nata. La piccola aveva una tosse violenta e lo sciamano l'aveva curata con le erbe. Ganpat aveva solo cinque anni. La moglie dello sciamano dormiva in un angolo, gli occhi semiaperti ma solo il bianco visibile, come l'albume delle uova. La madre di Ganpat si era assopita in una posizione simile, con la neonata accanto a lei per terra.

La capanna con il tetto di paglia era calda. A Ganpat piaceva appoggiare i palmi nudi sul tiepido pavimento di terra battuta e in questo modo aveva percepito il leggero trapestio dei cavalli in avvicinamento.

Anche la piccola doveva aver provato un lieve fremito lungo la schiena, ma la sua reazione, probabilmente, era stata solo agitare le dita dei piedi. Forse, adagio adagio, aveva aperto gli occhi e visto il sacco di grano, i tegami di terracotta, gli oggetti magici dello sciamano, e, agitando ancora una volta le dita dei piedini, era riscivolata nel sonno. Soltanto la moglie dello sciamano aveva intuito che qualcosa non andava. Ma, nel tempo che aveva impiegato ad alzarsi, gli uomini dei padroni erano già entrati nella capanna e avevano preso a distruggere tutto.

La madre di Ganpat si era messa a urlare, perché là dove avrebbe dovuto esserci sua figlia c'era ora un sacco di grano. Là dove avrebbe dovuto esserci sua figlia c'era ora un tegame di terracotta.

E a lungo aveva continuato a gridare anche dopo che gli uomini se n'erano andati, incapace di avvicinarsi al corpicino, mentre Ganpat, senza capire perché sua madre si sgolasse tanto, si era accostato al sacco e aveva visto il polso minuscolo, i ditini ricurvi della sorella...

Era a quel punto che si svegliava sempre, coperto di sudore.

Non importava chi fossero gli uomini. Non importava quali padroni li avessero mandati, se indù, musulmani o zoroastriani. Per Kusum, tutti erano responsabili della morte di suo padre.

Con un esordio simile, che altro avrebbe potuto fare Ganpat se non togliersi la vita?

Pala alla mano, Kusum tornò alla capanna paterna. Il corpo non era ancora arrivato perché il sole era ancora alto. Glielo avrebbero consegnato dopo il tramonto, col favore delle tenebre, quasi fosse qualcosa di vergognoso.

Ma il giovane seth irani era fatto così.

Proprio come la sua schiena era forte per tutti i chilometri percorsi a piedi, le ore trascorse piegata, le arrampicate sugli alberi, le buche scavate e la legna trasportata, la schiena di un seth era debole per le giornate passate in posizione seduta, i polli mangiati e il tabacco fiutato, le banconote contate e gli ordini impartiti. Gli uomini che davano ordini non avevano schiene forti.

Quella era la prima volta che lo vedeva dopo anni. Non sapeva che genere d'uomo fosse diventato, ma mentre saliva sul trattore aveva notato tracce di gentilezza sul suo viso. Non più di quello, tracce deboli come un granello di polvere. E poteva anche essersi ingannata.

Non importava. Ciò che contava adesso era che il sole era ancora alto. Avrebbe dovuto aspettare.

Osservò la capanna in cui era cresciuta. Nel villaggio ce n'erano altre undici come quella, tutte uguali, tranne quella di fronte a dove viveva suo padre e che vendeva riso, *chana* e mentine. Una capra nera riposava alla sua ombra, sollevava la testa e poi ricadeva nel calore della giornata.

Prima o poi le sarebbe toccato rientrare nella capanna del padre.

Le sue infradito di gomma erano davanti all'ingresso, una sopra all'altra, le strisce azzurre a V molli e traballanti.

Piegando la testa, Kusum entrò dunque nella bocca ombrosa della capanna.

Dentro, su un filo, i vestiti di suo padre, alcuni ancora umidi.

Passò le dita sul bucato ben steso. Poi prese un capo dopo l'altro: un paio di pantaloni corti color kaki, una camicia di cotone marrone, una maglietta rossa.

Improvvisamente la colse un senso di vuoto, la stilettata di un mal di denti.

Solo un indumento restava ancora appeso, un gilet bianco tutto sformato. Lo raccolse e arrotolò il filo.

Quando si portò il gilet al viso, l'odore del padre la

investì, caldo e familiare. Ben presto sarebbe scomparso, come quello di sua madre tanti anni prima.

Kusum non aveva nessuna voglia di restare sveglia. Si coricò sulla paglia del pavimento, raggomitolandosi, pregando di poter rientrare nell'utero materno.

Zairos doveva verificare che Damu non fosse ubriaco. Quasi ogni sera, appena terminato il lavoro nella piantagione, i braccianti attaccavano a bere. Al crepuscolo erano ormai ubriachi fradici di liquore fatto in casa.

Quella sera Damu doveva restare lucido.

Il corpo di Ganpat era sul pianale del trattore ed emanava un lezzo abbastanza forte da far cambiar di posto alle stelle. Il veicolo scendeva per il declivio, le deboli luci dei fanali rischiaravano a stento il sentiero di ghiaia.

Per Zairos la giornata non era ancora finita.

Poteva anche essere tardi, ma non mancava mai di andare ad augurare la buonanotte al nonno. Era un rituale, un tributo al nottambulo. Perché Shapur Irani non dormiva mai. Permaneva in uno stato intermedio, come un uomo costantemente in cammino fra due continenti, solo che nel caso di Shapur Irani i due continenti erano il sonno e la veglia.

Il tubo di luce al neon della veranda era acceso, circondato da un nugolo di falene. Vi erano giorni in cui Shapur Irani sedeva nella poltrona a dondolo con l'immobilità che solo i morti possiedono. Ma uomini come lui non morivano nel sonno. Prima di andarsene avrebbe fatto tuonare la terra, l'avrebbe scossa con tutta la sua potenza per annunciare il proprio arrivo nei cieli.

«Avviserò gli angeli affinché non m'intralcino» aveva detto una volta a Zairos. «Quando avrò spiccato il volo, me ne andrò dritto dritto da Banu.»

Da piccolo Zairos non faticava a immaginare il nonno che spiccava il volo. Per lui era un supereroe, proprio come il grande guerriero Rostam del *Shahnameh*, il libro persiano dei re, che si vestiva con pelli di leopardo e indossava un elmo di ghisa, combatteva draghi e streghe e con il suo coltello aveva strappato il cuore e il fegato a un demone.

Zairos si aggirava per la piantagione e da bambino si trasformava in uomo, un uomo alto un metro e novanta che con il pugno strangolava serpenti giganteschi. Gridava, ringhiava, pestava le nocche per terra, estirpava demoni dalle bianche chiome, fermava i cavalli dei nemici per la coda e li scaraventava in orbita sino a farli bruciare dal sole.

Ma quel che più gli piaceva fare era scavare buche sotto gli alberi di chickoo, perché Shapur Irani gli aveva confidato di aver sepolto lì le sue bottiglie di whiskey.

Mithoo rimbrottava il suocero: «Perché gli racconti queste fandonie? Vuoi fare di lui un ubriacone?». E Shapur Irani ribatteva: «Non sono fandonie».

Allora Zairos non comprendeva il significato di quegli scambi, ma adesso sì. Non si trattava di semplici chiacchiere. Condividere il passato, per il nonno, era condividere il sangue.

«Pa,» disse Zairos «volevo chiederti una cosa. Riguarda Ganpat. La figlia mi ha detto che stamattina era diretto qui, da te.»

«Infatti è venuto» rispose Shapur Irani. «Un paio d'ore circa prima che tu lo trovassi.»

«E cosa voleva?»

«Soldi» disse Shapur Irani. «Che altro vogliono questi warli a parte i soldi, per bere e distruggersi il fegato?»

«Ma dopo tutti questi anni, cosa gli ha fatto pensare che glieli avresti dati? E perché dopo si è suicidato?»

«Ah, Zairos, conoscere il cuore di un warli è impossibile.»

Voleva che il nonno continuasse, ma Shapur Irani non aggiunse altro.

Pur non essendo tenuto a farlo, Zairos desiderava poter offrire a Kusum una qualche spiegazione. Forse aver lasciato il cadavere penzoloni fino al suo arrivo non era stata la cosa giusta, ma se lo avesse tirato giù avrebbe potuto essere accusato di aver giocato sporco.

Ci teneva che lei non lo considerasse un insensibile.

Suo nonno non avrebbe mai approvato. I padroni non spiegavano niente.

Con gesti lenti, Shapur Irani si grattò il ginocchio destro attraverso i pantaloni bianchi. I ricordi erano immagazzinati in ogni parte del suo corpo e quando erompevano andavano poi blanditi. Zairos si domandava come potesse suo nonno starsene seduto in quella poltrona tutto il giorno da solo, nel bungalow, in compagnia del servitore. Certo, la mattina faceva una passeggiata fino ai suoi alberi, con cui si fermava a parlare e a condividere qualcosa di bello, ma per Zairos non sarebbe mai stato sufficiente.

«In un certo senso, Ganpat è fortunato» disse ora Shapur Irani. «Io non credo che morirò mai, e questa è la peggior sorte del mondo.»

Era strano che pensasse al suicidio di Ganpat come a una fortuna. In quel modo riduceva Ganpat a una creatura del tutto impotente.

«Zairos, dopo che sarò morto non dovrai mai vendere questi terreni. Senza, non siamo nulla. Persino mentre gli inglesi dilaniavano il paese, questa terra era mia. Questa terra era la mia patria. Lo capisci?»

«Sì, Pa.»

«Non lontano da qui c'è un albero, un mango. Sai

quale? Ero proprio là sotto quando nacque il mio figlio maggiore, il tuo Khodi *kaka*. Ora mio figlio è morto, ma l'albero continua a vivere. Capisci ciò che intendo? Agli alberi non viene l'infarto. Semplicemente invecchiano, e quanto più vecchi diventano, tanto più sono forti e hanno radici profonde ed è difficile spostarli.»

Zairos comprese che il nonno stava per lanciarsi in una delle sue storie.

Cominciava sempre con una grattata al ginocchio. Poi Shapur Irani chiudeva gli occhi, stretti stretti, come stava facendo adesso, come se potesse trasportare il nipote nel passato con la sola forza di volontà. Lentamente la pressione delle palpebre di Shapur Irani aumentava, sinché fremevano come le ali di un uccello ferito, e in quel modo portava Zairos con sé in un tempo antico, pieno di promesse.

4

1942

Shapur Irani osservò soddisfatto il buco per terra, grande quanto bastava per nascondere una bottiglia di whiskey. L'attrezzo usato per scavare era biforcuto come la lingua di un cobra. Se lo infilò nella tasca dei pantaloni e scrutò il cielo in cerca di aerei da guerra. Il conflitto imperversava e l'India non era che un coniglio esposto al rischio di essere abbattuto in qualunque momento da un cacciatore rabbioso. Benché il suo paese non giocasse alcun ruolo nel conflitto, temeva che un grande demone potesse calare dal cielo e sputare fuoco su tutti i suoi alberi di chickoo, incenerendo l'amato frutteto.

Prese la bottiglia di whiskey appoggiata per terra, la stappò e bevve un'abbondante sorsata. Quando il whiskey gli scivolava giù per la gola si sentiva meglio, come se un grosso fiume scorresse in lui dandogli forza.

Presto sarebbe scesa la sera. Shapur Irani guardava al crepuscolo come a un mendicante: privo di luce, privo di oscurità, viveva dei resti lasciatigli dal giorno e dalla notte.

Si chinò a sistemare la bottiglia nel buco.

Il proibizionismo era una maledizione di Dio e il governo una pedina nel suo crudele scherzo. Forse Dio ci teneva davvero al suo fegato, ma Shapur Irani no. E quella era la trentunesima bottiglia che nascondeva in un buco per terra. Shapur Irani sapeva esattamente dove si trovava ciascuna, sotto quale albero. Nessun segno sui tronchi, bastava la loro forma per riconoscerli. Alcuni erano semplici arboscelli, ma anche quelli più vecchi erano più o meno alti uguali e i loro fusti somigliavano a gambe umane. Mostravano protuberanze simili a ginocchia, alcune gonfie, altre lisce come quelle di una donna. Conosceva ogni albero come fosse un fratello, e li amava anche di più. In fondo, li aveva visti nascere. Li aveva visti mentre i braccianti delle tribù locali li piantavano, sotto la sua supervisione, e per anni aveva atteso con pazienza che fossero finalmente grandi abbastanza da fruttare.

Trentun bottiglie di whiskey sotto il proibizionismo era tanta roba. Shapur Irani era in contatto con un tizio di nome Raghu che lavorava alla distilleria reale di Bombay, la Royal Brewery, che produceva un whiskey speciale per gli ufficiali inglesi. Raghu rubava l'RB dal magazzino e glielo rivendeva a buon prezzo. Di quando in quando si fermava anche nel bungalow di Shapur Irani, prendeva per sé tutti i chickoo che voleva e trangugiava tutta l'acqua di cocco che la sua vescica era in grado di contenere.

Shapur Irani respirò nell'aria fresca, immancabile conforto.

Se solo suo padre fosse stato vivo. Vamog sarebbe stato orgoglioso di ciò che Shapur era diventato. Possedeva venti ettari di terra, era fisicamente in forma, aveva la fronte alta degli uomini intelligenti, gli occhi neri piccoli come quelli di un roditore, ai quali non sfuggiva nulla, e le gambe di un lottatore persiano.

Guardami, Padre, gli avrebbe detto Shapur Irani. Questa è la tua terra, tutta tua, e non importa dove batte la tua ombra.

I folti favoriti di Vamog si sarebbero congiunti alla barba esultando, le rughe sulla fronte si sarebbero spianate ed egli avrebbe percorso avanti e indietro ogni centimetro quadrato della piantagione, ringraziando Ahura Mazda per la sua benevolenza, sussurrando ai germogli di chickoo gli insegnamenti del profeta: *Manashni, Gavashni, Kunashni.*

Buoni pensieri, buone parole, buone azioni.

Di sicuro Vamog si trovava in buone mani, ora.

Così come di sicuro era stato uno dei più fedeli seguaci di Zarathustra. Vamog parlava di lui con un rispetto e un'adorazione tali che Shapur non si sarebbe sorpreso di scoprire che tremilacinquecento anni prima suo padre era stato servitore del profeta.

«All'inizio nessuno aveva fede in lui» aveva spiegato al figlio. «Tranne un uomo. Si chiamava Maidhyoi-mangha, cugino del profeta. Per anni rimase il suo unico discepolo.»

Poi Vamog si era sbucciato un'arancia e si era infilato in bocca uno spicchio succoso. Il gusto asprigno di quei frutti gli provocava sempre una deliziosa strizzatina d'occhi. Sebbene sapesse cosa lo aspettava, Shapur amava moltissimo i racconti di suo padre e ogni volta c'era qualcosa di nuovo da imparare.

«Un giorno Zarathustra sfidò in un dibattito spirituale i sacerdoti della corte del re Vishtaspa» aveva proseguito. «Ed essendo stati sconfitti, quelle iene lo imprigionarono.»

Aveva lanciato la scorza d'arancia al di là della testa del figlio. Sopra le labbra di Shapur, per l'eccitazione, si stava formando un baffo di sudore.

«Mentre Zarathustra languiva così in cella, l'adorato cavallo bianco del re Vishtaspa rimase paralizzato. Il nostro profeta si dichiarò in grado di curarlo. Tutto ciò che fece fu toccarlo, così,» qui Vamog aveva posato la mano sulla spalla del figlio «e il cavallo riprese a camminare. Fu allora che il re Vishtaspa accolse gli insegnamenti del nostro profeta e diede inizio all'ascesa dello zoroastrismo.»

A quel punto Vamog si era abbandonato a una smorfia esagerata. Stava cercando di dimostrare al figlio quanto fosse sprofondato nei pensieri.

«Allora, sapresti dirmi chi è l'eroe di questa storia?» aveva chiesto.

«Il re Vishtaspa» aveva risposto Shapur.

«No» aveva detto Vamog. «Secondo me non era il re l'eroe. Secondo me era Maidhyoi-mangha. Solo lui era il vero zoroastriano.»

«E perché?» aveva voluto sapere Shapur.

«Perché per credere non gli era servito alcun miracolo.»

Banu non vedeva l'ora di dirlo al marito. Non riusciva a mettersi seduta né a stare in piedi. Era così eccitata che rischiava di esplodere. La pendola ticchettava davanti a lei, ma lei sapeva bene che a Dahanu il tempo non aveva significato. L'unica cosa che importava, lì, era la luce. Il sole era potente e la sua posizione di primaria importanza. Shapur Irani non aveva mai posseduto un orologio, convinto com'era della sua inutilità. Per dire l'ora, sbagliando al massimo di cinque minuti in più o in meno, gli bastava guardare il sole.

La pendola batté sette rintocchi e Banu capì che presto sarebbe rientrato. Non le piaceva saperlo in giro per la piantagione dopo il tramonto, c'erano troppi serpenti. Non più tardi del giorno prima i braccianti avevano ammazzato un cobra enorme. A bastonate. Vedere un cobra nero di sera era difficile, per questo teneva sempre le finestre chiuse. Lì nella piantagione era facile che un cobra penetrasse nel bungalow, ma quanto più lei tentava di allontanare il pensiero, tanto più i cobra le mostravano i denti danzando come angeli caduti che un tempo avevano il potere di curare ed esaudire desideri, e adesso erano ridotti a creature da cacciare e bruciare.

Portò con sé la lanterna fino allo specchio e si guardò. Era una bella donna, lo sapeva. Pelle chiara, capelli neri lunghi e ondulati e, come diceva suo marito, quando lei lo guardava lo faceva sentire per sempre al sicuro nel bagliore dei suoi occhi castani. La prendeva anche in giro per il suo sorriso, dicendole che era così malizioso che in qualche vita precedente doveva essere stata una ninfa.

La fiamma della lanterna ebbe un fremito, coinvolta nella sua trepidazione. Banu avrebbe voluto veder scomparire le crepe dalle pareti bianche e gessose. Certi giorni, dopo aver preparato da mangiare, dopo essersi spazzolata i capelli e aver fatto la sua passeggiata, si metteva a fissare quelle crepe e piangeva. Piangeva perché era sposata a Shapur Irani da cinque anni, ormai, e ancora non gli aveva dato un figlio. Non che lui lo chiedesse, ma lei sapeva quanto lo desiderasse. Aveva già ventun anni, era vecchia in confronto alla sposina sedicenne che era stata, e suo marito ne aveva trentadue. Il primo anno di matrimonio aveva avuto troppa paura per fare un figlio, ma con il passare del tempo si era resa conto che qualcosa non andava. Doveva essere colpa sua. Suo marito era un Irani dal sangue caldo e una volta si era vantato di poter fare un figlio al giorno, dunque non era lui il problema.

Ma ormai era acqua passata. Presto il piccolo sarebbe nato, e lei glielo avrebbe detto quella sera. A volte suo marito le posava la testa sul ventre, come un bambino, e lei sentiva il respiro che gli usciva dalla bocca e dalle narici, un rivolo sottile di amore e rassicurazione. Se lo avesse fatto anche quella sera, glielo avrebbe detto. Maschio o femmina, sarebbe stato comunque felicissimo, e presto lei non sarebbe stata più sola in casa, avrebbe avuto qualcuno di cui occuparsi. Impaziente, prese a passeggiare avanti e indietro per il soggiorno. «*Chaalni*, Shapur» ripeteva a voce alta. Sbrigati. Sarebbe stato il giorno più felice della sua vita.

Shapur Irani camminava calpestando foglie sotto i piedi. Gli alberi di chickoo stendevano sempre un tappeto di foglie e c'erano giorni in cui quasi non si vedeva il terreno. Si accorse di avere i pantaloni bianchi insozzati sulle ginocchia dalle operazioni di scavo. Shapur Irani vestiva sempre di bianco. Non aveva mai indossato altro che pantaloni e camicie a mezze maniche di quel colore. Nonostante potesse permettersi praticamente qualunque capo di vestiario, in onore dei suoi antenati indossava capi semplici, i colori vivaci banditi dai dominatori islamici convinti che indumenti opachi e trascurati riflettessero meglio la loro inferiorità.

Ormai il sole era completamente tramontato e doveva stare attento a non inciampare in qualche grossa radice. Non voleva disturbare i suoi alberi e portava loro grande rispetto; dovevano poter riposare come chiunque altro. Quando li aveva piantati, alcuni alla tenera età di sedici anni, loro gli avevano dato il permesso di respirare. Di respirare come in Iran era vietato fare e come non faceva più da quando aveva perso suo padre.

Non fosse stato per un fornaio iraniano di nome Daryoush, che aveva visto il giovane Shapur aggirarsi per le vie di Bombay sotto shock per la perdita dell'unica anima viva di cui gli importasse, non sarebbe mai sopravvissuto.

Il trionfo era sacro per Vamog. Il trionfo del bene sul male.

Ecco in cosa consisteva essere uno zoroastriano. «Non siamo gli adoratori del fuoco che gli arabi credono» usava ripetere a suo figlio. «La luce naturale simboleggia Ahura Mazda. Per questo consideriamo sacro il fuoco. Per questo portiamo rispetto al sole. Non sono altro che veicoli attraverso cui possiamo raggiungere Lui.»

Vamog aveva raccontato a suo figlio che Ahura Mazda, Signore della Saggezza, aveva un grandissimo nemico. Ahriman, il Tenebroso. Più un uomo si allontanava dai buoni pensieri, dalle parole buone e dalle buone azioni, più si avvicinava ad Ahriman e lo aiutava nelle sue deprecabili e crudeli imprese. La terra era un parco giochi per Ahriman, un parco giochi in cui dal cielo scagliava brandelli di tentazione che i deboli divoravano all'istante, ma le conseguenze li avrebbero attesi al varco nell'aldilà. «Per questo Ahura Mazda ha messo il sole nel cielo» spiegava Vamog. «Per ricordare a tutti di scegliere la luce, e non ciò che Ahriman ci lancia incontro.»

Ma Vamog si premurava sempre di dire al figlio che l'esito della lotta fra Ahura Mazda e Ahriman era già predeterminato. Zarathustra aveva previsto l'arrivo di un giorno in cui Ahriman sarebbe stato sconfitto per sempre. «Però dobbiamo *meritarcelo*,» ripeteva «usando in modo saggio la nostra forza di volontà.» E lì arrivava la parte che il giovane Shapur amava di più, quella in cui suo padre diventava Ahriman e lo rincorreva per tutta la casa. Quando lo inchiodava in un angolo della cucina, Vamog sollevava le braccia con i polsi piegati, le dita trasformate negli artigli di Ahriman; acciuffava il figlio per il collo e lo intrappolava in una presa mortale:

«Ti distruggerò, Shapur». E Shapur indicava il sole, là fuori, la luce che entrava fluttuando dal tetto basso, e rispondeva a suo padre: «Non hai speranze contro la luce di Ahura Mazda». Vamog stramazzava per terra e giaceva ansimando, senza fiato, come sul punto di soffocare.

Dopo la morte di suo padre, Shapur Irani non avrebbe continuato a credere nella luce o nella bontà, non fosse stato per Daryoush il fornaio. Daryoush era il salvatore del giovane Shapur, il suo arcangelo, col naso simile a un becco e capelli morbidi e bianchi come piume. Il suo amore per una cosa semplice come il pane aveva permesso a Shapur di credere in una cosa semplice come il chickoo. Ogni mattina, prestissimo, Daryoush inalava il profumo di pane caldo e decorava il naso del piccolo Shapur con l'impasto, chiamandolo Cosroe Anushirvan, come il grande pagliaccio iraniano. Solo in seguito alla morte di Daryoush, Shapur Irani aveva scoperto che non esisteva nessun pagliaccio di nome Anushirvan. Casomai era stato un re a chiamarsi così, e forse il naso a becco di Daryoush indicava un futuro in cui Shapur sarebbe diventato sovrano e avrebbe calcato la sua terra a grandi passi, proprio come stava facendo adesso e come era nato per fare.

Non appena Banu vide la terra sui suoi pantaloni bianchi e il modo in cui la camicia gli stava incollata al petto sudato, capì in cosa si era cimentato. Anche qualche ciocca di capelli neri e folti era fuori posto.

«Quante bottiglie vuoi nascondere?» gli chiese.

«Lo sto facendo per te, amore mio» rispose lui.

«Io non bevo, Shapur.»

«Oh, scusa, me n'ero dimenticato. Non so perché, ma continuo a pensarti come un'ubriacona.»

Si asciugò il viso sulla sua spalla, sulla larga spallina della sua camicia da notte color crema.

«Smettila!» disse lei. «Sei uno zozzone.»

«Sì, è vero, sono uno zozzone. Vuoi vedere quanto?»

«No.»

«E dai, lascia che te lo mostri.»

Le ruggì come una tigre, e lei capì cosa significava. Era il loro gioco. Lo chiamavano tigre-tigre.

La sollevò fra le braccia portandola in camera da letto. Fra le braccia muscolose che lei adorava. Il vecchio letto di legno era riparato da una zanzariera. Shapur Irani la odiava, perché avrebbe voluto gettare Banu sul letto, ma l'aveva già fatto una volta, la zanzariera si era rotta e lei se l'era presa con lui, dopodiché non era stata più dell'umore giusto per fare tigre-tigre.

«Tu e la tua zanzariera» le disse ora, posandola a terra.

«Che c'è che non va nella mia zanzariera?» replicò Banu, lisciandosi la camicia da notte. «Non mi va di essere punta.»

«Ma quale tigre si arresta davanti a una zanzariera? Non ha senso, Banu. Serve solo a rovinarmi le cose.»

«Aspetta. Voi uomini avete sempre una tale fretta» disse lei, aprendo un lato della zanzariera e facendolo entrare. «Eccoti qui, tigre. Ora puoi ricominciare a ringhiare.»

«No, adesso non mi va più.»

«Oh, che bambino.»

«E poi cosa volevi dire, quando hai detto "voi uomini"? Cosa ne sai tu di come sono gli uomini? Pensavo fossi stata solo con me.»

«Mi sono persa nelle foreste un sacco di volte, mio caro.»

E tanto gli bastò.

Le infilò la mano sotto la camicia da notte e si arrampicò sopra di lei.

«Sempre una tale fretta» ripeté lei.

La tigre non durò molto. Banu avrebbe voluto che continuasse a ringhiare e ringhiare, ma quella sera la deluse. Giacque accanto a lei russando rumorosamente, su quel letto che apparteneva alla sua famiglia da generazioni. Dopo il matrimonio, Banu aveva insistito per portarlo a Dahanu. Shapur Irani non riusciva ad accettarlo. «Come possiamo dormire in un letto in cui dormiva tua nonna? Vuoi che pensi a Najamai ogni volta che ti spoglio?» Ma Banu aveva insistito, dicendo che non avrebbe dormito in nessun altro posto. «Ma se ci siamo appena sposati: non dormiremo di certo!» aveva ribattuto lui. E la strizzatina d'occhio non aveva cambiato niente. Il letto era rimasto. Là sopra Banu aveva giocato a carte con sua madre e aveva ascoltato le storie che le raccontava la nonna Najamai. Come la affascinavano i suoi denti! Nonostante fosse vecchia, li aveva ancora quasi tutti e sosteneva che era così perché aveva sempre cercato di dire la verità. «Più menti, più ti cadono i denti» ripeteva.

Nell'oscurità Banu si rannicchiò vicino al marito, solleticandogli l'avambraccio e ascoltando i grilli. Quell'uomo era robusto come un camion e aveva la pelle arrossata dal sole, e quando beveva la faccia gli diventava ancora più rossa e il collo pareva sul punto di esplodergli. Quando pensava alla sua faccia di pomodoro le veniva da ridere. Aveva undici anni più di lei e il fatto che fosse un uomo già esperto le piaceva. A volte la sua forza le sembrava buffa, specie il modo in cui le aveva stretto la mano quando si erano conosciuti, come un colonnello che stringe la mano a un soldato: con fermezza, autorità e un po' di goffaggine. Lei era scoppiata a ridere e sua madre l'aveva rimproverata, ma Shapur Irani ne era rimasto divertito. In seguito le aveva confessato di aver provato stupore constatando la propria mancanza di rabbia. Dopo quell'occasione si erano rivisti tre volte, sempre a casa di lei, con sua madre che origliava dall'altra stanza. Banu avrebbe voluto fare una passeggiata da sola con lui, ma la mamma glielo aveva proibito. «Non sono cose da ragazza rispettabile» aveva detto. Nel giro di quattro incontri era stata stabilita la data, le preghiere erano state recitate, gli anelli scambiati e Banu era partita per Dahanu. La piantagione di chickoo rappresentava un grande cambiamento rispetto alla città, le mancavano i bazar, i tram e il teatro dell'opera, però amava quell'uomo e lui amava la piantagione. «Il matrimonio è sempre un prendere e un dare» aveva detto Najamai. «Noi costruiamo il nido e loro lo rompono.» Ma Banu non pensava affatto a suo marito come a un distruttore. Con lei era buono e, benché il suo russare le impedisse il riposo, non aveva che da assestargli un bel colpo sulla pancia per farlo svegliare e, dopo un attimo, lui si riaddormentava. Nel giro di cinque minuti, riprendeva a russare.

Anche quella notte gli diede un pugno e lui, come al solito, si svegliò per nulla turbato. Allora gli bisbigliò all'orecchio: «Appoggia la testa sul mio ventre». Lui era troppo intontito per comprendere, perciò dovette scrollarlo. «Svegliati, Shapur.»

«Eh? Che c'è?»

«Ma che razza di tigre triste sei?»

«Sono stanco.»

«Devo dirti una cosa.»

«Oh, no» biascicò lui.

«Non voglio mica lamentarmi. Solo parlare. Appoggia la testa qui.»

Lui emerse dal sonno con un grugnito, quindi le posò la testa sulla pancia. Era nuda e lei sentì il suo fiato sulla pelle. Quel respiro conteneva tutte le speranze e i desideri del marito, la sua verità, il suo amore, tutto. Per un po' tacque e gli carezzò i capelli, di modo che si rilassasse senza però addormentarsi. L'indomani avrebbe scritto una lettera a sua madre per darle la notizia. Ci sarebbe stato un sacco di fermento in casa, soprattutto fra le sue sorelle. Due gemelle di soli dodici anni, a cui avrebbe scritto che stavano per diventare zie. Ma, prima di dirlo a loro, doveva dirlo a suo a marito.

«Sei sveglio, Shapur?»

«Sai,» mormorò lui «io non sono una vera tigre. Sono solo un idiota che si fa comandare dalla moglie.»

«Non è vero. Sei una tigre eccome. Una tigre che presto avrà un tigrotto.»

«Cosa?»

«Proprio così.»

«Vuoi dire...?»

«Già.»

Avrebbe voluto dirgli anche di più, ma quando vide la reazione del marito, i suoi occhi piccoli farsi tondi come lune, lui che si alzava sul letto per abbracciarla, capì che le sue parole erano già abbastanza.

Nove mesi dopo, l'eccitazione di Shapur Irani era ancora incontenibile.

Sotto l'albero di mango, mentre aspettava Ejaz, si sforzava di non pensare al figlio che doveva nascere. Aveva scelto una pianta non visibile dal bungalow, perché non voleva disturbare Banu. Ejaz ci stava mettendo troppo. Ejaz, il pathan. L'unico a Dahanu alto come Shapur. Ejaz, un metro e novantasei di statura.

Un giorno Shapur Irani stava bevendo il tè alla stazione di Dahanu, quando aveva visto un uomo scendere dal treno. Dall'abito nero aveva intuito che era un musulmano, del popolo pathan. Quell'uomo torreggiava su tutti gli altri, e gli sguardi di Shapur Irani e di Ejaz si erano incrociati come quelli di due animali che si riconoscono all'istante. Il primo ad abbassare gli occhi era stato Ejaz, essendo disoccupato. Forse dal portamento di Shapur Irani, eretto e sicuro di sé, aveva capito che si trattava di un proprietario terriero, un uomo che esigeva rispetto.

Gli era andato dritto incontro e gli aveva detto: «Sono in cerca di lavoro».

Un momento che Shapur Irani non avrebbe mai dimenticato: un musulmano che chiedeva lavoro a un irani. Ma aveva anche compreso che quel pathan non veniva dall'Iran. I due uomini che avevano pestato suo padre non gli somigliavano per niente. Forse per questo non aveva provato sdegno.

«Da dove vieni?» gli aveva chiesto.

«Vivo a Bombay» era stata la risposta di Ejaz. «Ma mio padre era di Peshawar.»

«E per quale motivo ti trovi a Dahanu?»

«Sto scappando.»

Shapur aveva apprezzato l'onestà dell'uomo. Non gli aveva domandato cos'avesse fatto. Capitava talvolta che uomini forti dovessero fare cose che cozzavano con la loro coscienza.

«Ejaz, tu lavorerai per me» gli aveva detto.

Ciò accadeva otto mesi addietro, e in breve tempo Ejaz si era fatto la reputazione del caposquadra più temibile di Dahanu. Quando piantava i suoi occhi neri sui warli, quelli si azzittivano. Gli bastava troneggiare immobile su di loro per fargli capire quanto deboli e malnutriti fossero.

Ejaz aveva una barba lunga e nera di cui andava fiero, e durante la sua prima settimana alle dipendenze di Shapur Irani si era costruito un'arma che terrorizzava i warli, una mazza di legno con dei chiodi a un'estremità. Aveva detto a Shapur che non intendeva assolutamente usarla: serviva solo per spaventarli.

Mentre lo aspettava sotto il mango, Shapur Irani ripensava a quel primo incontro. Non vedeva l'ora che arrivasse la stagione dei manghi, per poter affondare i denti in quel giallo succoso. «Succo di sole» diceva a Banu. «Stai bevendo succo di sole.»

Finalmente ecco Ejaz. Si tirava dietro un uomo che piangeva e supplicava, ma lui era un rinoceronte che trascinava la sua preda nella polvere. Si trattava di uno dei braccianti, Vithal. Un uomo sulla quarantina, col tipico perizoma bianco, addominali sodi, ottime braccia, capelli fini, gambe sottili e voce fonda.

«Non ho fatto niente, seth» disse.

«Qualcuno ti ha chiesto di parlare?» gli gridò Ejaz.

Condusse Vithal ai piedi dell'albero di mango. Shapur Irani si deterse il sudore dal viso con la manica della camicia.

«È stato lui» disse Ejaz. «È lui il ladro.»

«Ne sei certo?» chiese Shapur Irani.

«Certissimo.» Ejaz si carezzò la barba, come se avesse detto già abbastanza.

«Hai trovato i soldi nella sua capanna?»

«No, non ho trovato soldi. Ma non preoccuparti, seth, fra un attimo parlerà.»

Shapur Irani sperò che Ejaz avesse in mano delle prove.

Intorno all'albero si erano nel frattempo radunati altri tre braccianti, uomini di statura simile, le teste basse, che di quando in quando lanciavano sguardi spaventati in direzione di Vithal. Non avevano il coraggio di proferir parola. Vithal non sollevò gli occhi su Shapur Irani. Giaceva per terra a faccia in giù.

«Hai preso tu quei soldi?» gli chiese Shapur Irani.

«No, seth. Non ho rubato.»

«Seth, sua moglie lavora nella piantagione» intervenne Ejaz. «La mando a chiamare?»

«Sì» rispose Shapur.

Sarebbe servito a prendere tempo. Sperava che entro allora l'uomo confessasse, dandogli la possibilità di tornare a casa. Shapur Irani aveva voglia di mettere i piedi a mollo nell'acqua calda e di lasciare andare tutta la tensione; non vedeva l'ora di annusare i capelli di sua moglie, soprattutto se se li era appena lavati. La violenza era qualcosa che non desiderava nelle sue terre. Non gli era mai toccato di dover picchiare un dipendente.

Ejaz abbaiò un ordine a uno dei presenti, che immediatamente spiccò il volo, la voce potente del caposquadra capace di mettergli ali atterrite. Nel frattempo Ejaz legò Vithal al tronco del mango, la sua figura nera in contrasto netto con il sole e il cielo azzurro. Shapur Irani si domandava perché, anche con quel caldo, Ejaz si vestisse di nero.

Vithal continuava a protestarsi innocente. Supplicava di essere liberato, diceva di non sapere di cosa stesse parlando Ejaz, che quel pathan era disonesto e il seth non doveva credergli, e che da quando il pathan era arrivato alla piantagione i braccianti erano infelici perché lui li trattava male e usava le loro mogli per il suo piacere.

Ma quello non era un problema che lo riguardava. Ejaz era un uomo gagliardo e, chi poteva dirlo, magari le donne warli erano segretamente contente di essere prese da un pathan. Shapur Irani aveva assoldato Ejaz perché i warli cominciavano a ribellarsi. Si radunavano istigati da un partito comunista chiamato Bandiera Rossa, e lui doveva dargli una lezione. Doveva instillargli paura, rammentare loro chi era il re, e il pathan era abilissimo nello spaventarli. Almeno altri quattro proprietari terrieri si erano informati sul suo conto. Anche loro volevano qualcuno di così feroce a proteggere i loro possedimenti. Ma il pathan era fedele al suo padrone, perché nella primissima settimana Shapur Irani gli aveva rivolto una domanda importante: «Quanti figli hai a Bombay?». «Solo uno» aveva risposto con orgoglio il pathan. «Un maschio.» E Shapur Irani aveva replicato: «Da questo momento, è anche figlio mio».

La moglie di Vithal arrivo nel girò di pochi minuti. Era seguita dalla maggioranza dei braccianti della piantagione, una decina di uomini e sette donne. Non appena vide il marito legato all'albero, corse da Shapur Irani e cadde ai suoi piedi.

«Vi prego, non fategli del male» disse. «Non ha fatto nulla.»

«Non ho detto che ha fatto qualcosa» rispose Shapur Irani.

«Seth...» attaccò allora la donna, senza però riuscire a terminare la frase.

«Non ti ho mai vista in giro» riprese Shapur Irani. «Da quanto tempo lavori qui?»

«Ho appena cominciato» rispose lei.

Arruolare uomini e donne quando un lavorante si ammalava o moriva era compito di Ejaz. Che spiegò: «Ha iniziato due settimane fa, seth».

«Ed è così che tuo marito ci ripaga della gentilezza?» osservò Shapur Irani. «Noi ti diamo lavoro, provvediamo a te, e lui mi deruba? Ruba dalla mia casa?»

Nel tentativo di apparire spaventoso alzò la voce, sperando di far uscire dalla bocca di Vithal la sua colpa.

«Non ho rubato, seth» ripeté invece lui. «Credetemi, vi prego.»

Ejaz fece per colpirlo, ma Shapur Irani sollevò la mano e lui si bloccò.

«Te lo chiedo per l'ultima volta, Vithal» disse. «Sul tavolo in casa mia c'erano dieci rupie. Qualcuno le ha prese. Sei stato tu?»

Aveva pregato Banu di mettere il denaro al sicuro perché non gli andava che restasse in giro per casa. Non lo aveva fatto lui perché la cassaforte era in camera da letto e con Banu c'era Jeroo, la levatrice. Perciò aveva detto alla moglie che i soldi erano sul tavolo, dopodiché era uscito per andare a fare una passeggiata nella piantagione. Quando Banu e Jeroo erano uscite dalla camera, i soldi erano già spariti. Ejaz aveva visto Vithal nei pressi della casa più o meno nello stesso momento.

A turbare Shapur Irani non era la perdita in sé. Semmai lo adirava il fatto che qualcuno avesse avuto il fegato di entrare in casa sua. Era un segno del cambiamento dei warli, un segno che lo faceva dubitare del futuro. Stava per nascergli un figlio e lui viveva solo nella piantagione. E se, sotto gli effetti dell'alcol, uno dei suoi braccianti avesse deciso di approfittarsi di sua moglie? Li avrebbe uccisi uno a uno. Avrebbe dovuto comprarsi un fucile, benché odiasse qualunque tipo di arma. I veri persiani, i veri uomini, combattevano corpo a corpo. Risolvevano i contenziosi con le mani nude. Le armi erano per i deboli di spirito e gli infermi nel corpo. Un *pehelvaan* persiano, un lottatore, non avrebbe mai girato armato di pistola o coltello.

Per un attimo aveva pensato che a rubare il denaro potesse essere stato proprio Ejaz, ma era impossibile. Ejaz era un uomo d'onore. Uomini grandi e forti come muri non rubavano. Spezzavano le ossa, magari, ma non rubavano. Per Ejaz sarebbe stato troppo umiliante, troppo meschino, introdursi in casa e scappare con quei soldi. Un gesto che lo avrebbe istantaneamente ridimensionato. No, non era Ejaz il ladro. Però non poteva nemmeno dare per certo che fosse Vithal, giacché i soldi non erano stati ritrovati. Il dado, tuttavia, era stato tratto. Era ora di imporre una disciplina, di dare un esempio rigoroso. Prima di allora non aveva mai picchiato nessuno dei suoi uomini, sebbene tutti i proprietari terrieri di Dahanu lo facessero. Uno dei suoi vicini, un indù di nome Ramesh, aveva rotto il polso di un uomo con un colpo di pala perché aveva mangiato un boccone di pesce prelevato dal tavolo da pranzo. Non era per il boccone in sé. Era per il gesto.

Ma Shapur Irani non voleva la violenza.

Allo stesso tempo era consapevole della presenza di tutti i braccianti. Se avesse lasciato andare Vithal, avrebbe dato un messaggio sbagliato. La situazione lo costringeva a essere impietoso. Sapeva che la notte non ci avrebbe dormito sopra, ma doveva farlo per la sicurezza di quel figlio non ancora nato.

«Hai preso tu i soldi sì o no?» ripeté.

Se solo Vithal avesse risposto di sì, ponendo fine alla questione.

Lo sguardo di Shapur Irani corse alla mano destra del suo bracciante. Gli mancava il pollice. Conosceva Vithal da alcuni anni, ma era la prima volta che notava quel particolare.

«Sei stato tu? Te lo chiedo per l'ultima volta.»

E, fosse stato per lui, avrebbe aspettato qualche altro secondo. Ma Ejaz no.

Teneva il braccio sinistro di Vithal stretto in una morsa, e di colpo quel braccio scrocchiò come uno dei rami sospesi sulla testa dell'uomo. Il grido di Vithal si udì appena. Il dolore era talmente forte che, se fosse stato energia, avrebbe potuto usarlo per sollevare l'albero intero. La moglie si gettò ai piedi di Shapur Irani.

«Lasciatelo andare» disse. «Non è stato lui. Sono stata io. Io ho preso quel denaro. Mi serviva...»

Ejaz la prese per i capelli e la schiaffeggiò brutalmente. Lei gli sputò in faccia, e fu allora che Shapur Irani seppe che nei giorni a venire la donna avrebbe conosciuto la sofferenza più bruciante della sua vita. Ejaz le sferrò un calcio potente, facendola cadere con la bocca nella polvere.

«Basta» ordinò Shapur Irani.

Non poteva tollerare di veder picchiare una donna. Quella era la Banu di Vithal. Shapur Irani aveva la gola secca e respirava a fatica. Qualcosa gli opprimeva i polmoni e non mollava la presa.

I braccianti erano ammutoliti. A Shapur Irani parve di sentir singhiozzare una donna, ma non ne era certo per via del suo stesso respiro affannoso.

Doveva ridarsi un contegno.

Ciò che voleva era dare un esempio, non mostrarsi preoccupato. Non poteva apparire debole.

Proprio allora il grido della donna si fece più sonoro, ed egli capì che a urlare non era una delle braccianti ma Jeroo la levatrice. Correva verso di loro agitando le braccia, e stava per dire qualcosa quando per terra vide Vithal e la moglie, e si bloccò.

Senza indugi si voltò e si riavviò in direzione del bungalow.

Shapur Irani la raggiunse.

«Che succede?» le chiese. «Tutto a posto?»

«Vi è nato un maschio.»

«Un maschio!» Shapur Irani era raggiante. «E Banu sta bene?»

«Un parto magnifico» rispose lei. «Potete andarne fieri.»

Quella notte, dopo aver addormentato il piccolo Khodi con un bacio, Shapur Irani si recò da Vithal. Aveva già dato disposizione a Ejaz affinché lui e la moglie ricevessero cibo e medicine. Un medico era stato chiamato per curare il braccio rotto. Vithal e la moglie furono rassicurati circa il fatto che, una volta guariti, sarebbero tornati a lavorare.

Quando arrivò alla capanna, la moglie di Vithal stava accudendo un neonato.

Shapur Irani non riuscì a guardarle la bocca, ora priva dei denti davanti. Di solito erano i warli a temere di guardare il padrone negli occhi, ma questa volta fu Shapur Irani a restare immobile a testa bassa.

«Come si chiama il bambino?» chiese.

«Ganpat» rispose la donna.

5

2000

Zairos parcheggiò la sua moto nera davanti all'Anna's, dietro a un risciò coperto pieno zeppo di polli, così pieno che avrebbe fatto vergognare il peggiore dei treni locali nell'ora di punta. La cacofonia dei volatili, insieme a quella del richiamo del *muezzin*, rendeva l'atmosfera al chiosco vagamente innaturale. Il padrone del risciò si chinò verso l'interno del veicolo e ne estrasse una manciata di polli. Legati a quattro a quattro, penzolavano a testa in giù come altrettanti trapezisti. Li doveva consegnare al Janta Chicken Centre: cinquanta polli almeno che aspettavano la tirata di collo.

Proprio mentre stava per sedersi su una delle panche di formica verdi di Anna, Zairos vide Damu avvicinarsi a bordo del trattore e fischiò forte per attirare la sua attenzione.

«Dove te ne vai?» gli chiese.

«Al funerale di Ganpat, seth.»

«Funerale? Credevo l'avessero cremato una settimana fa.»

«No, seth» rispose Damu. «Per raccogliere la legna, comprare il latte e fare tutti i preparativi ci vuole tempo...»

Ancora una volta, Ganpat faceva irruzione nella vita di Zairos.

Persino da morto non mollava la presa, quasi stesse cercando di dirgli qualcosa. Come nelle fiabe si lasciava dietro una scia, briciole di pane per chi era solo e smarrito. E per qualche strano motivo Zairos si era ritrovato sulla traiettoria della sua vita, traiettoria partita decenni prima dalla piantagione di Shapur Irani. Zairos doveva seguirla fino alla fine.

Sarebbe andato al funerale.

Non lo faceva per Kusum; lo faceva per sé. Forse suo nonno era troppo orgoglioso, o troppo vecchio, per occuparsi di certe cose, ma in lui scorreva sangue giovane, sangue luminoso e pieno di speranza.

«Ti seguirò in motocicletta» disse a Damu.

«No, invece» sbottò Aspi Irani dal Casinò Mobile. «Serve a me. Sono venuto qui a piedi.»

«Non temere, Aspi kaka, ti riporto a casa io sulla mia renna» intervenne Bumble, dando una pacca sul sedile in pelle della sua BMW rossa, ancora in stile Babbo Natale dalla festa della settimana precedente.

Ma a quel punto, e con sorpresa di Damu, Zairos era già balzato sul cassone del trattore, dove andava a mettersi da piccolo per farsi portare in giro per la piantagione. Adesso però era un uomo fatto. E un seth non si sedeva sul retro di un trattore.

«Te ne stai lì sdraiato come la regina Rani di Jhansi» commentò Bumble.

Quella frase fece divertire anche Pinky, l'orfanella. Del resto, non aveva occhi che per lui. Incantata dalla sua BMW, gli tirò timidamente l'ampio camicione bianco. «Bumble, ho fame.» E quando lo chiamava così, chiunque ne era intenerito.

«Dammi un sacchetto di Parle-G, Anna» ordinò Bumble.

«No, non i biscotti» fece Pinky. «Gelato.»

«Questa ragazzina è peggio di Hitler» borbottò lui.

Bumble sedette sulla moto e issò Pinky sul serbatoio. Poi diede una rumorosa sgasata, come suo solito, apposta per disturbare la gente lì intorno e soprattutto i ricoverati dell'ospizio sopra all'Anna's che, come aveva saputo, in quel modo si svegliavano di soprassalto. Quindi circondò saldamente Pinky con le braccia, affinché non ruzzolasse durante il loro giro.

Trattore e BMW ripartirono contemporaneamente dal chiosco, con Pinky che non stava nella pelle dall'emozione e si puliva il naso sulla manica della camicia di Bumble, e lui che la sgridava e accelerava, e di lì a poco non rimase che Zairos sul trattore, tra gli scossoni della via dissestata e sassosa, a mangiar polvere e starnutire, mentre dalla strada gli svolazzavano in faccia buste di plastica rosa e azzurre.

In altre parole, al chiosco di Anna era una giornata come tutte le altre.

Peccato che Zairos fosse diretto a un funerale.

Ogni volta che il trattore incontrava una buca, una scossa percorreva la spina dorsale di Zairos. Aveva sottovalutato l'insidiosità delle strade di Dahanu, le cunette, le pietre aguzze, le grosse radici degli alberi di *banyan* che funzionavano quasi da dissuasori di velocità, le improvvise pendenze.

Ma si vergognava a lamentarsi. A stento immagi nava ciò che aveva dovuto affrontare suo nonno da ra gazzo, quando a dorso di mulo era sceso dalle colline iraniane. «C'erano giorni che mi bastava sentire odore di cibo per svenire» gli raccontava Shapur Irani. «Avevo una fame! Dopo tre o quattro giorni di digiuno, magari riuscivamo a mettere le mani solo su un pezzo di *naan* e qualche cipolla.»

E il naan c'era ancora, ma con carne d'agnello, di pollo, di maiale, con il pesce e tutto ciò che lo stomaco poteva desiderare. Il mulo di Shapur Irani era stato sostituito da BMW, Kawasaki, Honda e Yamaha. Laddove Shapur Irani aveva dovuto lottare per la mera sopravvivenza, i suoi figli Aspi e Sohrab sedevano nel Casinò Mobile a chiacchierare al ritmo di cuori, picche, quadri e fiori.

Non c'era dubbio che Aspi Irani fosse consapevole dei sacrifici fatti da suo padre. Il fatto era che la sofferenza aveva reso Shapur Irani un uomo serio, un uomo che aveva dimenticato che nella vita c'è anche bisogno di un po' d'azzardo. Shapur Irani era stato un valente gladiatore, ma in lui era scomparsa ogni luce e solo un pagliaccio era in grado di resuscitarla. Perciò Aspi Irani era un irriverente buffone. Voleva lasciare a Zairos la luminosità e leggerezza che suo padre non era riuscito a trasmettere a lui. A che serviva sopravvivere, se i travagli del passato ti estirpavano tanto brutalmente il sorriso dal cuore?

Quando Zairos, a dodici anni, aveva chiesto a suo padre di raccontargli da dove venissero gli zoroastriani, Aspi Irani gli aveva domandato: «Vuoi la versione storico-religiosa o vuoi la verità?».

E per verità intendeva: cos'è la storia senza un pizzicotto sul sedere?

Quel giorno Zairos sedeva all'Anna's e Aspi Irani fissava dritto il suo pubblico di ascoltatori. «Metti un po' giù quel libro ingannatore» aveva detto a Keki l'italiano, la cui mascella già pronunciata sembrava crescere di giorno in giorno.

«Questa è *letteratura*» aveva ribattuto lui, attraverso i denti ingialliti. «Questo è Camus.»

«Vedendoti dipinto in faccia lo stupore inebetito di un

ritardato mentale che guarda un palloncino colorato,» aveva replicato Aspi Irani «ne deduco che Camus non ti ha insegnato niente.»

«Camus è un gigante della letteratura francese. È...»

«Un elfo, per quanto mi riguarda. E ora ascoltami bene. Ti sto parlando del tempo in cui gli arabi ci trattavano come merda di cammello.»

Aveva dato a Keki una pacca sonora sulla schiena. La classica pacca "lascia-che-ti-illumini" di Aspi Irani.

«I musulmani avevano cominciato a costringere gli zoroastriani a convertirsi. Perciò, nel 716 dopo Cristo, molti dei nostri antenati – siano benedette le loro anime perseguitate – fuggirono in India in cerca di asilo. Molto sinceramente, sarebbe stato meglio se fossero scappati nella direzione opposta, in Italia o in Spagna, invece scelsero questo postaccio schifoso, e dunque, pace.»

Quei primi emigrati erano chiamati parsi perché venivano dalla provincia di Pars, in Persia. I parsi si erano dapprima stabiliti a Sanjan, nello stato costiero del Gujarat. «Lo stato nostro vicino di casa, figliolo, oggi popolato di strozzini e di uomini con i saloni piastrellati di bianco e nero come scacchiere.»

Il sovrano indù di Sanjan, Jadi Rana, non aveva gioito di quello sbarco inatteso, poiché già allora l'India era molto popolosa. Perciò aveva chiesto al suo fedele servitore di portargli una giara di latte. Reggendola quindi in mano, Jadi Rana aveva detto al grande sacerdote dei parsi: «Questa giara è colma fino all'orlo».

E il parsi aveva risposto: «Mohan, comprendo ciò che dite».

«Perché mi chiamate Mohan?» aveva chiesto Jadi Rana.

«Perché in Iran avevo un amico indù con questo nome.»

A quel punto, i parsi avevano temuto che il passo falso del loro gran sacerdote avesse compromesso ogni possibilità di essere accolti come immigrati e, cosa anche peggiore, dall'espressione sul volto di Jadi Rana avevano pensato che sarebbero stati torturati e mangiati a colazione, pranzo e cena.

Ma proprio allora, con la raffinatezza di un prestigiatore che materializza rose rosse dal nulla, il sacerdote parsi aveva versato dello zucchero nella giara di latte.

«Questo latte è buono anche da solo» aveva detto a Jadi Rana. «Ma con l'aggiunta di un po' di zucchero diventa ancora più dolce. Così faremo con il tuo paese: lo renderemo più dolce, e come lo zucchero è invisibile, non noterete nemmeno la nostra presenza.»

Colpito da una simile prontezza di riflessi, Jadi Rana aveva intuito che quella gente, benché folle se capace di viaggiare con una fiamma accesa (e che sosteneva ardere da più di tremila anni), avrebbe potuto arricchire di preziosi contributi la sua terra d'adozione.

«E questa è la storia dei parsi» aveva sospirato Aspi Irani. «Camus la conosceva?»

«Camus aveva cose più importanti di cui occuparsi» aveva risposto Keki, soffiando fumo di bidi dalle sbarre digrignate dei suoi denti.

«Cose come... il suo accento?»

«Sei un rozzo filisteo» aveva reagito Keki.

«E questo ci porta agli irani» ne aveva approfittato Aspi Irani. «Noi arrivammo secoli più tardi. Restammo in Iran a farci maltrattare e sfruttare ancora un po', qualche frustata araba qua e là, mangiavamo mandorle e più o meno era tutto.»

Zairos aveva provato un senso di delusione. Voleva saperne di più sugli irani, ma era troppo giovane per poter dire la sua da Anna.

Era grande abbastanza solo per ascoltare, non per parlare.

Fortunatamente, ci aveva pensato Keki a spronare Aspi Irani.

«Suvvia, Aspi. Raccontalo a quel povero ignorante di Camus.»

«Oh, se è così come posso rifiutare?»

Secoli dopo che il primo gruppo di zoroastriani era migrato dall'Iran, sulle coste dell'India ne giunse un altro. Il sovrano indù, il bis-bis-bis-bis-bisnipote di quello che non si chiamava Mohan, pose agli irani la stessa domanda: «Perché dovrei permettervi di entrare nel paese?». Gli irani non sapevano cosa rispondere. Erano stanchi, affamati e infoiati. Cominciarono ad adocchiare le serve del re. «Portatemi del latte!» ordinò questi. E gli irani si sentirono ancora più confusi. Per quale motivo adesso gli offrivano del latte? Quel re era forse un imbecille patentato?

Quando la giara di latte arrivò, il sovrano si accorse che sugli irani non sortiva il minimo effetto. Forse serviva loro uno stimolo nella giusta direzione, perciò ordinò: «E voglio anche dello zucchero!». Quando giunse lo zucchero, offrì quello e la giara agli irani. Non avevano che da mescolare l'uno all'altro, e il gioco era fatto.

Invece gli irani chiesero al re indù: «Capo, potremmo avere del whiskey?».

«No, qui non beviamo» rispose lui. «L'alcol è proibito nel Gujarat.»

E gli irani svennero all'istante.

Quando si riebbero, barche, asini e tutto ciò che li aveva trasportati era sparito, perciò entrarono nel paese rabbiosi e derubati.

«Ecco come arrivarono in India i due tipi di zoroastriani, i parsi e gli irani» aveva concluso Aspi Irani.

«I parsi ebbero successo in quasi ogni campo, dagli affari al cricket. Sfortunatamente, invece, gli irani non compresero mai l'idea di lavoro.»

Quando il sovrano indù vide che continuavano a perder tempo, chiese: «Perché non *fate* qualcosa?». E quelli gli domandarono di nuovo: «Non potremmo avere del whiskey, capo?». Fu allora che il sovrano perse il lume. Benché fosse indù, integerrimo ed educato, cominciò a insultarli tutti dal primo all'ultimo: «Razza di schifosi, vermi figli di puttana, perditempo impestati!». E gli irani gli sussurrarono all'orecchio: «Ehi, capo, anche tu sei un irani, allora! Solo gli irani parlano così». Stanco e smarrito, il re indù si ritirò nel suo palazzo per non uscirne mai più.

A quel punto era giunto il *caveat emptor* di Aspi Irani, una sorta di assicurazione preventiva nel caso la storia fosse stata ripetuta al di fuori delle mura dell'Anna's e uno zoroastriano permaloso, di quelli di cui pullulava la società bene di Bombay, avesse deciso di prenderla come un'offesa: «Mi preme aggiungere che non tutti gli irani sono sboccati e maleducati» aveva detto. «Anzi, ve ne sono di assai raffinati. Nessuno vive a Dahanu, naturalmente, la maggioranza sta a Bombay, ma il loro inglese è impeccabile, l'abbigliamento immacolato, la conoscenza del mercato azionario ineguagliabile, l'amore per la musica classica evidente, e via discorrendo. Queste sono anime che *danno un contributo* alla società.»

Ecco. E così aveva blandito i puristi. Ora poteva ricominciare a pungolarli nelle chiappe.

«Tuttavia, ho sempre pensato che tra queste anime belle si aggiri un'autentica belva irani ansiosa di liberarsi. Noi siamo esemplari da mettere in gabbia, da sezionare e studiare. Forse non avremo inventato la ruota o condotto ricerche nel campo delle cellule staminali o in altri ambiti affini di botanica che riguardino stami e pistilli, ma siamo ugualmente unici. Siamo pionieri, perché in un'epoca in cui tutto sembra procedere in avanti noi, semplicemente, ci rifiutiamo di evolvere. Non siamo versioni nuove e perfezionate, bensì disturbate come i nostri padri. Siamo pesci in un laghetto, privi di autentica bellezza, e la nostra vera storia non si saprà mai.»

E, per chiudere, Aspi Irani aveva quindi preso *Lo straniero* di Camus e l'aveva gettato in faccia a Keki.

A quel ricordo, Zairos sorrise. A tredici anni, quando frequentava l'ultimo anno di scuola primaria in un istituto privato a Bombay, la sua insegnante d'inglese, la signora Costa, aveva chiesto alla classe di scrivere un tema basato sulla storia famigliare. Zairos si era domandato come avrebbe reagito la signora Costa se avesse scritto cose come quelle raccontate da suo padre. Probabilmente le si sarebbero congelati i lunghi capelli neri. Ma, sebbene quelle di Aspi Irani non fossero che storie, allungavano le radici in un fondo di verità.

Da un lato c'era il padre di Zairos, libero di rincorrere le sue fantasie fin nei meandri, di ridisegnare e raccontare la storia del suo popolo con l'aggiunta di un pizzico di sale e un po' di salsa chili. Dall'altro però c'era Ganpat, non così fortunato, asfissiato dalla sua stessa storia: se anche non avesse trovato una corda per impiccarsi quel giorno, un'altra si sarebbe materializzata nelle spietate e desolate circonvoluzioni della sua vita.

Il trattore si fermò di colpo.

Erano arrivati al villaggio di Kusum. Damu scese per primo e attese accanto al pianale che anche il padrone lo facesse. Damu aspettava sempre. E c'erano volte in cui Zairos si scordava della sua presenza, tanto era abile nel rendersi invisibile.

Una ventina di warli, uomini e donne, circondavano la pira funeraria.

Diversamente che alla piantagione, qui, fra la loro gente, Kusum e Rami sembravano più potenti. Il ruscello asciutto con le ardenti pietre grigie, le palme da dattero, il cumulo di rametti spinosi, la terra marrone, fecero sentire a Zairos che quelle donne appartenevano a quel luogo. I loro piedi avevano radici che penetravano là sotto, e se si fosse potuto misurare la distanza in anni, sarebbero state radici profonde millenni.

Zairos era di nuovo faccia a faccia con Ganpat.

Lo avevano avvolto in un telo di stoffa bianca, nuova, e gli avevano cosparso il viso di *ghee*, burro; sulla sua fronte c'era un segno rosso, una piccola virgola fatta con il pollice da qualcuno. Gli anziani del villaggio, uomini con la barba incolta e bianca e pochi ciuffi di capelli candidi, stavano accanto alla pira di legna.

Solo Rami era in disparte, china nei pressi di una piccola macchia di cactus, con in mano una ciotola di latte. Uno degli anziani, in pantaloni corti marroni e impolverati, si avvicinò alla pira, aprì i palmi di Ganpat e in ciascuno infilò una moneta da una rupia.

Zairos sapeva di essere al centro dell'attenzione. Soprattutto di Kusum.

Lei lo guardò due volte, poi distolse gli occhi, come se fosse un'apparizione creata dal calore, dalla polvere e dall'imminente combustione del corpo di suo padre.

Lentamente gli si avvicinò a testa bassa, lanciando occhiate agli anziani, poi di nuovo alla terra bollente. Mentre avanzava verso di lui, Zairos si ritrovò ancora una volta colpito dalla sua bellezza. Era più bassa della maggior parte dei warli, ma anche più rotonda, più piena. E, per una donna in lutto, portava su di sé un'incredibile quantità di colore: una camicia rosa e il fiocco rosso che le legava i capelli, pettinati all'indietro in uno chignon.

Zairos si rese conto di aver bisogno di dirle qualcosa. Gli stava di fronte a capo chino già da un po', ormai.

«Guardami» le disse.

Non aveva idea di cosa l'avesse spinto a parlare in quel modo. Quella era la postura tipica dei warli, per loro la sottomissione era naturale come un tramonto.

Lei lo guardò e subito riabbassò gli occhi.

In quella frazione di secondo Zairos catturò il movimento delle sue iridi castane che galleggiavano in un lago bianco. Poi il suo sguardo corse alla vita di lei, sottile. Alla curva dei suoi fianchi.

Il sole gli incollava la maglietta bianca al torace con la possessività di un'amante. Il movimento improvviso dei braccialetti arancioni sul polso di Kusum fece risuonare nell'aria un tintinnio.

Recarsi lì era stato un errore.

Dentro di lui si agitava il sangue imperioso di un possidente terriero.

Ma doveva dire qualcosa. Non una scusa e nemmeno una spiegazione, bensì una semplice dichiarazione. Il fatto di aver tenuto il corpo di Ganpat alla piantagione fino al tramonto aveva privato Kusum delle ultime poche ore in compagnia di suo padre. Quando il corpo le era stato restituito, Ganpat era ormai un cadavere puzzolente adatto a una camera mortuaria, non certo alle braccia disperate di una figlia.

Ma, al posto delle parole, le consegnò della carta.

In tutto mille rupie, estratte dalla tasca posteriore dei blue jeans con una destrezza di mano che solo un padrone poteva possedere. Più che di spiegazioni, Kusum aveva bisogno di soldi.

Li prese, li tenne in mano.

Avrebbe voluto vederla tornare verso la salma. Non c'era nulla che potesse fare per lei. Era vanitoso da parte sua pensarlo.

«Seth,» gli disse Kusum «volevo chiedervi una cosa.»

Zairos fu sorpreso di udire il timbro basso della sua voce, la forza delicata che la pervadeva. Nessun tremito, nessuna rabbia né dolore, benché la carne di suo padre fosse destinata a liquefarsi presto sotto i suoi occhi.

«Per caso Shapur seth ha detto qualcosa su mio padre?»

«Voleva del denaro» rispose lui. «Mio nonno glielo ha rifiutato.»

Kusum aprì il palmo della mano e guardò le banconote da cento rupie, ora umide del suo sudore.

«Se Shapur seth gliel'avesse dato, mio padre adesso sarebbe vivo» disse.

Anni di osservazione avevano indotto Zairos a pensare che quella gente non sapesse cosa fossero i sentimenti. La storia li aveva resi insensibili, i loro cuori incapaci di porre domande.

Il volto di Zairos si indurì, segno della sua virilità e del suo potere. Gli sarebbero serviti gli occhialoni neri da aviatore di Bumble, che con i loro riflessi metallici avrebbero creato una distanza sufficiente fra lui e Kusum.

Gli occhi gli avevano giocato un brutto scherzo. Erano castani, come quelli di lei.

Non sarebbe rimasto per il funerale. Recandosi lì aveva alterato l'ordine delle cose.

Non si ricordava di lei, ma Kusum sapeva che non aveva motivo per farlo.

Era il figlio di un proprietario terriero e le spalle larghe e le gambe muscolose dei suoi antenati non gli avrebbero permesso di ricordare.

Una volta, però, era stato delicato.

Era accaduto molti anni prima, quando nella piantagione crescevano piccoli gigli bianchi, intere file sparse fra gli alberi di chickoo, gigli bagnati di rugiada del mattino, tanto morbidi che soffriva a coglierli. Suo padre raccoglieva chickoo e lei gigli. Non facevano altro. Prendevano cose vive e le privavano della vita.

Poi, la sera, sua madre le dava da mangiare fiori crudi di *mahua*.

Kamla insegnava alla figlia a estrarre olio dai mahua, buono per cucinare. A volte c'era anche pesce essiccato e chana, e nei giorni in cui Ganpat non sperperava tutta la paga in liquori le portava dei dolci, bianche palline rigate di nero.

Sebbene il gusto del mahua fresco non le piacesse, Kusum adorava cibarsi di fiori. Quando mangiava un fiore qualcosa in lei cambiava, qualcosa del fiore stesso diventava parte di lei.

Ma il mahua non reggeva il confronto con il giglio. Neanche un po'.

Perciò, un giorno in cui migliaia di gigli bianchi luccicavano sotto il sole nella piantagione lei aveva smesso di raccoglierli e si era alzata.

«Vi mangerò tutti» aveva detto loro.

Era tornata a chinarsi, aveva strappato un giglio dallo stelo e stava per metterselo in bocca, quando un ragazzino era apparso su una bicicletta azzurra. Non aveva mai visto un azzurro così, brillante come denti nella notte. Istintivamente Kusum aveva gettato via il giglio. Il ragazzo non era un warli; era uno *di loro*, degli altri, di quelli strani. Più grande di lei, ma non di molto, si era fermato torreggiandole accanto.

Poi, il ragazzo strano aveva detto: «Non si mangiano, quelli».

Parlava la sua lingua, ma come uno stupido, come un vero e proprio buffone, come un ragazzo con il cervello malato, con un cervello di lucertola o, peggio ancora, una combinazione d'asino e di rettile. Lei si era sforzata di non ridere, ma non c'era riuscita.

«Perché ridi?» le aveva chiesto lui.

Allora aveva abbassato lo sguardo, temendo che potesse picchiarla o sgridarla, perché l'azzurro della sua bicicletta era così assurdo che solo degli stregoni potevano avergli fatto assumere quella tonalità folle.

«Parla» le aveva detto.

Lei non comprendeva il tono della sua voce. Pur continuando a guardare per terra, aveva capito che lui era sceso dalla bici e le si era avvicinato. Poi, il ragazzo strano aveva fatto una cosa stranissima. Si era accucciato di fianco a lei.

«Stavi per mangiarteli, eh?» aveva detto.

Lei aveva annuito, sì, sì, sì, in fretta, perché voleva che se ne andasse. Voleva che riprendesse quella bici da stregone e se ne andasse.

L'avrebbe punita. Lei stava per mangiargli i gigli e lui doveva essere uno stregone, altrimenti come faceva a sapere che li avrebbe mangiati *tutti*?

«I gigli si usano nei matrimoni» aveva detto lui. «Li fissiamo a delle cordine e li appendiamo in tutta la sala per abbellire le cose.»

Poi aveva raccolto il giglio che lei aveva strappato, quello che stava cercando di rubare-mangiare.

L'avrebbe tenuto come prova. L'avrebbe portato agli anziani e per lei sarebbe stata la fine. L'avrebbero picchiata, o infilata in una pentola e trasformata in una pozza di blu. Oh, ma certo, ecco come aveva fatto. La scintilla di quell'azzurro era data da bambini warli morti, bambini come lei.

«Mettitelo fra i capelli» aveva detto lui allora, nel suo migliore ma pur sempre stentato marathi.

Aveva avvicinato la mano e le ciglia di lei avevano avuto mille fremiti, perché di certo stava per darle una sberla.

Lui aveva cercato di infilarle il giglio nei capelli, ma non ci era riuscito. Era stato lì lì per sfiorarle il viso, ma poi aveva deciso di no. Allora le aveva semplicemente lasciato il giglio *sulla* testa e lei era rimasta chinata a lungo in quella posizione, timorosa che se avesse fatto cadere il giglio lui sarebbe tornato indietro. Dopo un po' le sue ciglia continuavano a fremere, ma non più di paura, di qualcos'altro e adesso, anni dopo, Kusum si rese conto di non aver mai più provato nulla del genere.

Quella sera – mentre Aspi Irani canticchiava «C'è un buco nel secchio, cara Mithoo, cara Mithoo», cercando di distrarre la moglie dal suo studio per l'esame per insegnanti Montessori – Zairos sedette in veranda a bere un bicchiere di whiskey.

Capiva che un uomo potesse provare desiderio di whiskey. In fondo, era pur sempre un antisettico. Scivolava giù per la gola anestetizzando le ferite interiori. Quello che non capiva era il proprio bisogno di bere. Lui non aveva alle spalle traumi o perdite di alcun genere, eppure dentro di sé sentiva le ferite spalancarsi da sole, come fiori nell'erba.

Ascoltava i suoni che la notte gli portava: l'ululato dei cani, il fischio del treno che sfrecciava lì vicino, la tosse di un uomo malato nell'oscurità, il chiacchiericcio di migliaia di grilli. Raccolse la torcia appoggiata per terra. Un fascio di luce spesso e fermo viaggiò in direzione delle stelle. Per una volta erano loro a essere illuminate da qualcuno. Le zanzare volteggiavano dentro e fuori dal fascio, domandandosi dove conducesse. Zairos pensò ai riflettori che si muovevano nel buio nei film di guerra e a come per i prigionieri luce significasse morte, ogni regola capovolta.

E se fosse stato così anche per il suicidio di Ganpat?

Con tutta probabilità si era trattato solo di un gesto di disperazione, dell'unico canto del cigno di cui Ganpat era capace. L'unica dichiarazione di sfida che quel poveraccio poteva lanciare era porre fine alla propria sofferenza. Succedeva continuamente: uomini che si sdraiavano sui binari della ferrovia, che si impiccavano a un ramo, che ingerivano veleno per topi, e donne che si cospargevano di cherosene e si davano fuoco davanti ai mariti. Rutilanti finali per viaggi insignificanti. Ma, in tutto ciò, vi era sempre qualcuno che quell'improvvisa eruzione di sangue, quella fatale rottura dell'osso del collo, le aveva messe in moto.

Zairos sapeva che a parlare era il senso di colpa.

Ma non aveva alcuna ragione d'essere.

Non spettava a lui, né a suo nonno, accogliere le richieste di ogni singolo warli. Come poteva Shapur Irani sapere che il suo rifiuto sarebbe sfociato in un suicidio?

Zairos seguì fin dove poté il fascio luminoso della torcia. Una volta un sacerdote zoroastriano gli aveva detto che le preghiere erano raggi di luce che viaggiavano verso l'alto. Salivano e salivano, raggi pieni di desiderio e speranza, finché la luce non colpiva le ali di un angelo facendole fremere, e all'angelo non restava altra scelta che prestare attenzione.

Ma Zairos non sapeva minimamente per cosa pregare.

Il sole era una fornace che bruciava la pelle delle braccianti, mentre Zairos se ne stava all'ombra a fumare. Era mezzogiorno, l'unico momento in cui gli irani si appassionavano in qualche modo alle attività della piantagione, quello che tutti i proprietari chiamavano "l'ora della vasca". Ogni giorno, dopo la raccolta, i chickoo venivano lavati nelle vasche, vecchie e incrostate vasche da bagno, come quelle dei motel americani. Dapprima, i chickoo cadevano sul fondo producendo una specie di *tap tap tap*; poi una grossa pompa vomitava acqua nelle vasche, coprendo i frutti sino a farli galleggiare come monelli in una piscina. Allora cominciava il divertimento. In uno di quei momenti Aspi Irani aveva pronunciato una frase che, secondo lui, avrebbe riempito d'orgoglio anche un filosofo greco: «Il più grande dono della povertà ai ricchi è l'assenza di reggiseno».

Le donne warli non potevano permettersi il reggiseno, il che deliziava tutti i proprietari terrieri di Dahanu. Indossavano tuttavia delle casacche di modesta fattura casereccia, che offrivano benevolmente alla vista i loro seni. Ogni volta che si piegavano per spingere i chickoo avanti e indietro nelle vasche, gli irani andavano in estasi. Tale era il loro fervore, che ringraziavano Ahura Mazda per cotanta grazia. E, a parte Ahura Mazda, ringraziavano un mortale: Aspi Irani.

Era stato lui il primo a utilizzare le vasche perché sapeva che avrebbero costretto le donne a chinarsi, e tutti gli irani ammettevano di malavoglia che si era trattato di un vero e proprio colpo di genio. Aspi Irani, affetto da carenza di umiltà così come certuni lo sono da carenza di calcio, accettava il complimento e restituiva loro la palla, dicendo: «Prima o poi anche a voi verrà un colpo».

Ma mentre Zairos osservava le donne lavare i frutti, si

rese conto che se i loro seni facevano cantare gli irani, le braccianti invece non cantavano mai. A dire il vero parlavano anche poco. Si chiese se quel silenzio non avesse un significato simbolico, se le donne non intendessero rammentare al chickoo che non erano legate a esso da alcuna amicizia. Una volta Zairos aveva chiesto a Damu se i warli mangiavano chickoo, e Damu aveva risposto: «Raramente». Stava anche per aggiungere qualcosa, ma si era trattenuto. Era chiaro che il chickoo era un frutto legato alla schiavitù.

Proprio in quel momento Damu comparve con Kusum. Sotto il sole, la sua barbetta ispida e salata mandava barbagli di diamante. Non appena Zairos lo vide, gli andò incontro.

Mentre anche Kusum camminava verso di lui, dal modo in cui le sue anche ondeggiavano Zairos si rese conto che quella non era una donna come tutte le altre. Era un'incantatrice, padrona della propria pelle e del momento. Più si avvicinava, più Zairos percepiva la forza del desiderio. Puro, non adulterato, era miele appena estratto dal favo. I suoi occhi navigarono su ogni centimetro quadrato di quel corpo, dalla fioritura delle sue labbra al ventre piatto e liscio, finché non si accorse di un particolare fuori posto, qualcosa che disturbava la dolce sfumatura della sua pelle marrone.

Un segno nero-bluastro sulle costole.

«Seth,» disse Kusum «io...»

Chinò il capo più del solito, sfiorandosi con un piede l'arco plantare dell'altro. Era uno dei segni che Zairos aveva imparato a leggere. Quando un warli faceva così, significava che voleva qualcosa, qualcosa che però si vergognava a chiedere. Soldi, quasi sempre.

Al funerale lui gliene aveva già dati un po'. Era dunque venuta per estorcergliene altri.

«Seth» riprese. «Vorrei lavorare.»

Una volta di più si sentì preso alla sprovvista. Ma, diversamente dal funerale, stavolta lei giocava fuori casa.

«E che genere di lavoro vorresti?» si informò.

«Nella piantagione.»

«Vuoi lavorare nella stessa piantagione dove tuo padre si è ucciso?»

Una cosa insensata da parte sua, il desiderio di rivedere quegli alberi. O persino lui.

«Dobbiamo tutti lavorare, seth, e tutti dobbiamo morire» disse lei.

I ricordi erano ovunque. Una macchia d'alberi non poteva certo cambiare le cose. Nemmeno lui poteva cambiare le cose.

«Ma non l'hai già, un lavoro?»

«In una fabbrica di palloni, seth. Ma l'ho perso una settimana fa.»

«Non mi servono altri braccianti» disse Zairos.

Kusum tacque, ma non se ne andò. Per un istante rimasero entrambi ad ascoltare il rapido frullo d'ali dei passeri, l'inanità di piccole creature che tentavano di imprimere un segno nel mondo. Zairos non amava quei silenzi, quegli stalli di potere. Se le parole cessavano e nessuno di loro apriva bocca, i silenzi sembravano sostenere lei.

«Seth» ripeté Kusum.

La dolcezza del suo tono di voce era un modo per chiedere il permesso di parlare. Lui sollevò impercettibilmente la testa, dandole agio di proseguire.

«Mio padre voleva quel denaro per liberarmi da mio marito» spiegò.

Il solo fatto di sentir nominare il marito lo mise in imbarazzo, cosa che tuttavia non avrebbe lasciato trapelare a lei.

«Mio marito mi picchia, seth. Perché io possa lasciarlo, devo dargli ciò che lui ha speso per il nostro matrimonio.»

Il segno nero-bluastro era dunque opera di suo marito. La cosa non lo sorprese. Sapeva che quelle donne venivano spesso picchiate dai loro uomini. Una realtà inevitabile, come la forza di gravità. Le mani si abbattevano su di loro come pioggia. Alcune reagivano restituendo i colpi. Quando gli uomini erano deboli e ubriachi, incapaci anche solo di parlare, le donne li bastonavano.

Forse Kusum aveva dei figli, ma non osò chiederglielo. I bambini davano per scontato che quella fosse la normalità della vita. L'uomo picchia la donna, la donna picchia l'uomo, l'uomo picchia di nuovo la donna, più forte, più cattivo, la donna comprende l'inutilità di lottare e aspetta che il suo viso venga tagliato dalle rughe dell'età, ciascuna incisa più profondamente da ogni percossa, finché marito e moglie se ne vanno in cielo e là avviene il bilancio finale, perché di ogni colpo viene tenuto il conto. E questa è l'unica consolazione della donna.

«Seth» riprese Kusum. «Ci tenevo solo a dirvi perché mio padre voleva i soldi.»

Poi si girò e si allontanò.

Lui la lasciò andare. Desiderava che quei fianchi lo lasciassero in pace, fatti com'erano di una sostanza che portava gli uomini sull'orlo della follia.

E un livido non era certo un problema suo. Un livido era un livido, tutto lì, un colpo sulle costole che spettava agli dèi impedire. Niente che avesse a che fare con lui o con suo nonno o con i suoi alberi di chickoo.

Fu lieto che lei non si voltasse per guardarlo. Che non lo avesse supplicato.

Ma più si allontanava, più Zairos si sentiva a disagio.

Ancora qualche secondo e sarebbe scomparsa alla vista; poi, non l'avrebbe incontrata più.

La sola forma del suo corpo gli diceva che sarebbe stata meglio lontana da lui.

Allora gli dispiacque che non lo avesse pregato di darle un lavoro; che non avesse fatto neanche un po' di scena, che non avesse versato un paio di lacrime.

La seguì strascicando le pantofole nella terra polverosa, apposta per farsi sentire e costringerla a girarsi.

Lentamente, con indolenza, continuando a rimuginare sulle parole per dirlo.

«Puoi cominciare» le comunicò infine. Solo quello.

Persino nella sofferenza era straordinaria. I suoi capelli, nero corvino; la sua postura, quella di una danzatrice. Si chiese quanto caldo fosse l'alito che usciva dalle sue labbra socchiuse.

Più tardi, quel pomeriggio, mentre si dirigeva alla volta dell'Anna's, Zairos vide suo padre in jeans e sudreh bianca che si nascondeva nell'alto cespuglio di erba secca al di là dei binari della ferrovia, armato di fionda di legno. Aspi Irani se ne stava accucciato guardandosi a destra e a sinistra, e prima che Zairos avesse il tempo di fermare la moto e raggiungerlo, suo padre prese la mira e con un vigoroso *doing* lasciò andare il grosso elastico nero e scomparve.

Dallo stesso cespuglio si levò un gemito di dolore, e, per la precisione, da un uomo palesemente disorientato, anzi, parecchio spaventato, perché era stato colpito da un sasso in piena natica nuda. Non era uno della tribù locale, ma un bhaiyya, un volgare biascica-hindi dell'Uttar Pradesh, un venditore di cocco alla stazione di Dahanu. Sebbene la ferrovia avesse i bagni, era andato a defecare nel cespuglio e, non essendoci alcuna legge nazionale a impedirlo, nessuna che potesse essere se non altro invocata, Aspi Irani aveva deciso di risolvere la faccenda in prima persona. Non faceva che imprecare contro quel "particolare tipo di letame" che un giorno o l'altro sarebbe stato la sua rovina, se solo avesse voluto rivendere la casa. «Come faccio a chiamarla Villa Aspi?» aveva berciato. «Quale villa è mai inondata dal puzzo di merda?»

Zairos si allontanò rapido, incerto se benedire le stelle per avergli dato un padre del genere o se prendersela con l'intera galassia per la sua pazzia.

Da Anna's c'era una vecchia conoscenza.

Barba fitta come le giungle del Vietnam, guance floride e pancia ancor di più, Hosi era l'altro cugino di Zairos, di dieci anni più anziano di lui. Un inestimabile cimelio di famiglia. Nessuno a Dahanu si augurava la sua morte, perché una volta andato lui la schiatta degli Irani avrebbe perso un esemplare assai prezioso. E se qualcuno parlava della sua fine, era perché così faceva sempre Hosi stesso. Quando incontrava una persona per la prima volta, si mostrava cordiale e addirittura pieno di fascino. Ma, non appena le stringeva la mano per accomiatarsi, aggiungeva: «Non credo mi rivedrete mai. La mia ora è giunta». Ripeteva quella frase da due lustri, ma il suo problema più grave era la forfora.

L'altra mania di Hosi era abbracciare i sacerdoti.

Perciò, non appena Jamshed Moped si presentò all'Anna's, fresco e profumato come il legno di sandalo con cui ogni giorno alimentava il fuoco del tempio, Hosi gli premette il naso nel petto e inspirò profondamente. Era drogato di quel profumo così come dell'odore di incenso.

«Jamshed Moped,» disse «profumi come un neonato!»

Naturalmente era stato Aspi Irani a dargli quel soprannome. Anziché chiamarlo correttamente mo*bed*, cioè sacerdote, lo chiamava Jamshed Mo*ped* perché su un *moped*, cioè un motorino, viaggiava.

«E così sei tornato» esclamò Jamshed Moped, sistemandosi gli occhiali e lisciandosi i baffi sottili contro la pelle, quasi temesse che gli si staccassero. Più che un sacerdote aveva l'aria di un ragioniere.

«Già» rispose Hosi, liberandolo dal suo abbraccio orsino. «Basta un cavallo malato perché si fermi tutto.»

Hosi era rientrato da Bombay perché la stagione ippica si era interrotta. Ad ammalarsi era stata una delle sue cavalle preferite, Black Leila. La vita di Hosi pullulava di cavalle con nomi tipo Athena, Red Dawn, Chagall, Hazel Head e Supreme Sword. Erano loro i suoi veri amori, le uniche Giuliette per cui sarebbe stato pronto a morire. Per il resto, nessuna donna era alla sua altezza.

«Con la stagione rovinata, che cosa farò in questo posto deprimente?» chiese.

Inutile dire che sapeva esattamente cosa avrebbe fatto. In attesa della ripresa dei cavalli, avrebbe trascorso le sue giornate da Anna, cercando di portarsi a letto la sua imbronciata moglie, che flirtava con lui stuzzicandolo sin quasi a farlo impazzire, fra alti e bassi degni di un elettrocardiogramma e senza mai lasciarsi sfiorare con un dito.

Anche Zairos guardava la moglie di Anna e sentiva montargli dentro qualcosa, ma era un desiderio di natura diversa, il desiderio di andarsene da quel locale e fare qualcosa, solo che non sapeva cosa.

Appoggiato al muro, ripensò a Kusum.

Non gli piaceva l'insistenza con cui occupava la sua mente. Quella donna aveva il potere di insinuarsi in lui. Come il lampo e il tuono, non chiedeva permesso.

La sera era il tempo delle risposte.

Zairos osservava il nonno, un uomo di nessun movimento che parlava delle cose senza nessun ordine. Cronologia, consequenzialità, logica: solo i burattini si avventuravano in quei territori, uomini e donne che non avevano mai sofferto. Shapur Irani invece sì, il passato gli si agitava dentro e, non appena trovava una fenditura nella pelle, erompeva.

Quella sera Zairos voleva decidere lui il corso della conversazione.

Ma Shapur Irani non gliene diede la possibilità. «Damu mi ha detto che hai acconsentito a far lavorare qui la figlia di Ganpat.»

«Sì, Pa.»

«Lo sai perché vuole lavorare qui?»

«No» rispose Zairos.

Shapur Irani inspirò a fondo. Significava che stava per esalare qualcosa, una qualche verità di cui Zairos non era ancora consapevole. Le narici vibrarono, le sopracciglia si increspararono e Shapur si grattò il ginocchio destro, quello dei ricordi.

«Tu sei un brav'uomo» disse infine.

Zairos sapeva dove stava andando a parare. *Sei un brav'uomo, ma se c'è una cosa che non mi piace è la debolezza.* E Shapur Irani aveva un paio di antenne in testa capaci di captare inesorabilmente quel difetto negli altri.

«I miei due figli sono ormai ben sistemati» proseguì. «Hanno la loro terra e sono padroni a tutti gli effetti. All'inizio intendevo distribuire i miei possedimenti fra i miei tre nipoti: tu, Bumble e Hosi. Ecco cosa volevo. Ma ora le cose sono cambiate. Ora voglio lasciare queste terre solo a te.»

«Ma, Pa...»

«Sono mie, posso farne ciò che voglio.»

Probabilmente sarebbe rimasta l'unica spiegazione che avrebbe ricevuto da suo nonno. Se un uomo era in grado di sopravvivere nella solitudine di quegli ettari di terra aperta, era in grado di erigere muri intorno a qualunque cosa.

«Parte di queste proprietà appartenevano al padre di Ganpat» disse Shapur Irani. «Il suo nome era Vithal.»

Zairos si immobilizzò, come il nonno.

«Quando a quindici anni venni qui a Dahanu, aprii un chiosco di liquori. A Vithal facevo credito, e quando non fu più in grado di pagarmi dovetti prendermi questa terra. Ecco perché Ganpat è venuto qui prima di morire. Voleva soldi. Diceva che questa era la terra di suo padre. Io gli ho risposto che aveva ragione: *era*.»

Zairos si chiese se Kusum fosse al corrente della cosa. Ma certo che sì. Per quello aveva il coraggio di stargli davanti a testa alta. Perché lo considerava un ladro.

«Ti racconterò tutto ciò che so di questa terra, Zairos» disse Shapur Irani. «Ti racconterò tutto perché solo così potrai essere abbastanza uomo da diventarne il padrone. La bontà non ti condurrà lontano, figlio mio. Solo il coraggio lo farà. So cosa pensi: se questa era la terra di Vithal, come potrà mai essere mia? Ma è *sempre* la terra di qualcun altro. Noi fummo scacciati dall'Iran, ed era la nostra terra. E dunque?»

Cosa significava *parte* di queste proprietà? Quante di esse erano effettivamente appartenute a Vithal?

«Io non l'ho imbrogliato» riprese Shapur Irani. «Allora ero giovane, giovane e povero. Quando lui non fu più in grado di pagarmi, dovetti prendermi la terra. Ero... Successe subito dopo la morte di Daryoush il fornaio.»

In quel periodo Shapur Irani era ripartito da zero.

Per cinque anni Daryoush si era occupato di lui come se fosse stato figlio suo. Se Vamog aveva tagliato spicchi di arancia e li aveva messi in bocca a suo figlio, Daryoush aveva preferito le albicocche e le melagrane. Laddove Vamog era stato grande e grosso ed espansivo, Daryoush aveva avuto gusti sfarzosi e raffinati. Quando parlava, Shapur sprofondava nella morbidezza di quella voce come un corpo in una poltrona di pelle. Ma i due uomini, Vamog e Daryoush, avevano avuto qualcosa in comune. Gli avevano instillato un forte senso morale, dalle fondamenta solide e muscolose come le sue gambe.

«La forza che hai non è per te» diceva Daryoush. «È qui per servire gli altri.»

All'inizio Shapur aveva preso la cosa in senso letterale. «E cosa vuoi che sollevi?»

«Oh, sei proprio Anushirvan, il grande pagliaccio. Chinati, presto, che sei diventato troppo alto per me.»

Shapur si era chinato e Daryoush gli aveva spalmato un po' di pasta per il pane sul naso. Ma lui era determinato a mettere in pratica ciò di cui Daryoush parlava, e di lì a pochi giorni aveva intravisto un'opportunità allorché aveva scoperto che la vecchia inquilina dell'appartamento sopra la panetteria non era più in grado di camminare.

Così era salito nella sua piccola stanza, l'aveva sollevata, portata dabbasso e sistemata su una sedia fuori dalla bottega, di modo che potesse udire i tram, sentire il profumo del pane caldo e osservare la donna che faceva ghirlande di gigli e fiori di magnolia da vendere ogni mattina ai frequentatori del tempio.

Shapur aveva compreso di aver agito bene non appena aveva scorto il volto raggiante di Daryoush. Era felice come un re.

Forse per quel motivo se n'era andato.

Un giorno, dopo che Shapur era salito per portare giù la vecchia, non aveva trovato più nessuno dietro il bancone della panetteria. Un fatto insolito, dato che c'era addirittura un cliente ad aspettare, e se compariva un cliente anche la testa di Daryoush era lì, mezzo metro al di sopra dell'espositore.

Quando Shapur aveva sollevato il bancone di legno per entrare, aveva trovato Daryoush per terra. E gli avevano ceduto le gambe, le sue robuste gambe.

Non voleva che suo nipote provasse niente del genere.

Mai.

Aveva commesso l'errore di affezionarsi a Daryoush, alla sua pasta, alle sue sciocche sceneggiate sui pagliacci. Quel giorno Shapur Irani aveva compreso che l'affetto non portava lontano un uomo. Lo portava vicino alla felicità, a pochi centimetri soltanto, ma solo per ristrapparlo via subito dopo.

E Shapur Irani intravedeva quello stesso affetto in Zairos, quella disponibilità a dare fiducia alla vita, la convinzione che la bontà facesse fare a un uomo molta strada. Una volta per tutte gli avrebbe raccontato ciò che quella terra aveva fatto a lui, ciò che lo aveva costretto a fare, convincendolo al tempo stesso di agire secondo coscienza, seguendo una voce interiore che non era riuscita a recargli alcun sollievo.

6

1945

Quando finì la guerra, dilagò un senso di euforia. Straripava dalle radio, a ondate di sollievo, in proclami convulsi che risollevavano gli animi degli indiani i quali, tutto sommato, non avevano avuto un gran ruolo nel conflitto. Quando Shapur Irani si recò a Bombay in visita alla madre di Banu, s'imbatté in un intreccio cittadino di moto, tram e biciclette ebbro di entusiasmo; forse anche le sorti dell'India si sarebbero risollevate e il paese avrebbe conquistato l'indipendenza. Circolava nondimeno una certa stanchezza, soprattutto dopo quella che era sembrata una battaglia senza fine: le marce per la libertà, le bombe e le cariche di *lathi*, di manganelli.

Shapur Irani si era tenuto a debita distanza da tutto ciò. Gli inglesi erano un'entità troppo grande da concepire, per lui. La sua mente era rivolta a un'altra rivoluzione, un'altra guerra. La Guerra dei warli.

Per anni i warli avevano tollerato le violenze, la perdita della terra, e i crampi della fame simili a una gigantesca ferita di coltello. Sembrava che gli dèi li avessero privati di tutto, ricompensandoli con un unico dono: la sopportazione.

E i warli avrebbero continuato a sopportare, non fosse stato per una donna di Bombay chiamata la Signora della

Bandiera Rossa. I ricchi proprietari terrieri non fecero in tempo a rendersi conto che la loro crudeltà serviva da ispirazione: e non come i caldi raggi del sole, ma piuttosto come un bambino morto può spingere a gridare una giovane madre.

Per la prima volta, i warli erano uniti. Avevano una voce, ricevevano un'istruzione e si sentivano ricordare che erano uomini, non bestie. Imparavano la dignità.

«Questa donna di Bombay alimenta le loro speranze» disse Shapur Irani a Banu. «Li mette in una posizione pericolosa. Non ci saranno cambiamenti. Solo spargimenti di sangue, vedrai, e sarà sangue warli.»

«Shapur, ti prego, non dire così davanti a Khodi.»

«Non ha ancora tre anni. Non può capire.»

«Ascolta, so che sei preoccupato, ma calmati.»

«Tu non capisci, Banu. I warli hanno aggredito un padrone. Si sono tirati la zappa sui piedi.»

Una settimana prima, Pestonji e il suo amico Noshir Irani, proprietari di due piantagioni confinanti, stavano rincasando dopo aver partecipato al matrimonio della figlia di una guardia forestale. Era mezzanotte, e avevano l'alito saturo di liquore casereccio distillato da zucchero di palma e acido per batterie. Quella miscela velenosa li aveva intontiti al punto che, per poco, non erano andati a sbattere nell'uomo della tribù che stava scappando con le noci di cocco rubate proprio dalle loro tenute.

Pestonji aveva agguantato l'uomo per il collo con tale impeto e violenza che pareva gli cercasse la giugulare. Noshir Irani aveva impugnato una mazza da cricket fatta del miglior salice inglese e gliel'aveva scagliata sul petto.

Dopo avergli spezzato le costole, gli avevano chiesto come si chiamasse.

Chi mai riuscirebbe a ricordare il proprio nome con il costato a pezzi?

Volevano sapere come si chiamasse, quasi fosse la soluzione a tutti i problemi. Avrebbe potuto rispondere Sukhla, Ravi, Lakhu, Patlya o Navsia, ma di certo non avrebbe placato Pestonji e Noshir Irani, perché l'acido per batterie del liquore aveva strinato i loro cuori.

Erano stufi di farsi rubare le noci di cocco.

La mazza da cricket non era abbastanza. Ci voleva il ferro. Perciò, mentre Pestonji continuava a stringere l'uomo per il collo, Noshir Irani era andato alla baracca degli attrezzi ed era tornato con un *parai*.

Era un palo interamente di ferro. Avrebbero dato un messaggio di avvertimento, una lezione all'interno del corpo dell'uomo della tribù, una lezione che si sarebbe riverberata in tutto il suo essere. Lo avevano fatto voltare e penetrato con il parai.

Se dall'uomo era uscito un grido, nessuno l'aveva udito.

E anche se qualcuno l'avesse udito, doveva essere così carico di agonia da sembrare irreale.

O forse non aveva gridato perché era già morto.

Quando avevano estratto il parai, era rimasto in silenzio. Lo avevano girato, ma era ancora più silenzioso. I ricchi padroni avevano l'affanno.

Un matrimonio li aveva spinti a compiere quel gesto.

Si erano guardati. Sì, era stato il liquore bevuto al matrimonio.

Dovevano nascondere il cadavere. Ma avevano ancora le vertigini, e la capacità di giudizio così annebbiata che avevano trasportato il warli verso un mucchio di sterco di vacca, un monticello alto tre metri da usare come fertilizzante, e lo avevano sepolto lì.

Poi, Pestonji e Noshir Irani erano entrati barcollando

nelle rispettive case, nei propri letti, con le mogli che non capivano come mai ci fosse del sangue sui pantaloni dei mariti e sterco di vacca tra le lenzuola.

«Siamo stati a un matrimonio», erano state le uniche parole dei due l'indomani mattina.

Quando i warli avevano trovato il corpo, avevano stabilito che fosse tempo di una rappresaglia. Vedere il viso di un fratello affondato nello sterco di vacca, le brache calate fino ai polpacci, un parai macchiato di sangue... era stato sufficiente a fugare la povertà che li paralizzava, la malnutrizione che li indeboliva.

Il giorno dopo, mentre era diretto alla spiaggia su una carrozza trainata da cavalli, Pestonji era stato circondato da un manipolo di uomini. Il conducente della carrozza era un warli e aveva accettato di collaborare. All'inizio, quando l'avevano accerchiato, Pestonji si era imbestialito. Aveva minacciato di farli pestare dalla polizia, e lì per lì la tattica sembrò funzionare perché due uomini erano corsi via ed erano rimasti in tre. Ma quelli gli avevano ucciso i cavalli davanti agli occhi. Avevano smembrato le bestie, squarciato i petti neri e vigorosi con lunghi pugnali, guardando Pestonji che tremava per il raccapriccio. «Non fai più la voce grossa ora, eh?» gli avevano chiesto. «Perché non usi un parai adesso?»

Pestonji non aveva una risposta.

Alla vista dei cavalli stramazzati, le gambe gli avevano ceduto. I warli l'avevano preso a calci sulla testa, ripetutamente. Non avevano fatto a tempo a ucciderlo perché da dietro si avvicinava un'altra carrozza, quella su cui viaggiavano la moglie e il figlio di Pestonji.

Quando Shapur Irani l'aveva saputo, aveva temuto un contrattacco dei padroni. La polizia li avrebbe spalleggiati e i warli si erano fregati con le proprie mani.

Shapur Irani non si sbagliava.

Per prima cosa, i ricchi proprietari fecero arrestare la Signora della Bandiera Rossa. Era lei la responsabile del voltafaccia dei warli. Da mesi, scoprì la polizia, pellegrinava di villaggio in villaggio per parlare ai warli, unendoli sotto la Bandiera Rossa. In ogni villaggio, i warli le avevano servito tè e *ambil*, il *porridge* di miglio indiano, trattandola come una dea, ascoltando ogni singola parola che aveva da dire, per poter dare una voce alle *proprie* parole.

E quelle non erano parole. Erano macigni.

Così potenti da non poter essere state inventate.

Quando Shapur Irani sentì le loro storie, che i proprietari terrieri definivano menzogne di una mente comunista, dovette piegare il capo per la vergogna. In ognuna di esse, il padrone era il demone. Solo la religione del demone cambiava: poteva essere indù, musulmana o zoroastriana.

In un villaggio, a pochi chilometri da Dahanu, un latifondista musulmano di nome Abdul aveva sepolto vivo il servo perché questi aveva colto senza permesso un mango da un albero di sua proprietà. All'inizio, Abdul aveva picchiato duramente il servo ma, siccome si era radunata una folla di warli, aveva stabilito che la punizione fisica non era sufficiente. Dato che i presenti erano in molti, dovevano essere messi al lavoro. Perciò aveva ordinato loro di scavare una fossa, senza fornire spiegazioni e, quando avevano ultimato il lavoro, Abdul vi aveva scagliato dentro il servo sanguinante ma ancora vivo, un tizio di mezz'età di nome Sukhar.

Gli altri warli erano poi stati costretti a ricoprirlo di fango. Mentre ubbidivano, Abdul si era fumato una sigaretta. Una volta finito, aveva ordinato di lasciare i badili e gli attrezzi in cima alla buca appena richiusa. Dovevano tornare al lavoro e, se qualcuno avesse tentato di tirar fuori Sukhar, sarebbe stato il prossimo a finire nella fossa.

Tuttavia, la storia che straziava Shapur Irani non parlava di quel tipo di violenza. Ma di separazione. Un ragazzo e una ragazza innamorati, lui in piedi fuori dal granaio del padrone la prima notte di nozze, la testa china per la vergogna, mentre la moglie stava dentro, e il padrone dentro di lei, con solo una porta a dividerla dal giovane sposo, che piangeva in silenzio per aver scelto una donna troppo bella, con cui avrebbe poi dovuto camminare, ascoltando il frinire dei grilli, mentre la luna piena riversava su di loro tutto il chiarore possibile e, infine, spariva dietro una nuvola.

Questa era la storia che lo disgustava di più.

E se si fosse trovato nei panni dello sposo? E se avesse dovuto restare fuori da un granaio mentre una bestia dilaniava la sua Banu?

Non era la Signora della Bandiera Rossa ad affratellare i warli. Erano atti del genere a scuotere gli uomini e le donne delle tribù fino a destare i loro antenati, a spingere gli spettri del passato a fendere gli alberi di chickoo nell'oscurità, veloci come pipistrelli.

Eppure i latifondisti incolpavano la Signora per la rivolta dei warli.

E quando giunse la notizia che stava per organizzare uno sciopero, quando la sentirono parlare di "diritti", "salari minimi" e "abolizione dello *ius primae noctis*", capirono che il suo entusiasmo doveva essere sedato. Perciò i ricchi signori allungarono ingenti mazzette ai poliziotti, li invitarono nei bungalow, offrirono loro il whiskey e i sigari di migliore qualità, e li incoraggiarono a prendersi tutte le donne warli che volevano.

La polizia di Dahanu non era mai stata così ligia al dovere. Diedero la caccia alla Signora della Bandiera Rossa come iene sulla scia di carne cruda. I signori la fecero chiudere in prigione perché era un uccellino raro e pericoloso, e uccellini come lei non avrebbero mai dovuto uscire allo scoperto: sarebbe rimasta in una gabbia finché non avesse perso ogni colore.

Ma non poteva finire così.

Mentre il suo colore sbiadiva, i warli dovevano essere ricacciati indietro di qualche secolo, in modo che persino il concetto di sciopero sembrasse loro una follia totale, una malattia che poteva cessare solo con una morte lenta.

Come disse Pestonji stesso, guarendo dalle ferite alla testa con una velocità resa possibile solo dalla sete di vendetta: «Scateneremo l'inferno». La spina dorsale del popolo warli sarebbe stata stroncata al punto che né la Signora né la Bandiera Rossa sarebbero più state in grado di farlo rialzare.

«I padroni stanno per creare disordini» confidò Shapur Irani a Banu. «Dispenseranno torture come mai prima. Non posso permettere che accada.»

«Restane fuori» lo supplicò Banu. «Per favore.»

«Devo farlo.»

Sin dal pestaggio di Vithal, sotto l'albero, faceva fatica a dormire. In sogno vedeva il piccolo Ganpat gattonare verso di lui. Le lacrime rigavano il viso del bambino e, non appena Shapur Irani lo prendeva in braccio per consolarlo, il piccolo gli sussurrava in un orecchio: *buoni pensieri, buone parole, buone azioni.*

Da buon zoroastriano, non poteva permettere che qualcuno venisse torturato. Lo aveva fatto una volta e, benché la moglie di Vithal avesse effettivamente rubato i soldi, la pena aveva superato di gran lunga il crimine, di molti soli e molte lune. Se Shapur Irani avesse dispensato vera giustizia, non sarebbe stato ossessionato dalle proprie azioni.

Quella era l'occasione giusta per redimersi.

Come aveva detto Vamog a suo figlio: «La luce di Ahura Mazda accoglie sempre tutti. Siamo noi a scegliere di restare nell'ombra».

Shapur Irani, però, sapeva che ai padroni non interessava fare la cosa giusta. Doveva trovare un modo per convincerli che *non* torturare i warli sarebbe tornato a loro vantaggio, che li avrebbe aiutati ad acquisire maggior potere.

Recitò una preghiera silenziosa prima di entrare nel bungalow di Gustad Mirza, dove tutti i proprietari si erano radunati per discutere la questione dei warli. Sapeva che, se non fosse intervenuto, avrebbero assoldato degli scagnozzi e le violenze si sarebbero inasprite. A quel punto nessuno sarebbe più stato al sicuro.

Tutti si meravigliarono nel vederlo comparire, perché Shapur Irani si era sempre tenuto in disparte. In effetti, era famoso per il suo odio verso i parsi, benché fossero di fede zoroastriana come gli irani. Li considerava codardi, tutt'altro che uomini della terra, radicati al suolo. Per lui, gli irani erano superiori, dei veri guerrieri, mentre i parsi erano semplici scribacchini di Bombay, disposti a leccare il culo agli inglesi. In segreto, tuttavia, li invidiava; ammirava i titoli che si erano conquistati sotto il dominio britannico come avvocati, accademici, uomini d'affari, funzionari del fisco, o addirittura membri del parlamento d'Inghilterra. A prescindere dall'istruzione e dal prestigio, alcuni di essi erano padroni tra i più brutali. Parsi come Gustad Mirza.

Tutti i signori sedevano nel soggiorno del bungalow tentacolare di Gustad Mirza. Era molto più grande di quello di Shapur Irani, con lussuosi servizi di vasellame bianchi, quadri, rose a ogni tavolo, armadi in tek decorati con leoni ed elefanti intagliati, grandi specchi ovali e fucili appesi alle pareti. Lampade a cherosene erano state accese e disposte ovunque, in special modo sulla veranda, affinché si avesse l'impressione che il bungalow fosse tutto ingioiellato.

Erano presenti venti dei proprietari terrieri più potenti di Dahanu, tra cui cinque musulmani e quattro indù. In tavola c'era del whiskey e del pollo, ma Shapur Irani non era dell'umore adatto a bere o mangiare. Osservò le floride facce parsi intorno a sé e gli venne voglia di pisciare addosso a tutti quanti.

Gustad era basso, tracagnotto e calvo, con il viso butterato dall'acne. Si alzò dalla sedia e strinse la mano a Shapur Irani. Il collo taurino gli conferiva un'aria meschina e prepotente.

«Qual buon vento, Shapur?»

«Lo stesso che ha portato tutti voi» replicò Shapur Irani.

«E cioè?» chiese Gustad.

«L'odore di fica warli.»

Si sforzava per parlare in quel modo. Doveva fingere di essere uno di loro: rozzo e senza cuore. Doveva dare l'impressione di condividere il loro punto di vista sui warli, considerarli servi senz'anima.

Gustad scoppiò a ridere. Shapur Irani intravide un dente d'oro.

«Sono qui,» disse «perché mi è giunta voce che state progettando di attaccare i warli.»

«Non attaccarli» corresse Tafti, un anziano con spessi occhiali da vista. «Vogliamo solo disciplinarli.»

Gustad tornò a sedersi e poggiò i piedi sul tavolo di cristallo. Le scarpe di cuoio marrone sembravano molto costose.

«I warli hanno attirato l'attenzione della stampa di Bombay» disse Gustad. «I giornalisti sono inaffidabili. Hanno mangiato il nostro cibo, bevuto il nostro liquore, poi ci hanno voltato le spalle e hanno scritto tutto quello che volevano.»

In pratica, avevano scritto la verità.

«E ora gira voce che i warli stiano per scioperare» aggiunse Gustad. «Dobbiamo rimetterli in riga a suon di frustate.»

«Vero, vero» convenne Shapur Irani. «Lo sciopero deve essere stroncato sul nascere. Ma se usiamo violenza su di loro, getteremo alle ortiche la nostra superiorità culturale. La violenza non è la soluzione.»

«Forse potremmo scrivere una lettera?» chiese Gustad. «In bella calligrafia?»

«Torturando i warli faremo solo brutta figura. E avvaloreremo la loro posizione. Siete tutti uomini di cultura. Di sicuro uomini come voi non ricorrono alla violenza.»

«Shapur, arriva al punto» ringhiò Gustad.

«Intavoliamo un discorso. Proponiamo di negoziare. I giornalisti sarebbero dalla nostra parte. Dimostriamo di essere disposti ad ascoltare le loro condizioni.»

Tutto pur di evitare il massacro.

«Dobbiamo almeno tentare con un negoziato pacifico» continuò, incalzando ma senza eccedere, o avrebbero scoperto il suo vero movente. «Se non dovesse funzionare, allora potremo ricorrere alla disciplina.»

A quel punto, immaginava Shapur Irani, la stampa sarebbe stata ancor più sensibile al tema e i proprietari terrieri avrebbero avuto difficoltà a infliggere torture senza esporsi, almeno in certa misura.

«Siamo noi i padroni» osservò. «I sovrani non riscuotono mai simpatie. Se trattiamo, almeno dimostreremo una certa ragionevolezza.»

Gustad incrociò le braccia e si abbandonò allo schienale della sedia. Tafti si sfilò gli occhiali e si morse il labbro. I padroni indù e musulmani si dimenarono sulle poltrone di vimini, meditando sulle parole di Shapur Irani.

«Anche se accettassimo,» commentò Gustad «la tua idea non funzionerà. Non possiamo andare di villaggio in villaggio a parlare. Gli abitati sono troppo sparsi.»

«Allora raduniamo i warli. Teniamo un unico discorso.»

«E perché dovrebbero venire?» domandò Gustad. «Non si fidano di noi.»

Era l'unico briciolo di verità che Shapur Irani aveva sentito in tutta la serata. Non aveva idea di come radunare gli uomini delle tribù.

«Non se ne parla nemmeno» intervenne Pestonji. «Io sono un sostenitore di Bhagat Singh, non di Gandhi. Avanti con la violenza.»

Pestonji era così pazzo che non avrebbe risparmiato un solo warli. Shapur Irani si sentì trafiggere da un piccolo proiettile di panico quando vide i signori indù e musulmani assentire con cenni del capo.

«Ma volgerebbe a nostro vantaggio» replicò Shapur Irani. «Se...»

«Io me li friggo, i vantaggi» lo interruppe Pestonji. «Quella dannata puttana della Bandiera Rossa è la responsabile delle mie ferite alla testa.»

Quelle parole fecero venire un'idea a Shapur Irani.

«Se quella puttana è la causa di tutti i problemi,» disse «allora sarà lei a fornirci la soluzione.»

«Cosa intendi?» domandò Gustad.

«I warli la amano. La adorano perché, per una volta, credono che qualcuno sia dalla loro parte. Ha vissuto con loro, mangiato con loro e ascoltato le loro storie.»

«E quindi?»

«Ci aiuterà a raccogliere tutti i warli in un posto solo. Diffonderemo la notizia che la Signora della Bandiera Rossa sta morendo in prigione. Che è molto malata, sul letto di morte, e che ha chiesto ai warli di radunarsi sulla spiaggia di Dahanu a tre giorni da oggi per combattere per la sua liberazione. Faremo in modo che i giornalisti siano lì per documentare l'evento.»

«Cosa ti fa pensare che i warli si faranno vivi?»

Se ti infilassero un palo di ferro nel culo per aver rubato un paio di noci di cocco, se venissi sepolto vivo per aver preso un mango dall'albero, se tua moglie fosse stata violentata in un granaio appena dopo il matrimonio e se d'un tratto una donna saltasse fuori dal nulla e ti infondesse speranza, il minimo che faresti, sapendo che è in pericolo di vita, sarebbe accorrere su una spiaggia.

Ma non espresse quel pensiero a parole. Il suo disgusto per quegli uomini era semplice, e altrettanto semplice fu la sua risposta: «Verranno».

Shapur Irani non era orgoglioso di aver architettato una menzogna, ma l'inganno si rendeva necessario. La scelta era tra quello o lo spargimento di sangue innocente. Non si illudeva che il raduno avrebbe portato a qualche passo in avanti; i padroni erano troppo tenaci e spietati perché ciò accadesse. Ma una volta seguito il caso, la stampa sarebbe stata costretta a denunciare qualsiasi violenza futura e i padroni avrebbero dovuto ostentare un atteggiamento più benevolo.

«Stronzate» protestò Pestonji. «Io mi sono beccato venti punti in testa.»

«Magari vale la pena provare» azzardò Gustad.

«Spariamo a quei bastardi e basta!»

«Pestonji, calmati» ordinò Gustad, alzando una mano, e la risolutezza della sua voce fece piombare il silenzio nella stanza. «C'è del buono nelle parole di quest'uomo. Vediamo cosa succede.»

Shapur Irani poteva attribuire il consenso di Gustad solo a un intervento di Ahura Mazda. Ed era l'unica cosa che contava.

Nei tre giorni che seguirono, si sparse la voce. Attraverso i caposquadra, i camion dei trasporti, i treni, i venditori di cocco, gli scagnozzi dei padroni, tramite chiunque fosse dotato di una bocca. Quando la voce raggiunse le orecchie dei warli, quando seppero che la Signora della Bandiera Rossa stava morendo e aveva bisogno del loro aiuto, iniziarono a correre, a correre come disperati, di villaggio in villaggio. La notizia si diffuse rapidamente, e i cuori dei warli presero a battere come tamburi.

«Dove vai?» chiese Banu.

Shapur Irani aveva messo una banana, una mela e un quartino di whiskey RB in un sacchetto marrone. Banu era offesa che si fosse preso la frutta da solo, che non avesse chiesto a lei di farlo.

«A che ti serve la frutta?» domandò.

«Vado a un picnic.»

«Che picnic?»

«Il picnic dei padroni.»

«E cosa significa?»

«Significa che devi chiudere il becco e fare il tuo lavoro.»

«E quale sarebbe il mio lavoro, Shapur?»

«Badare a Khodi.»

«E lo faccio male, questo lavoro?»

«Ti prego, Banu. Non voglio litigare. Non oggi.»

«Dimmi dove vai. Mi fai preoccupare, Shapur. Mi preoccupo per nostro figlio. Mi preoccupo perché...»

«Perché cosa?»

«Se te lo dico, prometti di non arrabbiarti.»
«In tal caso mi arrabbio subito.»
«Allora non te lo dico.»
«Forza, Banu. Per favore.»
«È che… quando esci di casa, sono spaventata.»
«È per questo che Ejaz è qui. Ti proteggerà lui. È un pathan fiero. Se lui è con te, nessun altro potrà avvicinarsi.»
«Ma Ejaz, appunto… possiamo fidarci di lui?»
«Non sei il suo tipo. Non gli piacciono le donne grassottelle.»
«Io non sono grassottella.»
«Sì, lo sei.»
«Non sono grassottella. È quello che succede quando si fanno dei figli. Il corpo cambia forma. Provaci tu a partorire un bambino!»
«Suvvia, ora non te la prendere perché ti ho chiamato grassottella.»
Banu gli sorrise e gli stampò un bacetto sulla guancia.
Con il sacchetto marrone in mano, Shapur attese fuori dal cancello della piantagione che Gustad e gli altri proprietari terrieri passassero a prenderlo. Non voleva che entrassero nella tenuta. Non voleva che vedessero casa sua, sua moglie, e men che meno suo figlio. I bambini prendono a modello gli uomini che li circondano, e quelli non erano uomini.
Poco dopo erano già sulla spiaggia di Dahanu e i padroni si compiacquero della presenza di cinque jeep della polizia. Quando il commissario scorse Gustad, scese dalla jeep e gli strinse la mano. Il proprietario terriero gli consegnò una bustarella. Poi fumarono una sigaretta insieme e aspettarono.
«Perché la polizia è qui?» domandò Shapur Irani.

«Per dare una parvenza di ufficialità» rispose Gustad. «Per dare un qualche peso all'evento. Visto che abbiamo la stampa, perché non la polizia?»

Ma, dei giornalisti, nemmeno l'ombra. I padroni avrebbero dovuto offrire loro un passaggio; i *tonga* potevano metterci un'eternità a portare i giornalisti dalla stazione.

Trascorsero tre ore. Non volava una mosca sulla spiaggia di Dahanu. I pini marittimi che costeggiavano la spiaggia si piegavano al vento e la sabbia volava in faccia ai ricchi signori.

«Dove diavolo sono i giornalisti?» insisté Shapur Irani.

«Probabilmente sono ubriachi» replicò Gustad.

A Shapur non piaceva quell'atteggiamento. Se avesse avuto un'istruzione, li avrebbe contattati personalmente. Ma la sola idea di trattare con la stampa lo intimidiva.

«A ogni modo, pare che il tuo piano farà fiasco» ribatté Gustad. «Perciò non ci sarà alcun bisogno dei giornalisti.»

«I warli verranno» ribadì Shapur Irani.

«E se così non fosse?»

«Verranno, se Ahura Mazda lo vorrà.»

Non molto dopo, i warli apparvero attraverso i pini, armati di bastoni. Erano almeno in cinquecento. Tutti in completo silenzio. Poi emersero altri uomini. Ora erano un migliaio. I più indossavano il perizoma e avevano i lunghi capelli annodati. Videro le jeep della polizia, videro i padroni, ma non si fermarono. Continuarono a marciare, e Shapur Irani era soddisfatto che il suo piano avesse funzionato.

«Guardate quanti uomini» commentò Gustad. «La Signora della Bandiera Rossa ha una fica davvero magica.»

Shapur Irani, tuttavia, avvertì una traccia di timore nella sua voce. La vista di tremila warli silenziosi incuteva un timore reverenziale a tutti i proprietari terrieri. Fino ad allora, avevano violentato o torturato un warli alla volta. Adesso che arrivavano in massa, era un'altra storia.

«Cos'hanno in mano?» chiese Gustad.

Ogni warli portava una pietra, che andava a posare per terra. Entro pochi minuti le pietre raggiunsero un totale di tremila.

«È il loro modo per esprimere solidarietà» spiegò il commissario della polizia. «Vogliono dimostrare quanti warli sono accorsi. Fanno proprio al caso nostro. Per noi le pietre sono armi.»

«Ma cosa dice?» domandò Shapur Irani.

Nessuno, però, gli rispose. Gustad non lo degnò nemmeno di uno sguardo.

Il commissario della polizia era in un bagno di sudore. Si asciugò i palmi sui pantaloni color marrone sbiadito.

«Almeno avete chiesto ai giornalisti di venire?» incalzò Shapur Irani.

«Sì, ma erano occupati» rispose Gustad.

«A fare cosa?»

«A scrivere.»

Shapur Irani sentì salire una vampata di calore alle orecchie. Se il consenso di Gustad quella sera non fosse stato sincero, allora perché erano tutti lì?

Shapur Irani tornò a guardare i warli, seduti sul terreno pianeggiante che si estendeva davanti ai pini, senza timore, vicini alle jeep della polizia, ed ebbe un'intuizione nauseante.

«Aprite il fuoco» ordinò Gustad.

«No» protestò Shapur Irani. «Cosa...»

«Uomini, salite sopra le jeep» disse il commissario.

«No!» gridò Shapur Irani.

«Sparate a quei bastardi» continuò Gustad. «Ammazzateli tutti, fino all'ultimo.»

Il commissario e i suoi uomini salirono sul tettuccio delle jeep e aprirono il fuoco. I warli non avevano idea di cosa succedesse. All'improvviso, qualcuno stramazzava con un buco in pieno petto. O in un occhio. Shapur Irani trattenne il commissario, ma non servì a nulla. La sparatoria alla fine cessò da sola, a causa delle condizioni penose dei fucili. I warli raccolsero le pietre e le scagliarono contro le jeep. Diedero l'assalto con i bastoni e, così, cominciò la seconda bordata di spari. Stavolta durò molto meno. Alcuni warli presero a correre verso i pini, mentre altri restavano annichiliti.

Shapur Irani scorgeva l'espressione derelitta sui loro volti.

Perché la Signora li aveva chiamati? Dov'era?

«Andiamocene di qui» suggerì il commissario. «Devo telefonare a Bombay e riferire della violenza a cui siamo sfuggiti a stento. Dobbiamo raccontare tutti la stessa versione. Ecco cos'è successo: abbiamo ricevuto una soffiata. Siamo arrivati senza sapere cosa aspettarci, armati in maniera insufficiente. Tremila warli ci hanno aggredito con bastoni e pietre. Siamo stati costretti ad aprire il fuoco e ucciderne alcuni, ma erano troppi e abbiamo dovuto battere in ritirata.»

«E hanno rotto il naso ai suoi uomini» aggiunse Gustad.

«Ah, sì, giusto, giusto» confermò il commissario. «Voi tre. Venite qui.»

Chiamò tre agenti, alzò il calcio del fucile e spezzò loro il setto nasale. «Siete stati colpiti dai warli. Ciascuno di voi ha il permesso di ammazzarne uno.»

Gli uomini imbracciarono il fucile e partirono come delle furie. Spararono a casaccio, ma per fortuna i warli erano ormai fuggiti. Shapur Irani pensò che avrebbero accoppato il superiore per la rabbia. Ma il commissario li teneva in pugno. Poi chiese ad altri uomini di danneggiare le jeep. «Non esagerate. Deve sembrare che siano state colpite con dei bastoni. Rompete solo un fanale» indicò. «Ma non toccate la mia.»

I padroni erano soddisfatti. Se non altro alcuni warli erano stati uccisi. Troppo pochi, forse, ma era già qualcosa.

«Adesso metteranno in dubbio le intenzioni della Bandiera Rossa» osservò Gustad. «Penseranno che sia stata la Signora a condurli qui.»

Shapur Irani vide il sacchetto della frutta posato sul fondo della jeep di Gustad. Non aveva né fame né sete. Gustad aveva la zucca pallida, imperlata di sudore. Era silenzioso ma sorridente. Shapur Irani serrò i pugni, ma non trovò la forza di colpirlo. Non pensava che ai cadaveri che giacevano sparsi sulla spiaggia di Dahanu, cadaveri di cui era responsabile. E prese a tremare.

Non riusciva a credere che la bontà potesse avere un effetto simile.

Quello non fu l'unico tradimento da parte dei proprietari terrieri. Gustad, Tafti, Pestonji – e i signori indù e musulmani – avevano ordito un altro piano a sua insaputa. Come le uova deposte dai serpenti, quel piano doveva essersi schiuso nell'istante in cui Shapur Irani era uscito dal bungalow di Gustad, la sera della riunione.

Fu Ejaz il pathan a informare Shapur, non appena giunse a casa.

Per vendicare l'uccisione dei cavalli di Pestonji e la violenza che ne era seguita, Gustad aveva chiesto al suo caposquadra, un vigoroso bhaiyya di nome Sitaram, di chiamare a raccolta tutti i colleghi delle tenute confinanti e di assoldare alcuni picchiatori.

Avevano scoperto il villaggio in cui vivevano gli uomini che avevano assalito Pestonji. Era vicino alla tenuta di Shapur Irani. Nelle prime ore del mattino, quando i warli stavano per partire alla volta della spiaggia di Dahanu, Gustad aveva allungato del denaro a Sitaram, dicendogli: «Prendi questi soldi e ubriacati. Bevi come non hai mai fatto prima. Poi va' a distruggere le capanne, fa' quello che ti pare. Ti sto dando l'occasione di essere re per un giorno».

Perciò, mentre le donne preparavano l'ambil al mattino, spidocchiavano i figli, versavano l'acqua negli abbeveratoi per le capre e i polli, l'assalto di Sitaram e compagnia ebbe inizio. La loro furia puzzava di liquore e il loro appetito era insaziabile.

Uno degli uomini che avevano ucciso i cavalli di Pestonji, il capo del gruppo, era un famoso stregone. La sua capanna fu la prima a essere distrutta. Dopo che gli sgherri se ne furono andati, la moglie dell'uomo era accorsa alla piantagione di Shapur Irani. Quel giorno lei stava accudendo il piccolo Ganpat e sua madre. Gli aggressori avevano provocato la morte della sorellina neonata di Ganpat.

Non era finita.

Shapur Irani, però, non voleva sentire altro. Era più che abbastanza.

Si rese conto che Gustad e i suoi erano persino peggiori di quanto credesse. E pensare che avevano cercato di reclutare anche Ejaz il pathan per quel lavoro.

«Perché non sei andato?» domandò a Ejaz.

Non si capacitava di quanto fosse stridula la sua voce, quanto fosse lacera la sua gola.

«Sono qui per proteggere tua moglie e tuo figlio» rispose Ejaz. «Tu faresti lo stesso per me.»
«Dov'è Banu?» chiese Shapur Irani.
«È in casa.»
«Dov'è Banu?» chiese di nuovo. Le parole del pathan lo raggiungevano a malapena.
«È in casa, seth. Nessun estraneo metterà piede nella tenuta finché ci sono io. Te l'ho giurato.»
Shapur Irani si incamminò verso il bungalow. Aveva le vertigini.
Perdeva l'equilibrio ad ogni passo. Non poteva permettersi di inciampare davanti a Ejaz. Shapur Irani voleva correre. A casa, da sua moglie, correre via. Ma non poteva farlo in presenza dell'uomo.
«Seth, vorrei parlarti di mio figlio» esordì Ejaz.
«Mio figlio sta bene» replicò Shapur Irani. «Sta bene.»
Il vento gli rombava nelle orecchie.
«No, seth» corresse Ejaz. «*Mio* figlio.»
C'erano cadaveri sulla spiaggia. Al posto degli occhi avevano fori di proiettile che presto la sabbia avrebbe riempito.
«Seth» insisté il pathan.
Il vento imperversava, eppure non muoveva foglia.
«Seth...» Ejaz sfiorò appena la punta del gomito del padrone.
Shapur Irani si voltò.
«Come osi toccarmi» sbottò. «Tu...»
«Seth, io...»
«Sei un servo. Sta' al tuo posto.»
Quel giorno era stato un caos totale. Tutte le leggi erano state sovvertite, stritolate, come ossa sotto le ruote di un'auto.
Quando Shapur Irani raggiunse il bungalow, trovò

la porta aperta. Aveva detto un migliaio di volte a Banu di tenerla chiusa, ma lei non gli dava mai retta, dannazione.

Non c'era nessuno nel soggiorno. Proseguì nella prima camera, poi verso la seconda, quella in cui dormivano, ma il letto era vuoto. Andò in cucina, ma nemmeno lì c'era traccia di sua moglie e di suo figlio. Tornò di corsa nel soggiorno e vide Banu sulla soglia, con Khodi tra le braccia. Andò da lei, con l'intenzione di stringerla forte, ma non ci riuscì. Aveva sabbia nei *chappal*. Se li sfilò dai piedi, andò alla finestra e li sbatté l'uno contro l'altro per scuoterla via.

Poi entrò in camera e iniziò a spogliarsi.

«Com'è andata?» chiese Banu.

Quella domanda lo assordò. Gli ci sarebbero voluti anni per rispondere. Pregò Ahura Mazda di non versare lacrime.

«Perché sei silenzioso, Shapur?» domandò Banu. «Cos'è successo?»

«Niente...»

Parlare era paralizzante. Ma raccolse le forze per proseguire, altrimenti Banu sarebbe andata nel pallone.

«I warli imboccheranno la strada della violenza, oppure verranno sottomessi con la paura.»

Banu era confortata dal sentirlo parlare. Shapur lo capì nel vedere i suoi occhi rasserenarsi.

«Sai perché sono grassottella?» chiese.

«No.»

«Perché sono incinta, stupidone.»

Shapur Irani si sedette sul bordo del letto, la sabbia tra le dita dei piedi. Doveva lavarla via il prima possibile.

«Di' qualcosa» continuò Banu. «Perché stai zitto?»

«Perché sono felice» rispose.

—

Nei giorni successivi, Shapur Irani rimase a letto.

Viveva lì, quasi fosse la sua patria, un continente in cui non poteva compiere errori. Non doveva far altro che posare la testa sul cuscino e coprirsi gli occhi con un braccio. Quelle erano azioni semplici, che non potevano condurre a massacri o ad altri eventi spiacevoli. Niente di quello che faceva nel letto poteva provocare la morte di qualcuno. Era un posto sicuro, un utero in cui fluttuare per tutto il tempo necessario.

Ci sarebbe rimasto, non fosse stato per Banu.

Gironzolava per casa accendendo i *diva*, fissando la fiammella e pregando perché la luce assorbisse tutta la tristezza che si era impadronita del marito, una tristezza portata dagli spiriti maligni. Banu confidava che i diva avrebbero scacciato l'oscurità e purificato la sua aura, perché potesse rialzarsi e tornare a essere l'uomo che lei tanto amava.

Shapur Irani non poteva deluderla. E così, quando vide le foglie cadere dalla finestra, si alzò, mangiò uova e carne, bevve latte e si scolò un quarto di whiskey nel giro di un'ora.

Una volta uscito di casa, si rese conto di essersi sbagliato. Quelle non erano foglie. Erano i suoi adorati chickoo, caduti a terra, a migliaia.

«Guarda» disse a Banu. «Un tappeto di chickoo.»

«Prima o poi i warli torneranno a lavorare» soggiunse Banu. «Anche loro devono mangiare. Anche loro devono sopravvivere in qualche modo.»

Shapur non biasimava i suoi lavoratori per non essersi presentati. Senza dubbio, erano ancora scossi dall'aggressione sulla spiaggia.

«E ora che faccio? Chi raccoglierà i frutti? Tutto questo *maal*, questo ben di Dio, caduto per terra...»

«Vieni, sdraiati accanto a me» lo invitò Banu. «Parla a tuo figlio.»

«Khodi sta dormendo.»

«Non a quel figlio. A questo, nel pancione. Lo chiameremo Sohrab.»

«Come fai a essere tanto sicura che sia un maschio?»

Shapur Irani si distese accanto alla moglie, sentendosi tutt'altro che confortato.

Un tappeto di chickoo ricopriva la terra, e non c'era neanche un lavoratore a raccoglierli. In un certo senso, era felice. Gustad e gli altri ricchi proprietari avrebbero pagato il fio. Avevano molta più terra di lui, migliaia di alberi, e sperava che vedessero i chickoo marcire per terra e riflettessero sulle proprie azioni.

Di notte, i warli viaggiavano in gruppi e iniziarono ad abbattere gli alberi.

Sputavano sui frutti e giuravano di non mangiarne mai più, a costo di morire di fame, a costo di diventare così magri da veder spuntare le costole dalla pelle, e affondarle nel petto delle mogli quando le avrebbero abbracciate.

La cosa non sorprese Shapur Irani. Avrebbe fatto lo stesso.

Forse era naturale che il chickoo portasse tanta sofferenza. Era stato introdotto in India dai portoghesi. Un albero trapiantato da predoni non poteva che causare dolore.

L'unica cosa buona che ne sortì fu l'assalto al bungalow di Gustad.

Il suo granaio era pieno di cereali e uova, ma i warli vi appiccarono il fuoco lo stesso. Consumare quel cibo sarebbe stato come trarre nutrimento dalla ragione stessa per cui era stato sparso il sangue dei loro figli. Ma Gustad disponeva di abbastanza guardie del corpo da respingerli. Mentre se ne stava sdraiato sul divano, le braccia poggiate sul dorso intagliato di un leone o un elefante, le guardie garantivano per la sua incolumità.

Alcuni warli diedero la caccia a Ejaz il pathan.

Quando Shapur Irani arrivò alla baracca di Ejaz, lo trovò in piedi, sanguinante, con la mazza di legno al fianco, il corpo che si sollevava e si abbassava come quello di una pantera.

Niente poteva ucciderlo.

Dopo tre notti di rappresaglie, i warli tornarono a casa e dissero alle mogli e ai figli di scappare nella giungla a nascondersi, così nessuno avrebbe potuto toccarli.

I villaggi erano deserti. Solo un filo di fumo saliva dalle foglie bruciate.

A questo punto, Gustad Mirza decise di mettersi in contatto con i giornalisti di Bombay. Incoraggiati da una o due bustarelle strategiche, i giornali parlarono del crudele cuore dei warli, di come avessero abbattuto gli alberi di chickoo e distrutto le abitazioni dei padroni senza il minimo riguardo per le donne e i bambini che dormivano all'interno.

La polizia fece la sua parte e arrestò degli uomini a caso, che vennero sbattuti in prigione e puniti severamente. Chiunque parlasse della Bandiera Rossa veniva additato come cospiratore, perciò nessuno nominò più la Lal Bauta.

Dalla prigione, però, la Signora della Bandiera Rossa sapeva com'erano davvero andate le cose. Chiamava i policewala "figli senza madre". Chiunque avesse una madre non avrebbe alzato un dito su persone innocenti, gridava. Ma le sue parole non facevano né caldo né freddo al commissario. Le disse di affacciarsi alla finestra della cella, di guardare le jeep. Poi condusse i tre agenti al suo cospetto, quelli col naso rotto. «Hai visto?» le chiese. «Non puoi aiutare delle bestie, cara Signora della Bandiera Rossa.»

Sebbene la sua furia avrebbe potuto scatenare l'inferno, la Signora non invocò un'azione violenta.

Proclamò uno sciopero a oltranza. I ricchi signori non avevano cuore, ma avevano tasche.

Ogni anno, la stagione del riso fruttava grandi somme di denaro ai proprietari terrieri. Se il raccolto degli alberi di chickoo e del riso non fosse avvenuto in tempo, avrebbero sofferto perdite di migliaia di rupie. Quando i padroni si accorsero di cosa stava per succedere, tentarono nuovamente di ricorrere alla forza. Stavolta, però, ai warli non importava di morire. Continuavano a rifiutarsi di raccogliere i chickoo e il riso.

Sebbene le perdite di denaro affliggessero anche lui, in segreto Shapur Irani ammirava la determinazione dei warli. Ogni uomo aveva un gladiatore dentro di sé. Per quanto debole, povero o spaventato.

«Perché non cedete alle loro richieste?» chiese Banu. «Cosa vogliono gli uomini delle tribù?»

«Vogliono una paga più alta. Vogliono che tutti i debiti siano cancellati. Che le torture cessino una volta per tutte.»

«Allora accontentateli» disse lei.

«I padroni hanno paura che qualsiasi cambiamento possa privarli della vita di lusso che conducono.»

«Shapur, e lo chiami lusso? Vivere da soli, in questa tenuta? Hanno aggredito Ejaz, che abita qui vicino. Avrebbero potuto attaccare anche noi.»

All'improvviso c'era del livore nella sua voce. Era schizzato fuori, e alcune gocce gli erano finite sulla guancia.

«Non permetterò mai che succeda qualcosa a te o ai bambini, te lo giuro» replicò lui.

Si alzò dal letto e andò all'armadio. Era un mobile di tek con sopra incise le parole *Non c'è niente come l'amore*. Shapur Irani sapeva che quella frase possedeva un duplice significato. Aveva acquistato il mobile da un vecchio iraniano al verde, a cui rimanevano da vendere solo gli arredi di casa. Probabilmente le parole *Non c'è niente come l'amore* avevano un retrogusto amaro per il vecchio iraniano, ma per Shapur Irani non erano che la pura verità. Il suo amore per la moglie e il figlio era così forte da sfociare nel terrore. Aprì l'armadio e ne ascoltò con piacere il cigolio. Quando l'anta fu spalancata, si fece da parte e disse a Banu: «Guarda qua». Era un fucile, di quelli lunghi, con l'impugnatura robusta e la canna lucida.

«Dove l'hai preso?» domandò Banu.

«Lo sai che le armi non mi piacciono» disse lui.

«Allora perché quel fucile è in casa nostra?»

«Sono un uomo forte, ma se dovesse irrompere in casa una ventina di warli, non posso proteggervi senza sparare.»

«Allora andiamocene via.»

«Cosa?»

«Solo per un breve periodo. Andiamo a stare da mia madre, a Bombay. Quando le acque si saranno calmate, potremo tornare.»

«Io non lascerò *mai* Dahanu. Lo capisci? Non chiedermi mai di lasciarla.»

«Ma, Shapur...»

«Hai idea di quello che ho passato in Iran? Mio padre una volta è stato picchiato a sangue. Gli arabi ci trattavano come schiavi. Dovevamo camminare a testa bassa in loro presenza.»

«Lo dico soltanto per il bene di nostro figlio. E con un secondo in arrivo...»

«Lo proteggerò io!»

Banu sapeva che era il momento di restare in silenzio.

Il temperamento di suo marito era come benzina. Se avesse pronunciato una sillaba di troppo, avrebbe acceso la scintilla e Shapur si sarebbe fatto male da solo. Sapeva che a lei non avrebbe torto un capello, ma suo marito costituiva un pericolo per se stesso. Una volta, per la rabbia, aveva sbattuto la testa contro il muro, senza che lei sapesse perché.

Passeggiò per la stanza impugnando il fucile. «Tu non capisci cosa si provi. Qui ho trovato una casa. Questa è la *mia* terra. Sono stato scacciato dall'Iran. E quando me ne sono andato, ho lasciato una casa. Non chiedermi di farlo di nuovo!»

Iniziò a caricare il fucile davanti a lei.

Banu voleva dirgli qualcosa, ma strinse la mano del figlio sperando di tranquillizzarsi. Una volta caricata l'arma, Shapur Irani si precipitò fuori dalla porta di casa e prese a sparare in aria.

Lo sciopero proseguì. Come un treno nero in un viaggio lungo, senza fine.

Giorno dopo giorno, la coltre di chickoo si faceva più spessa.

Non potendo sopportare di veder morire i suoi frutti, Shapur Irani trascorreva le giornate alla stazione, a bere tè, a chiacchierare con il capostazione, a scorgere di sfuggita i passeggeri dalle grate di ferro dei finestrini. Ma, ovunque andasse, la sua mente era rivolta al tappeto che lo aspettava alla piantagione. Marroncino all'inizio, si fece poi più scuro, umido di putrefazione.

Era inutile che ne raccogliesse qualche cesto da solo. Alcuni warli erano disposti a lavorare per cinque volte la paga giornaliera, ma Shapur Irani si rifiutava di assumerli perché, interrompendo lo sciopero, tradivano la loro gente. Certi ottennero persino di essere impiegati come capisquadra, scendendo a patti con i padroni, facendo in modo che i loro debiti venissero completamente cancellati e costringendo, in cambio, i membri della propria tribù a lavorare nella piantagione.

Non c'era più niente di pulito.

Quando il treno da Bombay arrivava in stazione, le proteste erano sempre le stesse.

La penuria di riso stava mettendo in ginocchio la città.

Bombay. Era l'unica cosa di cui tutti si preoccupavano. La città non produceva niente e consumava tutto, e gli agricoltori come lui dovevano pure mostrarsi grati.

Proprio quando stava per andarsene dalla stazione, vide il commissario. Gironzolava sul marciapiede, sorseggiando acqua di cocco con l'esuberanza di un turista. Mancava solo un cappello di paglia a coronare la sua volgarità. Shapur Irani era tentato di regalargli un binocolo per aiutarlo a mettere a fuoco i proiettili che aveva fatto volare, le schegge di ossa, le gocce di sangue annerito sparse per terra. Non poteva sopportare la vicinanza di quell'uomo. Il solo vederlo spingeva Shapur Irani a credere che il commissario fosse un'estensione di se stesso, un arto che aveva perso la via del ritorno.

Invece indugiò e tese l'orecchio perché il commissario aveva novità.

«La Signora della Bandiera Rossa è stata rilasciata» annunciò. «È colpa di quei giornalisti bastardi. Hanno scattato fotografie ai cadaveri e stavano per pubblicarle sui quotidiani.»

Shapur Irani si imbestialì nel vedere il commissario

che si tirava su i calzoni, guardandosi intorno con un'aria di pigra autorità.

«Quando i politici di Bombay lo hanno saputo,» continuò «hanno deciso che non fosse saggio pubblicare le immagini. Ci sono ancora gli inglesi. Non possiamo mostrare un'India divisa. Perciò hanno raggiunto un compromesso. La Signora è stata rilasciata.»

Non era tutto. Alcune delle sue richieste erano state accolte.

Era stata approvata una legge che cancellava tutti i debiti precedenti. Non ci sarebbe più stato lavoro coatto da quel momento in poi, niente più *ius primae noctis*. Ed era stata stabilita una paga giornaliera, fissa e invariabile.

La Signora della Bandiera Rossa aveva chiesto l'approvazione di un'altra legge: che nessun latifondista potesse comprare terra dai membri delle tribù. Durante la carestia che si era abbattuta duramente sullo stato del Maharashtra i ricchi signori avevano acquistato la terra warli per una miseria. La pancia vuota e un debole per gli alcolici avevano spinto molti uomini a lasciare scioccamente l'impronta del pollice sulla carta da bollo.

Ormai quel che era fatto non poteva essere cambiato, ma si poteva fare qualcosa per prevenirlo, in futuro. La legge, però, non fu promulgata.

Cionostante, la vittoria fu della Signora. La fede che le tribù avevano riposto in lei l'aveva trasformata in una tigre.

I padroni avevano ceduto al suo ruggito.

Da una cella, aveva lottato contro gente della schiatta di Gustad e Pestonji e aveva affondato le unghie nelle carni di tutti i proprietari terrieri indù e musulmani che si erano presi gioco di lei.

Magari non li aveva sbranati, ma aveva lasciato un segno.

Quando Shapur Irani tornò alla tenuta, si piazzò davanti alla capanna di Vithal.

Luoghi ed eventi non sempre combaciano. Eccolo lì, all'ombra di una palma da cocco, gli usignoli sopra di lui, le spalle scaldate dai timidi raggi del sole al tramonto, mentre Vithal e la moglie ancora piangevano la morte in fasce della loro bambina, una perdita di cui non si sarebbero mai fatti una ragione.

Niente avrebbe potuto curare i cuori dentro quella capanna.

Nessuno sarebbe stato in grado di scaldarne il nucleo, ormai svuotato. I due non avrebbero più potuto drizzare il collo, così piegato dal dolore da assumere la forma di una falce.

Niente avrebbe potuto curare nemmeno Shapur Irani.

Avrebbe fatto meglio a fregarsene.

Da quel momento in poi, avrebbe fatto di tutto per allontanarsi completamente dai warli, pensando a loro come fantasmi di passaggio che emettevano lamenti di dolore, come forse aveva stabilito la natura stessa. Proprio come gli usignoli sopra di lui intonavano canti d'amore.

Non poteva fare niente per aiutarli, perché magari non era mai stato il suo destino.

I warli avevano trovato la loro paladina nella Signora della Bandiera Rossa. La sentiva ancora peregrinare di villaggio in villaggio, ad ascoltare storie di morte.

7

2000

Il sonno andava e veniva ad ampie falcate mentre Zairos vedeva le bandiere rosse garrire al vento, sui tetti delle capanne warli, nelle mani raggrinzite dei vecchi, legate alle corna dei tori, annodate intorno alle testoline dei bambini, o impigliate tra gli alberi, come aquiloni dai fili recisi.

Si sentì sollevato per essersi svegliato, finalmente.

Al piano di sotto, Aspi Irani leggeva il «Times of India». Era di malumore perché il granaio della tenuta confinante era stato convertito di recente in una chiesa pentecostale. Non somigliava affatto a una chiesa perché non aveva campanile, vetri istoriati, o libri di preghiere, ma da essa provenivano suoni lamentosi, e la cosa irritava Aspi Irani a non finire.

Per distrarsi dagli inni appassionati dei fedeli, passava in rassegna i necrologi, casomai fosse morto qualcuno di sua conoscenza. Era uno dei suoi passatempi preferiti; quando scovava un conoscente morto, faceva schioccare la lingua per esprimere rammarico e diceva qualcosa di positivo o denigratorio sul deceduto, a seconda del suo punto di vista.

«Oggi non c'è nessuno» annunciò. «Pare che la gente abbia cominciato a prendere le vitamine.»

Mithoo era alla stufa a cuocere pesce e *pulav* di montone. Aveva un foulard color crema in testa per impedire che l'odore del cibo le impregnasse i capelli. Il bracciale dorato al polso tintinnava contro il bordo del pentolone d'acciaio mentre mescolava il riso integrale e le verdure, gli occhi ridenti e un sorriso ancor più radioso.

«Mi fa piacere che tu abbia fatto il bagno» disse a Zairos. «Oggi è il *Nouruz*.»

«Esattamente tra cinque minuti» precisò Aspi Irani, che aveva messo i jeans nuovi e la sudreh, e aveva un copricapo da preghiera in testa. Si alzò dalla sedia e allentò il kusti intorno alla vita. Aveva legato il cordoncino sacro troppo stretto.

Zairos aveva dimenticato che fosse il Nouruz. Il nuovo anno zoroastriano veniva celebrato il 21 di marzo, nell'istante esatto in cui il sole attraversava l'equatore, rendendo notte e giorno di uguale durata. Era allora che le famiglie zoroastriane, dall'India all'Azerbaigian, accoglievano insieme la luce della primavera, poi chiamavano i loro cari sparsi in tutto il mondo e gridavano al telefono: «*Nouruz Mubarak*!»

Aspi Irani aveva il brutto vizio di telefonare alle persone nel momento sbagliato. L'anno prima, aveva chiamato l'amico Nari a Melbourne alle tre del mattino, sbraitando: «Felice Nouruz!». Nari, un neurochirurgo che teneva in gran conto le ore di sonno, aveva cominciato a farfugliare qualcosa mentre Aspi Irani lo rimproverava di aver calcolato male l'equinozio di primavera. «Quelle operazioni al cervello ti hanno fatto perdere il contatto con le radici» aveva concluso, ridacchiando.

Mithoo aveva imbandito la tavola tradizionale in un angolo del soggiorno. Su una tovaglia verde, ricamata da sua madre, posava una copia del sacro *Avesta*, insieme agli *Haft Sin*, i sette oggetti che iniziavano con la lettera farsi *S*. Zairos conosceva il significato soltanto di quattro di essi: *seb*, la mela per la salute e la bellezza; *sabzeh*, i germogli di frumento, rappresentavano la rinascita; *serkeh*, l'aceto, per tenere lontane tutte le amarezze della vita; e infine *sekke*, le monete, a simboleggiare la prosperità.

Mithoo accese tre candele per invocare la bontà dei pensieri, delle parole e delle azioni.

Continuava a guardare l'orologio alla parete, minuto dopo minuto. Non voleva farsi sfuggire l'istante esatto.

«Il sole si sta avvicinando all'equatore» annunciò Aspi Irani, con lo slancio del commentatore di una corsa di cavalli. «È al giro di boa e passa il Kazakistan, adesso sfreccia in direzione del Kirghizistan, poi l'Afghanistan, curva a gomito verso il Pakistan, adesso ha attraversato il Kashmir e, oh, è a soli cento metri dall'equatore, cara Mithoo, solo cento metri.»

Zairos si accostò al tavolo con i genitori e notò il pesce rosso in una boccia: anch'esso faceva parte dell'apparato cerimoniale. C'erano dolci, frutta secca, naan, una fetta di cocomero, un bicchiere di vino, un grande specchio con la faccia rivolta all'insù e un uovo sodo posato al centro.

Mithoo afferrò lo specchio e vi fece riflettere Zairos.

«Sorridi, figlio mio» lo spronò. «Così sorriderai per un anno intero.»

Zairos fece come gli aveva detto, ma non fu abbastanza convincente.

«Che razza di sorriso è quello?» domandò sua madre. «Su, mostrami i denti.»

Poi Mithoo prese una sottile bottiglia d'argento a forma di minareto e asperse l'acqua di rose sulla testa e sul viso del figlio. Dopo averlo baciato sulle guance, gli disse: «Ora trovati una bella moglie zoroastriana».

«No, grazie» rispose Zairos. «Sto già soffrendo abbastanza.»

«Hai sentito quant'è stupido? Non si preoccupa del suo futuro» si lamentò con il marito. «Non avrà bisogno di qualcuno che badi a lui quando sarà vecchio?»

«Vero» confermò Aspi Irani. «Certo, però, se a sua moglie venisse un colpo... Zairos dovrebbe pulire il culo *a lei* per il resto della sua vita.»

«Aspi, ti prego» protestò Mithoo. «È il Nouruz. Di' qualcosa di buon auspicio. Stai guastando tutta la cerimonia con il tuo pessimismo.»

«Mia cara, se nemmeno Alessandro Magno e i talebani sono riusciti a impedire agli zoroastriani di festeggiare il Nouruz, che speranze posso avere io?»

«Dammi un altro bacio» disse Mithoo a Zairos. «Ora, ti prego, fammi dei nipotini. Mi sto preparando per l'esame Montessori. Ho bisogno di fare pratica con qualcuno.»

I tre si disposero nuovamente intorno al tavolo, mentre Mithoo accendeva una lampada a olio e chiudeva gli occhi in preghiera e Aspi Irani passeggiava per casa con un *afarganyu*, spargendo fumo d'incenso dall'aroma inconfondibile. Quando ebbero finito, Zairos abbracciò i genitori.

«Ora mangia qualcosa di dolce» disse Mithoo. «E che questa dolcezza ti accompagni per il resto dell'anno.»

Quando Zairos allungò una mano per prendere un chicco d'uva passa dal tavolo, intravide di nuovo il proprio riflesso nello specchio. L'immagine gli ricordava quanto fosse fortunato ad avere una vita come quella. Ma doveva esserci una ragione per la buona sorte. La fortuna, se non condivisa, si trasformava subito in polvere. Doveva essere ben meritata, come un salario giornaliero. Se le benedizioni piovevano su un uomo, era per ispirarlo a correre rischi.

C'era un motivo per cui il nonno gli aveva riferito della Guerra dei warli proprio la vigilia del Nouruz. La parola *no-ruz* significava "giorno nuovo". Era segno che Zairos doveva raccogliere la sfida. Le bacche di *sumac* sul tavolo davanti a lui, ora lo ricordava, simboleggiavano un'alba nuova.

Fece attenzione a non calpestare i disegni a gesso rosso e azzurro che sua madre aveva tracciato sulla soglia, insieme alle parole *Nouruz Mubarak*, in bianco. Oltrepassò la porta principale, accarezzando la ghirlanda di gelsomino fresco e rose rosse appesa sopra di lui.

Doveva vedere Kusum.

La primavera era arrivata. Era tempo di cambiamenti.

Il fetore di sterco di vacca accolse Zairos al bungalow del nonno. Il letame era stato scaricato dal cassone di un grosso camion fino a formare un cumulo enorme.

Gli inviti a non dimenticare erano davvero ovunque.

Pestonji e Noshir avevano nascosto il cadavere dell'uomo warli che rubava le noci di cocco sotto una montagna di sterco, portando al culmine la rabbia degli uomini delle tribù. Zairos si chiese cosa sarebbe successo se avesse visto qualcuno a cui voleva bene, qualcuno come Bumble, là sotto, con i Ray-Ban in frantumi, oppure Hosi, con il modulo di gara del suo Colt, la mano che spuntava in un'estrema richiesta di aiuto.

Rabbrividì.

Si distrasse osservando Damu, in piedi in cima al cumulo, i piedi affondati nel letame come per pestare l'uva nel tino. Lo sterco doveva essere distribuito tra gli alberi come fertilizzante. Damu indossava una maglietta con la scritta "I ♥ NY". Non appena Aspi Irani era tornato dall'ultima vacanza, i topi si erano ricamati una strada nella stoffa, rendendo la maglietta ideale per la moda warli. Damu, naturalmente, non aveva idea di cosa significasse NY, ma, con grande stupore di Zairos, non sapeva neppure cosa rappresentasse il ♥.

Zairos si diresse verso le vasche.

Invece di Kusum, scorse un pipistrello morto appeso a testa ingiù. Alla luce del giorno, l'animale appariva irreale, un peluche di quelli che, premuti, emettono uno squittio. Era il bottino di caccia dei lavoratori della piantagione, un pranzo che presto sarebbe stato rivendicato. I braccianti legavano fili di nylon in orizzontale tra due alberi, di notte i pipistrelli ci volavano contro, si tagliavano un'ala e rimanevano impigliati a un gancio sistemato più in basso.

Kusum apparve poco dopo, una lunga canna di bambù posata sulle spalle. A ciascuna estremità, erano appesi due secchi di acciaio pieni di chickoo fino all'orlo. Il carico era pesante, ma lei non vacillava.

Aveva un fiore bianco tra i capelli. Zairos non ricordava che pianta fosse.

«Voglio parlarti» esordì.

«Certo, seth...»

Mise giù i secchi, lasciando cadere la canna di bambù.

«Voglio che tu mi segua» le disse.

Lei abbassò lo sguardo. Aveva le caviglie umide e i piedi ricoperti di fango.

«Non devi aver paura» le suggerì. «Cammina con me.»

Kusum lo seguì, accertandosi di non stare mai al suo fianco. Quando arrivarono alla Maruti rossa, aprì la portiera e la invitò: «Accomodati».

«Dove andiamo?» chiese, salendo in auto. «Gli altri lavoratori si chiederanno dove sono finita.»

«Ti senti a disagio con me?» domandò lui. «Sei spaventata?»

«No» rispose.

Quando Zairos passò davanti a Villa Aspi, rivolse un cenno di saluto alla madre, che si dondolava sull'altalena con il trasporto di una scolaretta. Avrebbe pensato che stava portando una bracciante dal dottore. Lo faceva, di quando in quando.

Vicino alla stazione, si vendevano *matka*; il mercante dei vasi di terracotta dormiva su una sedia, il corpo ammosciato come argilla sul tornio abbandonata all'improvviso. La proprietaria di una bancarella di zucchero di canna stava spazzando per terra, raccogliendo confezioni vuote di wafer, fogli di giornale e buste di plastica.

Lungo la spiaggia, ragazze in *choli* variopinti raccoglievano acqua da vecchi pozzi.

Una recinzione di filo spinato delimitava la spiaggia sabbiosa. Quando Zairos era piccolo, non c'erano recinti, solo il mare, aperto e accogliente, a infondere speranza con la sua spuma. Durante la bassa marea, le meduse scintillavano al sole, minuscole navicelle spaziali atterrate di testa.

Il villaggio dei pescatori effondeva le sue fragranze a chiunque, mentre gli abitanti dal viso incartapecorito dormivano sotto i tetti di paglia. Dove finiva il villaggio, la battigia si espandeva, la superficie umida degli scogli levigati, lambiti dalle onde, il sale che bruciava sotto il sole. Una volta superati la clinica veterinaria e il mulino bianco, il filo spinato s'interrompeva, lasciando il posto ad alberi e carri trainati da buoi. Il terreno era brullo e soltanto gli sporadici boschetti di palme da cocco spezzavano la monotonia dell'azzurro.

Zairos parcheggiò lungo la sponda di un piccolo corso d'acqua, un posticino che aveva scovato per caso alcuni anni prima, dove il terreno dapprima saliva per strapiombare all'improvviso. Spense il motore e calò il silenzio. Un'aquila si librava alta sopra le loro teste, accerchiandoli.

Il modo in cui la luce dal parabrezza le ricadeva su viso e braccia fece pensare a Zairos che per Kusum la bellezza fosse una disgrazia, una specie di escrescenza che era costretta a portare, come un corno o un artiglio. La schiacciava con il suo peso, rendeva dolorosa la sua esistenza. La bellezza elevava Kusum ben oltre l'ordinario. E gli dèi ridevano di lei.

«Seth, so cosa volete» disse. «Ma sono una donna sposata.»

La sua voce risuonava in modo strano nell'auto. Zairos l'aveva sentita parlare solo tra alberi e acqua, uccelli e terra. Era sempre stata sostenuta dalla natura, forse ingannata a pensare di avere voce in capitolo.

«Non è come credi» replicò Zairos.

«Lo leggo nei vostri occhi, seth.»

«Come si chiama tuo marito?»

«Laxman.»

Rimasero lì a guardare un bufalo entrare nel fiumiciattolo: i profili dei suoi muscoli neri, le corna capaci di infilzare un uccello nel ventre e sbuzzarlo.

Zairos aveva guidato sin lì solo per chiederle il nome di suo marito. Kusum continuava a strofinarsi la caviglia destra con la pianta del piede sinistro, la terra cadeva sul tappetino di gomma nera.

Non restava altro che rimettere in moto la macchina. Il bufalo si girò verso di loro, irritato dallo stridere delle gomme sul terreno. Il movimento improvviso dell'auto fece sussultare anche Kusum, che però non disse niente.

Mentre Zairos si avvicinava a casa, un treno si fermò

alla stazione. I bambini vendevano acqua minerale sulle banchine. Qualcuno lanciò un quotidiano dal finestrino del treno. I passeggeri erano ammassati come sardine, un agglomerato informe di sudore che inspirava ed espirava all'unisono. Solo vederli toglieva il fiato. Il tetto del treno era l'unico posto che offriva un po' di sollievo.

Quando l'auto si fermò davanti al bungalow di Shapur Irani, Kusum scese senza proferire parola. Zairos si sentiva avvilito. Ancora una volta, aveva agito d'impulso, indebolito dal profumo delle rose e del gelsomino del Nouruz. Kusum chiuse la portiera, ma non si allontanò. Si chinò e guardò Zairos dal finestrino aperto.

«Seth» disse. «Incontriamoci qui stanotte.»

Si allontanò, il sudore sulla schiena nuda le imperlava la pelle, aiutando Zairos a capire che la sua voglia di lei era ovvia. L'aveva notata anche Kusum, l'aveva provocata, e i muscoli della sua schiena erano forti e invitanti. E poi, poco a poco, apparvero i segni delle frustate, uno dopo l'altro, e si vergognò di aver avuto il desiderio di leccare quella pelle, perché sarebbe stato come leccarle le ferite, ferite inflitte dalla stessa gente a cui apparteneva Zairos. Intanto, non restava che aspettare la notte.

Se l'Anna's soddisfaceva i desideri dello stomaco, il salone di bellezza Big Boss provvedeva a quelli della testa. Una volta sistemata la pancia con i sandwich *vada-pav* di Anna, niente poteva aiutare Zairos, mentre aspettava che la sera si trasformasse in notte, più di un massaggio alla testa.

Il Big Boss era un salone unisex, ma Zairos non ci aveva mai visto nemmeno una donna. Era un negozietto nel Katy Nagar, uno dei primi complessi residenziali edificati a Dahanu all'inizio degli anni Ottanta. Il salone aveva le pareti gialle – il giallino dei denti – che emanavano un odore simile al fiato mattutino. Un poster alla parete mostrava acconciature femminili e maschili, insieme a un listino dei diversi tipi di tagli e trattamenti di bellezza disponibili. C'era la Rasatura completa, la Rasatura parziale, il Dopo permanente, la Maschera facciale, il Trattamento esfoliante, il Massaggio integrale, il Massaggio alla testa, il Caschetto e il Taglio Diana.

Hosi sedeva su una sedia girevole azzurra appena fuori dal salone. La gommapiuma traboccava vistosamente dal sedile. Bumble, i ricci induriti come sassi dalle volate a razzo sulla BMW, si stava facendo tagliare i capelli da Sharmaji, il proprietario del salone, dagli occhiali così larghi da sembrare lenti d'ingrandimento. Sharmaji stava rasando la nuca di Bumble con una lametta. Era presente anche il suo amico, Murtaza. Questi era arrabbiato con la moglie perché lei non aveva avuto il coraggio di dirgli che, durante la fase del corteggiamento, aveva indossato lenti a contatto colorate. Quando, due giorni prima, la prima notte di nozze, aveva scoperto che gli occhi di sua moglie non erano azzurri, quell'acciuga di Murtaza se n'era andato in giro traumatizzato.

Il figlio di Sharmaji, un ragazzino di nome Paresh con l'orecchino e i jeans strappati, si cosparse prima uno spesso strato di olio di cocco Parachute sulle mani e poi lo strofinò sulla cute di Zairos. «La sua pelle è troppo secca» osservò. Aveva ragione, perché Zairos sentì la testa assorbire tutto l'olio di cocco, e desiderarne ancora. Al che Paresh diede inizio al suo incantesimo. Trasformò le dita in artigli e massaggiò la cute di Zairos alla velocità di un ventilatore. Il tocco inizialmente fu delicato, un invito ai muscoli della testa a scrollarsi dal loro torpore e, una volta desti, Paresh divenne un direttore d'orchestra all'opera, potente e glorioso. La testa di Zairos cantava e cantava, le immagini andavano e venivano. Poi il suo corpo si accasciò e prese a sprofondare nella sedia mentre Paresh continuava a sollevargli il collo senza interrompere quella sensazione di suprema pigrizia.

Nell'estasi del massaggio, udì la voce di Kusum: «Incontriamoci qui stanotte», e la cosa lo eccitò.

«Cosa sogni?» domandò Bumble.

«Niente di che» rispose Zairos.

«Perché non ti fai tagliare i capelli. Sono troppo lunghi. È poco maschile, boss.»

«A me piacciono lunghi.»

«Ti piace sembrare una donna?» chiese Hosi. «Sharmaji, fagli il Taglio Diana.»

Hosi affondò il dito in un buco nel sedile della sedia e tirò fuori della gommapiuma. Bumble si guardò allo specchio e si spolverò il borotalco dalla nuca. Anche Murtaza si guardava allo specchio, ma parlava da solo, forse mettendo in dubbio la decisione di sposare una donna che non aveva rivelato il vero colore dei suoi occhi.

«Vendo la tenuta» annunciò Hosi. «L'agricoltura mi ha stufato. Non ne posso più.»

«Di cosa?» domandò Zairos.

«È la fine, boss. Quella ciminiera ucciderà tutte le piantagioni.»

Parlava della centrale termoelettrica che forniva elettricità a Bombay, la ciminiera che incombeva minacciosa sulle teste di tutti i proprietari terrieri come un anatema di quasi trecento metri. Il chickoo, che era sempre maturato in tutte le stagioni, era diventato lunatico. Alcune mattine d'inverno le foglie erano ricoperte di fuliggine invece che di rugiada fresca. I venditori di frutta di Bombay si lamentavano perché i chickoo presentavano buchi come di spillo e nessuno voleva comprare frutta su cui avevano già banchettato i vermi.

«È già tanto se chiudo in pareggio» affermò Hosi. «Preferirei mettere i soldi in banca. Sarebbe più sicuro.»

«Vuoi dire che i tuoi cavalli sarebbero più sicuri» lo corresse Bumble.

«Gli alberi e i cavalli mi porteranno alla tomba, prima o poi» disse Hosi. «Almeno morirò per qualcosa che amo.»

All'evocazione dell'amore, in alto su un albero, due aironi affondarono il becco nel bianco soffice del loro piumaggio per pulirsi le penne, preparandosi all'accoppiamento. Scintillavano come falci di luna al tramonto, intrappolate tra le foglie. Quando gli aironi iniziavano a schiamazzare, non si sentiva altro suono, tale era il loro ardore.

Lentamente, l'imbrunire iniziò a stendere il suo velo sul cielo di Dahanu. Le luci dell'hotel Sagar si accesero, una sgargiante collana di verde e rosso sulle pareti fatiscenti. Le casalinghe uscivano da Video King con film a noleggio in mano, insoddisfatte degli sceneggiati delle proprie vite. Un bambino serviva chai in tazzine d'acciaio ai negozianti del Katy Nagar e un ciclista si faceva strada sul ponte con una borsa piena di pantofole in pelle sul portapacchi. Un ambulante si avvicinò al salone di bellezza, l'intera mercanzia appesa al corpo – pettini, spazzole, specchi, *bindi* per decorare la fronte, trappole per topi, fiammiferi e palloncini –, in un'accozzaglia priva di senso. Sottomesso al destino, trasportava tutto ciò che il suo corpo riusciva a sorreggere.

Zairos si sentiva paralizzato in modo simile. Il tramonto era il momento peggiore per vivere a Dahanu. Non si spiegava perché l'imbrunire lo spaventasse tanto.

L'aria si rinfrescava e nei palazzi a più piani si accendevano le luci: uno scatto improvviso, a ricordare che il sole era tramontato.

Zairos avvertiva un rumore che superava il vivace corteggiamento degli aironi, un mugghio cavernoso, una presenza maligna, e riconobbe il respiro della centrale termoelettrica che divorava carbone e vomitava fumo, la fuliggine che ricopriva gli alberi di chickoo come il sudario su una salma.

Mentre la nebbia riempiva il cielo e soffocava le palme da datteri, Kusum assisteva una mucca malata. L'animale non mangiava da tre giorni e aveva la bocca piena di piaghe. Finché non fosse guarita, avrebbe potuto ingerire solo melassa.

Nella capanna, una lampadina diffondeva la sua umile luce.

Suo marito aveva agganciato un pezzo di catrame intorno al cavo del traliccio più vicino e aveva collegato l'estremità opposta alla lampadina. Una vicina aveva fatto funzionare un televisore in bianco e nero con la stessa tecnica, ma a caro prezzo. Uno dei figli era stato folgorato mentre cercava di rubare l'allacciamento.

Vide Laxman avvicinarsi e fu sollevata che la cena fosse pronta.

Il suo viso era ricoperto dalla polvere bianca di ore trascorse a scavare strade e a trasportare pietre in un recipiente di metallo sulla testa. In certi giorni camminava con la boria di un capocantiere, in altri si trascinava in cerca di tempi migliori. Certi giorni, era un uomo perbene. Con lo sguardo schietto di chi aveva una moglie, una vacca, qualche utensile, una corda per i panni, un orologio, brache, pantaloni, sandali, vesti e due camicie verdi.

La faceva persino ridere raccontandole storie popolari che parlavano sempre della pioggia, di un pitone e un bambino. A volte si drizzava in piedi e inscenava la storia per lei. Si trasformava nella pioggia, nel pitone, nel bambino, negli alberi, nella terra, nel cielo, perché un uomo doveva saper diventare tutte queste cose, pensava Kusum.

Era stato suo padre a scegliere Laxman per lei.

Un giorno era tornato a casa e le aveva annunciato: «Presto ti sposerai».

Aveva solo dodici anni. Prima che riuscisse a chiedere perché, il padre le aveva fornito anche la risposta: «Ci darà due capre».

Kusum aveva guardato la madre, ma le sue uniche parole erano state: «È giunta l'ora».

Quando aveva incontrato Laxman per la prima volta, si era abbarbicata alla gamba di sua madre. Si era aggrappata con tutte le sue forze e l'aveva supplicata di riportarla a casa. Il ragazzo le si era avvicinato adagio e aveva inclinato la testa a destra e a sinistra per osservare il suo viso.

Quello stesso giorno, l'aveva portata via con sé.

La guardava attentamente, seguiva ogni sua mossa, quasi fosse un oggetto di valore. Kusum continuava a sperare che il padre venisse a prenderla. Quel ragazzo l'aveva strappata via dalla gamba di sua madre, e la donna glielo aveva permesso.

Sentiva un dolore diverso da quello che aveva provato a volte cadendo, o quando aveva battuto la testa contro il vaso di terracotta.

Perciò, mentre il ragazzo era distratto, aveva tagliato la corda.

Aveva trovato un cespuglio ed era rimasta nascosta lì tutta la notte. Da quel momento in poi, non si sarebbe più aggrappata alla gamba di sua madre. Quella notte, oltre ai rumori degli insetti e delle creature che abitavano il cespuglio, non aveva sentito che le parole di suo padre: «Ci darà due capre».

Al mattino, era uscita dal nascondiglio. Ne era stata costretta: il ragazzo stesso l'aveva tirata fuori. L'aveva presa a schiaffi, le aveva colpito un orecchio con la mano provocando uno squillo assordante, come quella volta in cui, con suo padre, aveva sentito cadere un vaso di acciaio davanti alla casa del padrone.

L'aveva riportata a casa e aveva ripreso a fissarla.

Stavolta non l'aveva persa di vista. Era più grande e più forte di lei; non era un ragazzo, ma un uomo.

Le aveva ordinato di smettere di tremare. Perciò lei era rimasta immobile.

Ansimava come un cinghiale, di quelli che suo padre le aveva insegnato a temere.

Dopo aver finito, si era staccato da lei.

A quel punto, Kusum aveva cominciato a piangere e lui, non sapendo come calmarla, le aveva regalato un pettine verde. Poi un altro, nero. E alla fine uno arancione. Uno a uno, le aveva messo i tre pettini in mano. Siccome le lacrime non smettevano di scendere, aveva ripreso quello arancione e aveva iniziato a pettinarle i capelli.

Era successo tanti anni prima.

Da allora, Laxman non l'aveva più pettinata.

Ora, mentre si avvicinava alla capanna, Kusum vide la forza delle sue membra. Per quanto esili, erano vigorose, come quelle di un felino della giungla, ed energici fasci di vene gli delineavano i bicipiti.

«Ho sentito che hai parlato con il capo del consiglio» le disse. «Di nuovo.»

Quando era ubriaco, perdeva il senso della distanza.

Le andò troppo vicino, sfiorandole le orecchie con le labbra.

«Sì» confermò Kusum.

Era sempre meglio rispondere. Quello che faceva infuriare Laxman era il silenzio.

«I consiglieri del villaggio sono amici *miei*» proseguì. «Non ti concederanno mai il divorzio, lo capisci?»

Sapeva che era stato un errore rivolgersi al *sarpanch*. Era suo dovere risolvere le controversie familiari, ma il capovillaggio non avrebbe mai preso le parti di Kusum, anche se aveva appena perso il padre. Era come chiedere a un vecchio di portare una fortezza sulle proprie spalle.

Ma lo aveva fatto per un altro motivo.

Per umiliare Laxman. Benché fossero sposati da parecchi anni, non avevano figli. Una volta aveva avuto la sensazione che ce ne fosse stato uno, ma era scomparso perché Laxman l'aveva picchiata nel ventre troppo spesso.

«Glielo hai detto al sarpanch che dedichi più attenzioni alla mucca che a tuo marito?»

Quello era il momento di non rispondere.

Era il momento di pulire. Il chiarore della sera era pressoché svanito, ma Kusum raccolse una ramazza che aveva fabbricato con le foglie di palma da datteri. Iniziò a spazzare il pavimento della capanna, un amalgama piatto di fango bruno e sterco di vacca, si concentrò e lo ripulì da formiche e zanzare morte.

«Posso avere tutte le donne che voglio» disse Laxman. Ondeggiò appena, ma ritrovò l'equilibrio.

Kusum preferiva non sapere quando sarebbe arrivato il primo colpo. L'attesa la torturava. Meglio così, meglio se puliva intanto.

«Posso avere tutte le donne che voglio» ripeté.

Kusum desiderò aver ascoltato con più attenzione quello che le aveva raccontato Rami sulle foglie di un albero speciale. Se una persona se ne riempiva la bocca e si rimpinzava al punto di farle spuntare fuori come piume, il suo avversario avrebbe perso la parola. In quel momento, il nome di quell'albero particolare le sfuggiva.

Come erano arrivati a quel punto?

C'erano stati anche momenti felici. Per la *Divali*, la festa delle luci, tutto il villaggio era disseminato di lanterne che baluginavano fuori dalle capanne, e da qualche parte scoppiavano i petardi, che il vento portava come se il rumore fosse figlio suo, e alla fine si sentiva il *tarpa*, lo strumento a fiato warli grosso come la proboscide di un elefante, un richiamo per le giovani coppie del villaggio a tenersi per mano e danzare in cerchio, una promessa di quasi eternità, almeno era quella la sua sensazione in sere del genere.

Ma i giorni buoni erano rari. Arrivavano tra una violenza e l'altra, boccate d'aria concesse a chi è costretto a tenere la testa sott'acqua troppo a lungo.

Arrivò il primo colpo.

La ramazza cadde a terra.

In qualche modo Kusum riuscì a non sentire troppo male. Forse perché aveva invocato la forza di Vaghai, il Dio Tigre dei warli. Dato che suo marito aveva le membra nerborute di un felino selvatico, solo il Dio Tigre poteva respingerlo.

Mentre si acquattava a terra per proteggersi, osservò le pareti della capanna fatte di foglie di karvi, bambù e sterco di vacca e, tossendo di dolore, sorrise, perché se le pareti della casa erano tenute insieme dallo sterco, non poteva che aspettarsi una vita di merda.

Fino ad allora aveva accettato il neroblù della pelle con stoicismo, ma adesso, dopo la morte di suo padre, doveva fare qualcosa. E non si sarebbe certo aspettata che un padrone le sarebbe venuto in soccorso, se non fosse stato per quella bicicletta azzurra e quel giglio bianco sulla testa.

Zairos la attese per più di due ore.

Le sigarette non lo aiutarono a capire cosa Kusum si aspettasse da lui. Inspirava profondamente, per accertarsi che i polmoni fossero desti, ma il fumo non gli indicò la direzione da prendere.

Col passare del tempo, ebbe il presentimento che non sarebbe venuta affatto. Forse si era spaventata e aveva cambiato idea. O forse, dopo una giornata di lavoro, era semplicemente troppo stanca per camminare. Le sue piante dei piedi erano consumate e spesse come cuoio, screpolate e prive di giovinezza, diversamente dal resto del corpo.

Invece no, le gambe non l'avevano tradita.

Apparve dall'oscurità, da un appezzamento sterile dove un tempo erano state piantate rose rosse. Salì sulla motocicletta come un uomo. Si bruciò la gamba sulla marmitta cromata ed emise un sibilo. Non era abituata ai motori. Non gli avvolse le mani intorno alla vita, come Zairos avrebbe voluto. Invece si resse al portapacchi metallico sul retro.

I fanali della motocicletta illuminavano le irregolarità della strada e, una volta raggiunta la spiaggia, colsero di sorpresa i pini marittimi. Dal mare spirava una brezza rasserenante che accarezzava la fronte di Zairos. Le stelle erano uscite a grappoli; solo una se ne stava in disparte, fiduciosa della propria luce.

Zairos cercava un posto tranquillo, dove non ci fosse nessuno nel raggio di un chilometro. Rallentò quando si avvicinarono al villaggio dei pescatori. La luna tingeva d'argento strisce d'acqua e le sciabiche riposavano sulla battigia, le luci verdi e azzurre che scintillavano come insetti fatati.

I fari continuavano a catturare la polvere finché alla fine non raggiunsero un terreno desertico dove spuntavano arbusti rachitici e cactus. Un serpentello attraversò la strada sotto il chiaro di luna. Zairos contemplò le palme da datteri, i tronchi seghettati.

Poi alzò lo sguardo al cielo. La sua vastità non lo consolava affatto. Kusum era a proprio agio nella natura. Non aveva bisogno di protezione, e questo lo faceva sentire debole.

Lei quel potere se l'era conquistato, lui invece no.

«Seth» gli disse. «Ho bisogno del vostro aiuto.»

«Per cosa?» le chiese.

«Voglio lasciare mio marito.»

«Allora lascialo.»

«Non è così facile, seth. Devo risarcirlo di quello che aveva dato a mio padre per sposarmi» gli spiegò. «Soldi, grano, fagioli, due capre.»

Lasciò le capre per ultime, animali destinati al macello.

«Ti darò i soldi» le disse.

«Non mi lascerà andare comunque. È un pazzo. Anche gli anziani del villaggio hanno le mani legate. Lo temono. Solo voi potete aiutarmi.»

«Adesso dov'è?»

«A casa. Stasera mi ha picchiato. E poi è svenuto. Era ubriaco...»

Zairos guardò il cielo. Non voleva essere coinvolto in quella faccenda.

«Mi aiuterete?» insisté.

«Perché io?»

«Perché voi non siete come gli altri.»

Era esattamente come tutti gli altri.

Non voleva che leccare ogni centimetro della sua pelle, e non capiva se era il desiderio di un uomo nei confronti di una donna, o quello del padrone nei confronti dello schiavo. Poco importava. Era esattamente come tutti gli altri.

«Vedrò cosa posso fare» rispose.

Non era sicuro che Kusum volesse essere baciata.

Un bacio, in quel momento, equivaleva a una stretta di mano, l'intesa a procedere. Voleva baciarla per impedire alla propria bocca di formulare altre promesse, promesse che non avrebbe potuto mantenere, e stava quasi per ritrattare, per offrire di nuovo i soldi, quando il suo nome lo investì con la forza di un toro.

Zairos Magno. Zairos il Grande.

I grandi uomini non offrivano denaro. Offrivano protezione.

Dopo aver lasciato Kusum non troppo lontano dal suo villaggio, Zairos si imbatté in Lucky Lips davanti al distributore di Alan. Con le labbra smangiate da anni di consumo di tabacco (a questo doveva il suo soprannome) comunicava a grugniti e mugolii che gli irani di Dahanu avevano imparato a decifrare. Quella notte, però, i suoni si fecero da parte, lasciando il campo alla mimica: suo zio Gustad era passato a miglior vita poche ore prima. Quindi, il motivo per cui Lucky Lips stesse biascicando tabacco in mezzo alla strada a bordo di una bicicletta Atlas restava un enigma.

Quando Zairos raggiunse il bungalow del nonno, spense il motore prima che i fari si avvicinassero troppo a Shapur Irani. L'anziano sedeva al solito posto, i peli bianchi del petto che fuoriuscivano liberamente dalla scollatura della sudreh. Lasciava che le zanzare gli succhiassero il sangue. Le nutriva con i suoi ricordi. Le vere vittime erano gli insetti, loro ad essere vinti in astuzia.

«Pa» lo salutò Zairos. «Gustad Mirza è morto.»

Gli occhi neri di Shapur Irani assunsero un riverbero di pazzia. Da qualche parte, decine di uccelli frullavano le ali senza sosta e la loro immagine si rifletteva nei suoi occhi.

«Com'è morto?» domandò Shapur Irani.

«Nel sonno» rispose Zairos.

«Una morte troppo dolce per quel bastardo.»

Dopo aver appreso quale fosse stato il ruolo di Gustad nella Guerra dei warli, Zairos era finalmente riuscito a comprendere l'odio viscerale che suo nonno nutriva per quell'uomo. Era un odio che non si era mai degnato di spiegare. Forse Shapur Irani credeva che, parlandone, potesse attenuarsi e non voleva assolutamente che ciò accadesse. Voleva anzi alimentarlo, come un animaletto da nutrire ogni singolo giorno, goccia a goccia.

«L'ho visto appena qualche giorno fa, al bazar» riferì Zairos. «Era pelle e ossa... aveva il bastone.»

«Anche il maligno porta un bastone da passeggio.»

8

1946

Shapur Irani se ne stava alla finestra a osservare gli alberi di chickoo, i rami carichi di frutti. Quella visione lo aveva sempre reso felice. Ma ultimamente, a prescindere da quanti cesti di chickoo venissero riempiti, niente sembrava contentarlo. Era stato in piedi tutta la notte, a vagare per casa.

Banu si sfregava i gomiti perché era inverno e le stanze erano gelide. Khodi, un bambino forte e di stazza robusta per i suoi tre anni, pisolava sotto una copertina grigia.

«Guarda come dorme di gusto» disse Banu. «Forse sta parlando con gli angeli.»

«Macché angeli e angeli.»

«Cos'è che ti turba, Shapur? Ti comporti in modo strano ultimamente.»

La sera prima lo aveva sorpreso davanti alla stufa, immerso nei suoi pensieri, a fissare il chai che gorgogliava traboccando dal bollitore. Invece di spegnere la stufa, se ne restava lì impalato. Anche la sua espressione era mutata. Era diventato più severo, più rigido.

«Vieni, Shapur» lo invitò. «Stenditi al mio fianco.»

Invece di seguirla a letto, si recò all'armadio e ne estrasse il fucile, poi si distese con l'arma accanto.

«Shapur, cosa fai?»

«Dormo.»
«Col fucile?»
«Sì.»

Banu giacque al suo fianco, il fucile a dividerli. Shapur allungò una mano e le sfiorò una guancia. Lei gli strinse la mano, mentre con l'altra il marito restava aggrappato al fucile.

«Shapur, di cosa hai paura? I warli non ci assaliranno. Le aggressioni sono cessate. Tutto è tornato alla normalità.»

«Non è dei warli che ho paura.»

«E allora di cosa?»

«Non lo so.»

Aveva paura di lei. Era di perdere lei che aveva paura. Gli aveva annunciato l'arrivo del secondo figlio nel giorno peggiore: subito dopo il gesto infame dei padroni sulla spiaggia di Dahanu. Era stato il bambino non ancora nato a costringerla a parlare quel giorno, a voler informare suo padre che anche lui aveva assistito al massacro.

Il bambino era in missione speciale. Per portare via sua madre da uomini come Shapur Irani.

Chiuse gli occhi e si tenne stretto al fucile.

«Il cervello gioca brutti scherzi» diceva sempre Vamog a suo figlio. «Ahriman s'insinua nella tua mente e ti spinge a dubitare di tutto, specialmente dei doni che Ahura Mazda ti ha fatto.»

Shapur Irani si destò con quelle parole. Non avrebbe lasciato la vittoria ad Ahriman.

Jeroo era in cucina, a sorseggiare il tè mattutino, con indosso un maglione rosa. I capelli argentei acconciati in modo austero, quasi militare, nemmeno una ciocca fuori posto, in netto contrasto con le dita: le nocche curvate sempre più in dentro, al passare di ogni giorno.

«Vieni, palloncino mio» disse Shapur Irani a Banu. «Andiamo a fare una passeggiata.»

Banu sorrise. Almeno non aveva perso la voglia di scherzare. «Non posso camminare. E se mi si rompessero le acque?»

«Che si rompano pure. Ti riporterò a casa in un minuto.»

Banu indossò un maglione bianco sulla vestaglia da casa e chiese a Jeroo di badare a Khodi. A Banu piaceva la presenza di Jeroo. La casa era meno vuota. I larghi fianchi della donna andavano regolarmente a sbattere contro il bordo del tavolo o lo schienale di una sedia, e a Banu piacevano anche gli abiti fioriti che indossava: era una specie di giardino vagante dentro casa. Anche Khodi era a suo agio con lei. I due non interagivano troppo; erano come due anziani seduti sulla panchina di un parco, senza niente da dirsi, ma felici della reciproca compagnia.

«Guarda com'è soffice il sole» commentò Banu.

«Soffice?» domandò Shapur Irani. «Cosa intendi per "soffice"?»

«Mia nonna diceva che il sole è sempre diverso. Di mattina, splende il sole bambina. Poi di pomeriggio, spunta il sole madre, forte e potente.»

«E il sole padre quando viene?»

«Non esiste il sole padre. Najamai diceva che il sole è una creatura femminile di Dio.»

«Quindi Dio è un uomo, eh?» chiese, gonfiando il petto.

«È quello che diceva Najamai.»

«Era una donna davvero saggia.»

«Shapur, dove mi porti? Non voglio camminare troppo. Fa freddo.»

«Voglio mostrarti una cosa.»

La guidò tra gli alberi e Banu dovette chinarsi un poco per evitare di sbattere la testa contro i rami più bassi. Il pulviscolo nell'aria era illuminato dal sole mattutino: il soffio degli angeli.

Presto raggiunsero una radura e Banu si tolse le pantofole. Voleva sentire la rugiada del mattino sull'erba. Arricciò le dita, percependone le gocce sulle piante dei piedi.

Ripensò a Najamai, che aveva una spiegazione per tutte le meraviglie della natura. «La rugiada è il gioiello dell'erba» le aveva detto una volta. «Proprio come il cielo si agghinda con le stelle, l'erba scintilla grazie alla rugiada. Anche alla natura piace farsi bella e uscire, mia cara.»

«Guarda qui» la chiamò Shapur Irani. «Ecco cosa volevo mostrarti.»

«Questo buco?» domandò Banu.

«Ti piace?»

Era profondo più di dieci metri e a Banu sembrava una ferita aperta.

«È... è davvero grazioso» convenne.

«Mi prendi in giro?»

«Tesoro, cosa vuoi che ti dica?»

Si discostò dal bordo, ma il marito non le permise di allontanarsi troppo.

«È il mio nuovo pozzo» annunciò. «Una volta finito, sarà il più profondo di tutta Dahanu.»

«Perché abbiamo bisogno di un altro pozzo? Quello che abbiamo è già profondo abbastanza, no?»

«E se i monsoni non arrivassero? Le nostre vite dipendono dalla natura. Non possiamo dare nulla per scontato. Ecco come mai voglio un altro pozzo, abbastanza profondo da contenere tutta l'acqua che ci serve.»

«L'hai già trovata?»

«No, non ancora. Ma i warli sono certi che sia un buon punto. C'erano dei buchi nel terreno, fatti dai granchi... e del limo intorno a quei buchi. I granchi si sono infilati nella terra e ne sono usciti con il fango umido. Significa che c'è acqua là sotto.»

«Non temere, Shapur. Entro un paio di giorni la troverai.»

«Ah? E come lo sai?»

«Quando mi si romperanno le acque, le verserò in questo pozzo.»

Shapur Irani esplose in una risata fragorosa e Banu si entusiasmò nel sentire nuovamente quel suono.

Tutto sarebbe tornato a posto. Sugli alberi c'erano frutti, e sull'erba la rugiada, il sole bambina splendeva felice nella sua sofficità e, come diceva sempre Najamai, l'erba si era ingioiellata perché anche lei voleva celebrare la nascita di un bambino.

Una settimana dopo, nacque Sohrab. Nell'istante in cui Jeroo gli disse che Banu stava bene, Shapur Irani si diresse verso l'armadio di tek. Aveva fissato un'immagine di Zarathustra all'interno dell'anta. Giunse le mani in preghiera, inchinò la testa verso il profeta e sussurrò un ringraziamento.

Jeroo era di buonumore. Rivolse persino la parola a Shapur Irani, con relativa allegria. Naturalmente, sin dal giorno della punizione di Vithal, era stata fredda con lui. Shapur Irani avrebbe voluto spiegarle che quel gesto era stato necessario, ma l'espressione sul volto di Jeroo gli aveva fatto capire che ogni tentativo sarebbe stato vano. Si era fatta un'opinione di lui, un'opinione che meritava. A ogni modo, Shapur apprezzava che non ne avesse fatto parola con Banu, visto che la notizia l'avrebbe sicuramente turbata.

«Adesso avete due bei bambini sani» annunciò Jeroo. «Che possano crescere e diventare uomini robusti.»

«Saranno uomini della terra» replicò Shapur Irani. «Impareranno dal padre.»

«E io?» domandò Banu. «Nessuno si congratula con me?»

«Ma certo, palloncino mio» si affrettò Shapur Irani. «Lascia che mi complimenti con te.»

Jeroo scivolò fuori dalla camera. Shapur Irani si sedette accanto al letto. Il neonato poppava al seno di Banu. «Quello è compito *mio*» protestò. «Piccola canaglia, quello è compito mio.»

«Ah, Shapur. Che zozzone che sei.»

«Ogni volta che usi quella parola, lo sai cosa mi succede. Devo dimostrarti quanto sono zozzone.»

«Shapur, non adesso. Sto allattando il bambino.»

«Allatta anche me. Esiste modo migliore per festeggiare la nascita di mio figlio?»

«Non so. Esci a raccogliere un po' di frutta.»

«Io voglio cogliere i *tuoi* di frutti.»

«Shapur, Jeroo è nell'altra stanza. Può sentirci.»

Shapur Irani scoppiò di nuovo a ridere di gusto. Era la seconda volta in quella settimana.

Banu aveva il presentimento che la nascita di Sohrab avrebbe cambiato tutto. La felicità adesso apparteneva loro. Entro pochi giorni, quando Jeroo se ne fosse andata, sua madre sarebbe venuta a prendersi cura di lei. Magari Shapur Irani le avrebbe permesso di andarsene a Bombay per un po'. Sapeva che suo marito non aveva piacere che se ne andasse in giro da sola. Glielo avrebbe proposto più tardi, magari. In quel momento, si accontentava di sentire la sua pelle ruvida sulla guancia, il naso freddo che le fiutava il collo. Più tardi, Shapur mise via il fucile. Ammise di essersi comportato in modo irragionevole e, con due bambini, ormai nel lettone non c'era più posto per il fucile.

Anche se l'alba era passata da un pezzo, le finestre erano ancora chiuse perché faceva insolitamente freddo. Banu indossava due maglioni e persino Shapur Irani, per la prima volta, percepiva un gelo pungente.

«Vieni qui» lo invitò Banu. «Lascia che ti scaldi.»

Si avvicinò a lei e la baciò appassionatamente. Le tolse un maglione, ma quando poi cercò di sfilarle il secondo, questo rimase annodato al primo e Banu ridacchiò. Proprio allora, si udì un forte colpo. Shapur Irani impietrì. Tese l'orecchio. Un altro colpo. Poi qualcosa urtò la finestra e si sentì un gran fracasso. Jeroo accorse in camera con il bambino. Anche Khodi era sveglio. «Mamma» chiamò.

«Restate qui e non aprite la porta» ordinò Shapur Irani.

Aprì l'armadio e tirò fuori il fucile. I warli prendevano a sassate la casa. Ma perché adesso e non prima? La violenza era terminata a Dahanu. E dov'era Ejaz? Doveva uscire e accoppare un paio di warli. Era solo questione di tempo prima che sfondassero la porta ed entrassero.

Lentamente, aprì la porta principale. Non vide nessuno. Tuttavia seguì un forte colpo contro il muro della casa. Sparò in aria. Non aveva senso uscire allo scoperto ed esporsi finché non ne avesse scorto almeno uno. Poi richiuse la porta. Troppo rischioso. Se avessero fatto irruzione, non sarebbe stato in grado di respingerli dall'interno. Maledì i warli sottovoce. «Li ammazzo tutti» continuava a ripetersi. «Li ammazzo tutti.»

Sprangò la porta e andò a una finestra. Sfondò il vetro col calcio del fucile, mise fuori la canna e fece fuoco. Non volava una mosca. Guardò attraverso lo squarcio che aveva praticato. Scorgeva solo gli alberi di chickoo. Poi vide una pietra colpire la corteccia di un albero. Non riusciva a crederci. Non erano stati i warli a scagliarla. Proveniva dal cielo. Aprì la finestra e vide pezzi di ghiaccio cadere dall'alto. Si abbatterono con grande forza sulle mura di casa, sulla corteccia degli alberi, e Shapur trasaliva a ogni colpo.

No, non i miei alberi. Ti prego, non gli alberi.

Alcuni braccianti correvano ai ripari. Shapur Irani aprì la porta e rimase sotto la tettoia della veranda. I suoi alberi venivano fatti a pezzi e non c'era niente da fare per impedire quel massacro.

Shapur Irani credeva che il ghiaccio fosse la punizione per la sparatoria sulla spiaggia di Dahanu. Ora, sebbene la violenza fosse finita, nel cuore di Shapur Irani era ancora viva. Forse non si trattava di violenza, quanto di paura, e riconosceva che c'era qualcosa di strano, che il suo cuore non era più forte come un tempo, ma si convinse che la nascita di un figlio poteva intenerire chiunque.

Tre mesi dopo la grandinata, un mattino presto, la famiglia lasciò la tenuta in una nuova carrozza tirata da cavalli che Shapur Irani aveva appena comprato. Banu non era tranquilla all'idea che i cavalli trainassero un peso simile. Tuttavia, si accomodò sulla carrozza con il piccolo Sohrab tra le braccia. Shapur Irani fece sedere Khodi accanto a sé.

«Khodi, non stare con la schiena curva» lo ammonì. «Siedi come un vero uomo. Come se questi cavalli appartenessero a te.»

«Shapur» sussurrò Banu. «Ha solo tre anni. Vacci piano.»

Ma Shapur Irani voleva trattare suo figlio come un

uomo. Non ci sarebbe stato posto per la debolezza nel suo cuore.

«Perché non diamo un nome ai cavalli?» propose Banu.

«No» ribatté Shapur Irani. «Niente nomi. Non sono animali da compagnia. Sono lavoratori.»

«Vedi?» disse Banu. «Anche Sohrab piange. Anche lui vuole che i cavalli abbiano un nome.»

«Ejaz!» gridò Shapur Irani. «Andiamo.»

A Banu non piaceva Ejaz il pathan. Era troppo grosso e vigoroso, e quella sua barbaccia nera era piena di nodi, segno che era disonesto. Anche suo marito era possente, ma disonesto no. Odiava la mazza di legno che Ejaz portava con sé, ovunque andasse. Appena poche ore prima, si era svegliata al rumore di vetri in frantumi. Quando aveva aperto la porta principale, aveva trovato suo marito ed Ejaz intenti a spaccare bottiglie vuote sulla veranda. Quando aveva chiesto cosa stessero facendo, il pathan aveva replicato: «Prepariamo il vetro per la mazza». A Banu non era piaciuto il fatto che le avesse risposto lui, quando aveva rivolto la domanda al marito. Ma la mazza creata da Ejaz esercitava un certo fascino su Shapur Irani che, con grande meticolosità, incastrava personalmente schegge di vetro sulla punta.

«Deve proprio portarsela dietro?» chiese, mentre Ejaz prendeva le redini.

«Sì» rispose Shapur Irani. «È per sicurezza.»

«Ma è una giornata splendida. Perché rovinarla?»

«Possono accadere cose terribili anche in giornate splendide.»

Partirono alla volta del bazar dove si stava svolgendo un *mela*. Khodi non era mai stato a una fiera e Banu voleva mangiare lo zucchero filato. La prima volta che l'aveva assaggiato, da bambina, sua madre le aveva detto che era come mangiare una nuvola; poi aveva aggiunto: «Ma in realtà è la barba di un vecchio. Stai mangiando la barba di un vecchietto morto!». Al che Banu aveva strillato inorridita, ma lo aveva finito comunque. Se la barba di un vecchio aveva quel sapore delizioso, non le importava.

Sulla strada per la fiera, Banu si stupì della purezza dell'aria. Inspirò profondamente e vide Sohrab arricciare le labbra: era tempo di allattarlo, ma non voleva farlo davanti a Ejaz. Non le piaceva neppure il modo in cui Khodi contemplava la mazza del pathan. Sembrava subire lo stesso fascino del padre. Era tempo di giocattoli, colori e favole, non di mazze. Per distrarsi, chiuse gli occhi e ascoltò il *cloppete cloppete* dei cavalli. Quando era piccola, si svegliava nel cuore della notte e correva al balcone tutte le volte che sentiva passare una carrozza. C'era qualcosa di speciale nelle strade vuote di Bombay e in quei cavalli maestosi...

Il pianto di Khodi la risvegliò dal suo sogno a occhi aperti. Si era tagliato un dito con le schegge della mazza di Ejaz. Invece di sgridare il figlio, Shapur Irani gli prese il dito e glielo ficcò in bocca. «Succhia» gli ordinò. «Bene, così. Ora sai che sapore ha il sangue.»

«No» protestò Banu. «Cosa stai...?»

Ma uno sguardo in tralice del marito la ridusse al silenzio. Per calmarla, succhiò anche lui il ditino di Khodi e fece i versi degli uccelli per distrarre il bambino. Quando Khodi si fu tranquillizzato, le paure e la rabbia di Banu erano ormai rientrate: avevano trovato un luogo di riposo dentro di lei.

Una volta arrivati alla fiera, Banu annunciò che voleva mangiare la barba di vecchio. «To', prendilo» disse a Shapur Irani, porgendogli il piccolo Sohrab. Si incamminò con Khodi al fianco che incespicò, aggrappandosi alla madre con una mano e strofinandosi il naso con l'altra.

«Perché non hai portato Jeroo?» mugugnò Shapur Irani. «A che servono le levatrici?»

«Non ce l'hai voluta *tu*, Shapur.»

Sogghignò dinanzi a quello spettacolo, quel gigante di suo marito a una fiera, con un neonato in braccio. Era goffo quanto lo sarebbe stata lei con la mazza di Ejaz. Immediatamente ricacciò quel pensiero.

«Prendi dello zucchero filato» disse, offrendone al marito.

Shapur Irani, però, dovette rifiutare. I dolciumi innescavano un ricordo doloroso, quello di Aflatoon di Esfahan. Forse il cuore del celebre pasticcere non era puro come pensava suo padre. Altrimenti perché la disgrazia si era abbattuta con tanta forza? In quel giorno, la lingua di suo padre avrebbe dovuto assaporare crema e burro, non il proprio sangue.

O forse il cuore di Aflatoon era davvero nobile. Forse sedeva ancora lì, al bancone della bottega, la testa china per la vergogna, a recitare una preghiera, dolce come i ripieni dei suoi pasticcini, per il giovane Shapur. Ecco perché in India un altro pasticcere, di nome Daryoush, offriva al mondo quello che Aflatoon di Esfahan era incapace di creare. E, per quel motivo, Daryoush era l'artista più grande.

«Shapur, dove sei andato?» domandò Banu.

«Da nessuna parte» rispose, tradito da una nota agrodolce nella sua voce. «Hai un po' di barba di vecchio attaccata al naso.»

Banu gli appiccicò in faccia la lanugine rosa, strofinandogliela sul mento.

«Adesso siamo pari.»

«Non è giusto, Banu» protestò cantilenando. «Ho Sohrab in braccio. Non posso reagire.»

Il sorriso di Shapur Irani d'un tratto svanì. Banu seguì il suo sguardo, diretto verso un uomo che si avvicinava in compagnia di una donna. Da come era vestito, si intuiva che era un proprietario terriero, e dei più ricchi. Era basso e calvo, con il viso butterato dall'acne.

«Shapur» salutò l'uomo. «Come stai?»

Il marito si irrigidì.

«Non sapevo che fossi diventato una balia» lo schernì l'uomo. «Un omone grande e grosso come te che culla un bambino mentre tua moglie... È tua moglie, spero?» Poi gli fece l'occhiolino.

Banu gettò per terra lo zucchero filato e prese Sohrab dalle braccia del padre. Khodi era al suo fianco, avvinghiato a lei.

«Mi chiamo Gustad Mirza» si presentò l'uomo a Banu. «E questa è mia moglie, Coomi.»

La donna sorrise a Shapur Irani e a Banu. Aveva troppa cipria sul viso e gli occhi eccessivamente grandi, quasi fosse in perenne stato di choc. Anche i capelli erano troppo ricci. I boccoli sembravano dotati di vita propria, quasi impazziti.

«E così siete venuti alla fiera per distrarvi un po'?» domandò Gustad.

Si tamponò la fronte calva con un fazzoletto bianco e Banu si domandò come mai fosse sudato, visto che non faceva caldo.

Siccome Shapur Irani non rispondeva alla domanda di Gustad, Coomi intervenne.

«Le andrebbe di andare a vedere quella bancarella laggiù?» invitò Banu. «Vendono scialli dal Kashmir. Meglio lasciare gli uomini da soli e andare a spendere.»

Banu lanciò un'occhiata al marito e, quando lui le rivolse un cenno di assenso, prese Khodi e Sohrab e andò a guardare gli scialli.

Lieto che sua moglie fosse fuori dai piedi, Shapur Irani finalmente parlò.

«Gustad, non ho niente da dirti. Sei una serpe. E della peggior specie... quello che avete fatto, tu e gli altri proprietari...»

«Fatto cosa?» lo interruppe Gustad. «Abbiamo protetto i nostri interessi. A ogni modo, è stata un'idea tua quella di radunarli.»

«Sì, ma per negoziare» ribatté Shapur Irani.

Avvampava, poi raggelava, e poi avvampava ancora. Il fuoco non voleva estinguersi.

«Pensavi davvero che avremmo tenuto un *discorso*?» chiese Gustad. «Siamo i padroni. Non possiamo scendere a patti.»

Shapur Irani d'un tratto dubitò di se stesso. Non aveva forse sempre saputo che si sarebbe verificato quel tradimento, nel profondo del suo cuore?

No, non lo immaginava. A parlare era sempre Ahriman, che gli strisciava sotto pelle, facendogli credere che in lui vi fosse qualcosa di sbagliato.

«È morta della gente quel giorno» disse.

«Solo cinque persone, Shapur. *Solo* cinque. Capita quando c'è una rivolta. Comunque ormai è acqua passata. Perché non passiamo ad argomenti più piacevoli? Tua moglie sembra gentile. Ed è molto bella.»

«Non voglio parlare di mia moglie. E non osare avvicinarti a lei.»

Resistere al cospetto di Gustad si stava rivelando uno sforzo eccessivo per Shapur Irani.

Dentro di lui stava spuntando qualcosa, e non riusciva a distinguere se si trattasse della forza di Ahura Mazda o del veleno di Ahriman. In un modo o nell'altro, non poteva trattenerlo. Doveva allontanarsi.

«Dove te ne vai?» chiese Gustad. «Pensi di essere migliore di noi? Tua moglie è speciale? È fatta d'oro?»

Continua a camminare. Continua a camminare.

«Capisco» aggiunse Gustad. «Starò alla larga da tua moglie. Ma lei, starà alla larga da me?»

La mano di Shapur Irani adesso tremava e lui sapeva bene cosa significava. Era tempo di far tremare la terra.

«Di cosa parli?» domandò.

«Girano voci su tua moglie... si dice che mentre era a Bombay sua madre l'affittasse agli inglesi.»

Shapur Irani mollò una gomitata nel naso a Gustad, che rovinò a terra. Quello era per Banu.

«E questo è per i warli» disse.

Poi calciò forte Gustad nello stomaco. L'uomo si piegò in due, rantolando.

Ancora un calcio. E non importava se Shapur Irani indossava i leggeri chappal di Kolhapur: il suo piede si era trasformato in un mattone rovente, indemoniato.

Gustad cercava di rialzarsi, strisciando a quattro zampe. Shapur Irani lo colpì sulla schiena con il tallone e gli sfilò la cintura dai pantaloni. Una folla assisteva. Alcuni degli astanti lavoravano per Gustad, ma quando accorsero in suo aiuto Ejaz il pathan si frappose con la sua mazza di legno e disse: «È una faccenda privata. Nessuno deve interferire».

Shapur Irani iniziò a cinghiare Gustad con la sua costosa cintura di pelle. Non era massiccia quanto avrebbe voluto.

«Ecco cosa si prova a essere frustati, bastardo» disse.

Gustad non fiatava e Shapur Irani si spaventò.

Quell'omuncolo pelato era un osso duro. Non aveva una forza fisica paragonabile alla sua, ma sapeva incassare le botte e la cosa inasprì ulteriormente Shapur Irani, che riprese a frustarlo con rinnovato vigore.

Ancora nemmeno un gemito da Gustad.

Banu aveva Sohrab tra le braccia, Khodi avvinghiato a sé e la moglie di Gustad, che urlava, al suo fianco. Vide Ejaz ergersi come una montagna, perché nessuno toccasse suo marito. Alla fine, Banu fece per andare da Shapur Irani, e il pathan le bloccò la strada, ma i suoi occhi dovettero sprizzare veleno perché la lasciò passare, e solo quando gli gridò «Basta!» nell'orecchio il marito smise di pestare Gustad. Shapur Irani respirava affannosamente.

Gustad alzò il capo e, con la bocca piena di sangue, gli fece un rosso sorriso.

«Pagherai per questo, amico mio» lo minacciò. «Un giorno, pagherai per questo.»

Shapur Irani lasciò cadere la cintura di Gustad e fece ritorno alla carrozza. Khodi scoppiò a piangere e Shapur Irani ordinò al figlio di piantarla e comportarsi da uomo. Una volta a bordo della carrozza, Khodi frignava oltre misura, al che Shapur Irani chiese a Ejaz: «Tuo figlio ha la stessa età del mio. Anche tuo figlio piange? E piange così?».

«No» rispose Ejaz. «Mio figlio non piange.»

«Come pensavo.»

«Mio figlio non piange perché è morto» precisò Ejaz. «È morto a Bombay, pochi giorni fa.»

9

2000

Alcuni giorni dopo la morte di Gustad Mirza, Zairos vide una processione di uomini irani, vestiti interamente di bianco, sfrecciare davanti all'Anna's in sella a motociclette. Erano diretti al tempio del fuoco per assistere alle preghiere offerte per Gustad. La salma era già stata trasferita sulla Torre del Silenzio di Bombay dove, in osservanza alla pratica zoroastriana del *Dokhmenashini*, sarebbe stata divorata dagli avvoltoi.

«Si dice che le buone azioni del passato cadano quasi sempre nell'oblio» aveva detto Shapur Irani al nipote. «E che la storia sia scritta da poche mele marce.»

Zairos ripensò ai molti proprietari terrieri irani che si erano rifiutati di prendere parte alla carneficina sulla spiaggia di Dahanu. Erano rimasti a casa, a badare ai loro giardini, aggrappati ai grani della collana da preghiera, nella speranza che le ondate di violenza cessassero.

Zairos però non avrebbe voluto che suo nonno fosse uno di questi.

Shapur Irani aveva cercato di salvare i warli. Era intervenuto in nome della bontà e, benché avesse fallito, la sua voce era stata più potente di quella di chi non ci aveva nemmeno provato. Purtroppo, suo nonno non la vedeva allo stesso modo. Il fallimento aveva prodotto un groviglio di corde che gli si era avvinghiato al collo, fino a soffocarlo. Seduto sulla panca verde dell'Anna's, Zairos avvertì un simile senso di asfissia.

Sperava che l'Anna's lo rincuorasse e, al passaggio degli uomini diretti a pregare per Gustad, Aspi Irani iniziò a raccontare del modo in cui gli zoroastriani disponevano dei loro morti e dei problemi che la comunità si trovava ad affrontare.

Ultimamente si era verificato un crollo drastico della popolazione degli avvoltoi di Bombay. Eppure non c'era penuria di cadaveri sulla Torre del Silenzio. Così i pochi avvoltoi, viziati da autentici banchetti, non facevano il proprio lavoro. Dopo aver mangiato a sazietà, disseminavano pezzi di carne sui davanzali dei lussuosi appartamenti ai piani alti, lì nelle vicinanze.

«Immagina un po'» disse Aspi Irani, mordicchiando una Marlboro ancora spenta. «Lunedì, muore uno. E martedì, si ripresenta a casa tua.»

«Non mi pare possibile» contestò Keki l'italiano. «Gli avvoltoi di Bombay appartengono a una specie conosciuta come *Gyps*. Non riescono a trattenere la carne nel becco troppo a lungo. Mi pare strano che riescano a volare verso altri edifici.»

«E chi te l'ha detto... Camus?» domandò Aspi Irani.

«No» rispose Keki. «Il necroforo della Torre del Silenzio. L'ho conosciuto quando è morto mio padre.»

«Hai flirtato con un necroforo al funerale di tuo padre?» domandò Aspi Irani.

«Secondo me tutti noi dovremmo adottare un avvoltoio» aggiunse Merwan Mota, sgranocchiando biscotti, con Pinky l'orfanella al suo fianco. «Sono stufo di quegli stupidi ricconi di Bombay che portano a spasso i loro ridicoli volpini.»

«Idea grandiosa» commentò Aspi Irani. «Io preferirei essere mangiato da un avvoltoio che *almeno* mi conosce. Non da qualche estraneo ingrato. Ora che ci penso, il mio lo farò importare dalla Francia. Gli legherò un tovagliolo ricamato al collo e gli permetterò di sorseggiare vino rosso e affondare coltelleria preziosa nelle mie carni.»

«Già» intervenne Merwan Mota, sentendosi spalleggiato. «Potremmo tenerlo in gabbia, come un cacatua. Lo chiameremo Pierre.»

«E mia moglie parla francese. I due potrebbero fare conversazione.»

«Ripensandoci, potremmo mangiarceli *noi* quei bastardi, una volta tanto.»

«Che barbari!» esclamò Keki l'italiano.

«Se non altro io non sono stato a letto con un necroforo al funerale di mio padre.»

Hosi non sembrava interessato al progetto "Adotta un avvoltoio". Sedeva in un angolo, tenendosi i lati del pancione in preda al ribrezzo più totale, attribuendo il proprio aumento di peso alle patate unte di Anna. Contemplava la foto di Bruce Lee incollata al muro. Agognava avere un fisico come quello.

Invece dei muscoli, gli cresceva solo la barba; era più folta che mai e adesso aveva anche ben *diciassette* ciuffi di peli bianchi sul petto. Di recente dimenticava la patta aperta ovunque andasse, ed era convinto che fosse il primo sintomo dell'Alzheimer. L'aveva letto sul «Reader's Digest».

«Vado alla prigione» annunciò, controllando l'orologio.

Era così che ammazzava il tempo a Dahanu. Si faceva dire dalle guardie carcerarie quando avrebbero rilasciato un detenuto e si piazzava fuori dalla prigione per leggere l'espressione di libertà sul volto dell'uomo.

«Non saprò mai cosa si provi» aveva detto una volta.

Bumble, dal canto suo, trascorreva i pomeriggi semi-appisolato in una camera portata a temperatura igloo dal condizionatore d'aria. Quel giorno, sebbene fosse l'ora della siesta, fumava e aveva un'aria cupa. I capelli ricci erano più scarmigliati del solito e aveva gli occhi cerchiati di nero.

«Cosa c'è che non va?» domandò Zairos.

«Niente» rispose Bumble, tirando la sigaretta fino al filtro. «Mio padre ce l'ha con me perché non mi presento alla tenuta da tre giorni.»

«E come mai?»

Bumble fece una smorfia, si sfilò i Ray-Ban, li pulì col lembo della maglietta rossa e li inforcò di nuovo. «Niente di che» replicò. Posò l'indice sulla montatura degli occhiali da aviatore e li spinse indietro. «Ho beccato uno degli operai a rubare pali di cemento dalla piantagione. Stavo per gridargli qualcosa, ma non avevo ancora detto mezza parola che... ho visto un rivolo d'urina colargli lungo la gamba. Allora me ne sono andato. Non ho voglia di tornare alla tenuta adesso. È solo che...»

Zairos capiva cosa volesse dire Bumble. Era una vergogna che un uomo esercitasse tanto potere su di un altro. Qualche palo di cemento non avrebbe cambiato la vita a Bumble, ma se non avesse mosso un dito lo avrebbero considerato un debole.

Alla fine della fiera, forse non c'era molto da fare, tranne lasciarsi blandire dal chai di Anna. Era presuntuoso da parte di Zairos pensare che i padroni avessero bisogno di essere blanditi, ma era la verità. Solo perché erano ricchi non significava che fossero insensibili a tutto. E, come gli aveva fatto notare suo nonno, pagavano per gli errori commessi da pochi.

Così andava la storia.

Per quanto fossero belle le rose lungo il sentiero, gli uomini notavano soltanto i cuccioli morti, riversi sul dorso, le zampette esanimi, a ricordare che dei superstiti non ci si poteva fidare.

Il disagio si era incuneato nella gabbia toracica di Zairos, come un pezzo di carne incastrato tra i denti.

In quasi tutte le occasioni, il chiosco di Anna era un santuario in cui ogni traccia di disagio spariva. All'Anna's, quella congrega di uomini si radunava per un'ora o due, si scambiava storie e trovava solidarietà senza perdere il proprio machismo. Il chiosco era una fonte di sollievo, ma in quel momento sembrava finta: una lampadina gialla che si spacciava per un raggio di sole.

Questo perché Zairos non aveva mosso un dito riguardo al marito di Kusum.

Dopo l'ultimo incontro alla piantagione, i loro sguardi si erano incrociati quando le aveva pagato il salario giornaliero. Ma sino ad allora aveva ignorato la sua richiesta di aiuto. Era giunto il momento di agire.

Si avviò verso il bancone, dove le caramelle di menta piperita erano tenute in barattoli di vetro, le bottigliette di acqua minerale Hunny stavano allineate, e il piccolo registro contabile di Anna, con un disegno del Signore Krishna che suonava il flauto, si trovava vicino al telefono nero.

Zairos fece una chiamata.

Il telefono squillò, e non appena la voce all'altro capo ebbe risposto, non c'era più modo di tornare indietro.

Il pomeriggio seguente, Zairos era sulla sedia girevole azzurra fuori dal salone di bellezza Big Boss, in attesa dell'arrivo di un ospite importante. Non si trattava di un membro del parlamento, né di un sacerdote. L'uomo che Zairos aspettava era un autentico bandito del Bihar, lo stato con il tasso di criminalità più alto del paese.

Quel *dacoit* si chiamava Chambal: un nome non molto originale visto che gran parte di quei fuorilegge aveva seminato il terrore proprio nella valle del Chambal. Zairos lo aveva conosciuto un anno prima tramite Santosh, grossista di chickoo e poeta-cantore non ufficiale di Dahanu. Mentre pesava la frutta, Santosh intonava antiche canzoni in hindi e recitava le proprie poesie. Sua cugina faceva la prostituta a tempo perso. Chambal, oltre a essere un ex dacoit – adesso era in pensione –, faceva il camionista. Sulla strada per Bombay passava da Dahanu e andava a letto con la cugina di Santosh.

Quando Chambal aveva incontrato Zairos per la prima volta, aveva parcheggiato il camion davanti al capannone della vendita all'ingrosso di Santosh. Alto circa un metro e novanta, con un paio di baffi a manubrio tipici della sua categoria, ciascuno arricciato alla perfezione, le estremità così appuntite da passare nella cruna di un ago, Chambal indossava un dhoti e una camicia bianca, e parlava con grande orgoglio del suo passato di efferatezze. «Dopo la pensione, ho rallentato» raccontava. «Da allora, ho compiuto solo due omicidi. Uno con la spada e l'altro con il fucile.» Santosh, con i suoi lunghi capelli, continuava a pesare i chickoo in grandi quantità, recitando una poesia sottovoce. A Chambal non sembrava importare che Santosh non gli prestasse attenzione. Era più interessato a Zairos come ascoltatore. «C'era un uomo al mio villaggio» aveva proseguito Chambal «che corteggiava mia sorella, dormiva con lei e non voleva sposarla, perciò l'ho ammazzato. Quella vendetta d'onore l'ho eseguita con la spada. L'ho decapitato davanti a suo fratello. L'altro lavoro, invece, l'ho eseguito su commissione. Un proprietario terriero mi ha pagato per togliere di mezzo un tizio che si rifiutava di vendergli la terra. Perciò gli ho sparato, così la moglie ha dovuto cedere la proprietà. Oltre a questi due, ho commesso altri omicidi, ma è stato durante i miei giorni da dacoit e preferisco non parlarne.»

Poi Chambal si era arrampicato sul camion per recuperare il fucile. Il camion era piuttosto alto, perciò l'uomo torreggiava su Zairos. Tutt'a un tratto, gli aveva puntato l'arma addosso. Santosh aveva smesso di declamare le sue rime. «Potrei ucciderti così, su due piedi, senza provare *niente*» aveva dichiarato Chambal. Santosh era emerso dal capannone. «Chambal, amico mio» aveva esordito. «È piuttosto sconveniente che tu non porti le mutande.» Zairos non credeva alle sue orecchie. Era una poesia? O una metafora della sua morte, della fucilata che stava per ricevere?

«Di cosa stai parlando?» aveva chiesto Chambal.

«Il camion è molto alto» aveva risposto Santosh. «Riesco a vedere le tue parti intime sotto il dhoti. Faresti meglio a portare le mutande.»

Chambal aveva ruggito una risata. Era saltato giù dal camion e gli aveva mollato un paccone sulla schiena. Quella sera, i tre uomini erano andati a bere insieme. Chambal era un assassino amabile. E un assassino innamorato. Aveva confessato a Zairos che avrebbe voluto tenersi la cugina di Santosh tutta per sé. Le aveva chiesto di sposarlo, ma era troppo focosa da domare e, più lo respingeva, più quello si eccitava. Ed era pure una donna senza cuore, perché quando Chambal le aveva detto che avrebbe ucciso gli altri clienti, lei aveva replicato che sarebbe stato terribile. Per i suoi profitti.

Zairos ripensava a quel primo incontro, mentre aspettava al salone di bellezza Big Boss che il suo assassino innamorato si facesse vivo. Aveva ordinato a Sharmaji di praticare a Chambal il massaggio integrale più costoso e, durante il trattamento, Zairos progettava di parlargli di Kusum. Hosi e Bumble gli avevano consigliato di non lasciarsi coinvolgere troppo.

«Non vale la pena lottare per una femmina» aveva affermato Hosi. «A meno che non sia un cavallo.»

Fuori dal salone Big Boss, un pazzo camminava su e giù lungo la strada. Aveva l'aspetto di un rastafariano e il suo viso aveva visto un sole inclemente. Seguiva una strana routine. Faceva tre passi, poi si toccava l'alluce destro e spalancava la bocca, allargandola fino al massimo concesso dalla mandibola.

Poco dopo, un *tuk-tuk* accostò e Zairos vide la grande mano di Chambal aggrapparsi al tettuccio. Il dacoit pagò l'autista e rivolse un saluto militare a Zairos, che rimase colpito dalle sue scarpe. Erano *mojri* di pelle nera, con le punte arricciate all'insù, esattamente come le estremità dei baffi a manubrio. Zairos guidò Chambal nel santuario interno del salone Big Boss dove lo attendevano un lettino e gli oli da massaggio, miscele che erano state tramandate a Sharmaji da suo padre, un esperto di ayurveda.

Sharmaji non attese neppure le presentazioni. Svitò il tappo di una delle ampolline, si versò dell'olio su un palmo e prese a strofinarsi le mani. Indicò a Zairos di accendere il ventilatore azzurro da tavolo che si trovava in un angolo della stanzetta. Le pale erano incrostate di particelle di polvere nera, alcune delle quali sarebbero presto volate sul corpo di Chambal e nelle narici dei presenti. Chambal si sfilò la camicia bianca e l'appese a un gancio alla parete. Sharmaji gli diede delle pacche sulla schiena, sulla quale apparivano due volgari chiazze di peluria nera. L'olio schiacciava i peli e li appiccicava alla pelle. Chambal aveva la testa di lato e gli occhi chiusi. Sharmaji si era subito fatto invisibile, e quello era il suo vero talento, il segno distintivo di un bravo massaggiatore.

«Hai fatto bene a telefonarmi ieri» disse Chambal. «È sempre bello sentire un vecchio amico.»

Zairos era tutto meno che un vecchio amico. Ma quale persona sana di mente avrebbe contraddetto un dacoit?

«Dopo aver ascoltato il tuo problema, posso affermare che sei un uomo passionale» proseguì Chambal. «Ho un buon presentimento su di te. Sono certo che sarai in grado di commettere un paio di omicidi.»

«Ti ringrazio» rispose Zairos.

«E così vuoi aiutare questa donna picchiata dal marito?»

«Le sono morti entrambi i genitori e non ha nessuno.»

«È la tua donna?»

«Voglio solo aiutarla» replicò Zairos. «È una faccenda che può essere risolta?»

«Una pallottola può risolvere tutto.»

«No, no» lo interruppe Zairos. «Non voglio che tu lo uccida.»

«Ma è la soluzione più semplice» obiettò Chambal.

«Ahiii...» Sharmaji stava affondando le nocche nei lombi del dacoit.

«Voglio solo che tu lo spaventi» precisò Zairos. «Perché lasci in pace Kusum.»

«Kusum? È così che si chiama?»

«Sì.»

«La mia donna si chiama Rekha. Sai, la cugina di Santosh...»

«Certo» confermò Zairos.

«Io ho ucciso molti uomini, ma quella femmina *mi*

uccide tutte le volte che la vedo. Che posso dirti sulle donne? Sono letali. Risolverò il tuo problema. Permettimi, però, di dire che stai commettendo un grosso errore a non uccidere il marito. Un uomo ferito è un uomo molto pericoloso. Ma come desideri.»

«Quanto prendi per questo genere di lavoro?»

«Niente» aveva risposto Chambal. «Se lo dovessi uccidere, ti chiederei diecimila, ma spaventare un uomo che picchia la moglie, lo faccio gratis. Per amore. Lo faccio a patto che tu parli a Santosh della mia generosità perché possa riferirlo a Rekha, così poi lei mi chiederà di raccontarle tutto quanto.»

«Affare fatto.»

«Lo prenderemo stanotte» aveva annunciato Chambal. «Ma tu dovrai venire con me. Non vorrei ferire l'uomo sbagliato.»

Zairos non avvertì Kusum del loro arrivo. Non voleva avvisarla in alcun modo, perché la sua irrequietudine avrebbe messo in allarme Laxman. Se un uomo era pronto a combattere, aveva tempo di trasformarsi: in un animale, in qualcosa di belluino. Ma se era da solo a casa con la moglie, allora era più vulnerabile.

«Lasciamola assistere» suggerì Chambal. «Mostriamole fino a che punto sei arrivato per proteggerla.»

Però c'era un problema. Il dacoit si rifiutava di salire sull'auto di Zairos o su quella di Bumble perché la prima era rossa e la seconda bianca. «Non sono colori che mi si addicono» era stata l'unica spiegazione di Chambal.

Il che implicava che avrebbero dovuto prendere la macchina di Hosi. Era nera, l'ideale per Chambal, ma era il peggior veicolo per la fuga mai visto: viaggiava a metano. Il sedile anteriore del passeggero era stato rimosso e al suo posto Hosi aveva installato una bombola. Era la sua strategia per far fronte all'aumento del prezzo del carburante. Non si curava dell'estetica: «Finché l'auto funziona, quello che risparmio in benzina posso spenderlo ai cavalli». Tutte le volte che Zairos ci saliva, gli sfuggiva un sorriso. La Maruti era stata fabbricata in Giappone: se i giapponesi avessero visto Hosi con la bombola a gas seduta al suo fianco come una vecchia signora, sarebbero stati costretti, malgrado il proverbiale contegno, a mostrare una qualche reazione.

Chambal mise il fucile nel bagagliaio dell'auto e partirono.

Mentre guidava, Hosi teneva d'occhio la bombola a gas, per paura che sbattesse la testolina contro il cruscotto. Le fascette di metallo che la tenevano in posizione si erano allentate. Chambal era più divertito che mai dalla bombola. Continuava a picchiettarla e a ridacchiare. In risposta a quelle risatine, Hosi accese una sigaretta. «Immaginate cosa potrebbe succedere» affermò, guardando dritto davanti a sé, «se l'auto si ribaltasse e ci fosse una perdita.» Poi tornò a rivolgere un'occhiata a Chambal. «Non sono un sostenitore del suicidio. Secondo me, pillole e impiccagioni sono roba trita e ritrita. Ma così... un'esplosione inaspettata, improvvisa... avrebbe un che di visionario.»

L'auto brontolava lungo la strada sterrata, avvicinandosi alla sua meta con la furtività di un carro armato. «Non c'è luna stanotte» osservò Chambal. «È andata ad avvertire Laxman.»

A metà strada, il dacoit chiese a Hosi di fermarsi. Scese dall'auto e iniziò a raccogliere grossi sassi. Cinque in tutto, rotondi e pesanti. Poi prese il lungo telo bianco che gli pendeva dal collo e lo stese per terra. Una a una, posò con cura le pietre al centro del telo e arrotolò la stoffa intorno a esse, chiudendole con un nodo.

Fece vorticare alcune volte l'arma sopra la testa per provarla. «Lo chiamo *bathoda*» spiegò. «Il martello che non lascia segni. Mi è stato insegnato da mio padre. Anche lui era un dacoit» raccontò, con tono quasi nostalgico. «Il fucile serve per i lavori più grossi. Stasera, è solo per sicurezza.»

Si fermarono a breve distanza dal villaggio di Kusum. Hosi si accese un'altra sigaretta, ma Chambal gli ordinò di spegnerla. «La luce può avvertire Laxman del nostro arrivo.»

La capanna era in posizione ideale per l'attacco: le altre abitazioni non erano troppo vicine. Mentre si avvicinavano, Zairos avvertì il sangue mulinargli intorno al cuore.

Dall'interno si scorgeva un bagliore proveniente da un fuoco per cucinare.

Chambal entrò per primo. Laxman era accosciato a ravvivare le fiamme con una mano, e fumava un bidi tenendolo con l'altra.

Non appena cercò di alzarsi, Chambal gli scagliò l'hathoda contro le costole.

Quel colpo avrebbe sicuramente lasciato il segno.

Zairos cercò di trascinare Kusum fuori dalla capanna, ma era come piantata a terra. Laxman era piegato in due dal dolore.

«Vogliamo solo fare quattro chiacchiere» cominciò Chambal. Poi mollò un'altra randellata a Laxman, esattamente nello stesso punto. «Vogliamo solo parlarti» ripeté Chambal, sottovoce.

In quello era davvero un maestro, calmo e sereno; era quasi una tecnica di meditazione per lui.

«Ora apri bene le orecchie» proseguì. «Da oggi in poi, Kusum non è più tua moglie. Non le parlerai, non la seguirai e non la toccherai mai più.»

Laxman guardò Chambal e Zairos. Poi Kusum, con lo sguardo di un uomo tradito, l'idiozia di chi è stato beffato. Iniziò a farfugliare parole inintelligibili.

Chambal lo schiaffeggiò forte in pieno viso. Quelle sberle erano superflue, ma lui era abituato a imbottire gli uomini di piombo. Laxman era ancora vivo e quel fatto in sé era insostenibile per l'assassino.

«Quella donna non è più tua moglie» dichiarò il dacoit. «Tu non la conosci. Non sai dove vive, anche se d'ora in poi abiterà a casa di suo padre. Se ti azzarderai anche solo a guardarla, tornerò per ammazzarti. Mi chiamo Chambal e ho ucciso molti uomini. Ricorda il mio nome. Ricorda che ho ucciso molti uomini.»

Poi lanciò un'occhiata a Zairos per indicargli che il lavoro era finito.

Zairos si frugò in tasca ed estrasse un rotolo di banconote, tremila rupie in tutto, e lo posò per terra.

«Questo è più di quanto tu abbia speso per il matrimonio» disse. «Adesso è libera.»

Laxman tentò di alzare il capo, ma fu inutile.

Il focolare aveva perso il suo chiarore, il ventaglio di carta posava ancora a fianco di Laxman.

Kusum osservò la capanna del marito per l'ultima volta. Dal suo viso non trapelavano emozioni.

Zairos ammirava il coraggio di Kusum, la sua impassibilità durante tutto il viaggio in macchina verso la capanna di suo padre. Chiese a Hosi di aspettare in auto con Chambal, a una distanza di circa duecento metri dal villaggio di Ganpat. Il rombo di un motore a quell'ora della notte avrebbe attirato la curiosità dei vicini.

Non un singolo fremito, non un accenno di rimorso.

Kusum era acciaio puro, e Zairos si chiese come fosse all'interno.

Nessuno dei due proferì parola.

Camminarono avvolti dall'oscurità e stavolta fu Zairos a seguire Kusum perché i suoi occhi non erano abituati al buio. Lei conosceva la strada meglio di una mangusta. I suoi passi non producevano rumori, Zairos invece faceva scricchiolare la ghiaia con le scarpe da ginnastica e continuava a togliersi i capelli dal viso, senza comunque riuscire a vedere meglio. I jeans gli rimasero impigliati in un cespuglio di spine e Kusum non aspettò che si fosse districato.

A pochissimi metri dalla capanna di suo padre, un uomo giaceva a terra.

Il liquore l'aveva steso al tappeto. Nel periodo delle festività, specialmente durante e dopo l'Holi, gli uomini delle tribù si ubriacavano fino a perdere i sensi. C'era un giorno, detto "dei canali dell'*ammas*", in cui i membri delle tribù venivano ritrovati collassati nei canali nel buio dell'ammas, la notte senza luna.

Oltrepassarono l'uomo senza accertarsi che stesse respirando. Se davvero era morto, non restava molto da fare. L'avrebbero trovato all'alba, oppure si sarebbe svegliato per andare al lavoro. Kusum continuava a camminare davanti a Zairos e l'unica volta in cui diede segno di esser consapevole della sua presenza fu quando si guardò indietro, appena un attimo, per assicurarsi che la seguisse ancora.

Poi, non appena raggiunsero la porta della capanna, finalmente lo degnò di uno sguardo.

Aveva il respiro pesante e Zairos udiva ogni singolo anelito.

Adesso gli era tutto chiaro. Stava a lui tenerla in vita. Da allora, sarebbe dipesa da lui, anche solo per respirare. I suoi polmoni gli sarebbero appartenuti, il suo cuore gli avrebbe pulsato tra le mani. Ritornò verso l'auto, dove

Chambal il dacoit stava estraendo le pietre rotonde dal telo bianco steso a terra e Hosi si era addormentato, la testa sulla bombola a gas.

Dall'interno della capanna si sentiva Rami russare, la musica di una donna anziana.

Kusum non poteva entrare. Non ancora.

Si sedette per terra e contemplò le capanne tutt'intorno. Tutto era deserto, tranne per una capra legata a un picchetto e lo stormire degli alberi.

La sua mente era rivolta a Laxman. Era vivo e impotente, una creatura abbandonata a contorcersi sul pavimento della capanna. Kusum era la responsabile, non il dacoit col fucile, non l'uomo che si stava allontanando da lei, passandosi le dita tra i capelli.

Cosa avrebbe pensato suo padre di tutta quella storia? Della bambina che un tempo gli arrivava alle ginocchia, poi alla vita e infine al petto?

Aveva realizzato ciò che lui non era riuscito a fare. Aveva contrattaccato nell'unico modo che conosceva. Suo padre, un mortale, non poteva lottare. Anche Vaghai, il Dio Tigre, era impotente. Perciò non aveva avuto scelta se non rivolgersi a un proprietario terriero, un essere che non era né uomo né dio.

Togliendosi la vita, anche suo padre aveva compiuto qualcosa. Kusum non avrebbe permesso che fosse morto per niente. Il suo fiato era andato sprecato, non aveva avuto alcun effetto sulla realtà intorno a lui, ma la sua morte doveva pur valere qualcosa.

E, in caso contrario, ci avrebbe pensato lei a darle un peso. Era quello il compito di ogni figlia. Amare il padre e trasformare i suoi fallimenti in alberi. O, se non proprio in alberi, in arbusti. E, quando neanche in arbusti, in un singolo filo d'erba.

Anche un filo d'erba aveva la sua funzione. Dava riparo ai vermi. Permetteva loro di rannicchiarsi tutti assieme e quello doveva per forza avere un significato. Gliel'aveva raccontato sua madre.

Tutti gli elementi della natura valevano qualcosa. Tranne i warli.

Le storie popolari cercavano di persuaderla che i warli fossero gli ultimi esseri creati dagli dèi. Erano sementi malvolute, gettate dal cielo. Siccome erano stati scartati, nessuno offriva loro protezione. Nessuno li incoraggiava a crescere.

Kusum avrebbe fatto qualcosa. Percorso una strada migliore, una via coraggiosa a cui i lupi del passato non avrebbero mai osato avvicinarsi.

Adesso sedeva accovacciata, esattamente nello stesso modo di sua madre, Kamla, che portava il nome di un fiume. A molti warli era stato messo il nome di fiumi. A lei sembrava un'usanza molto crudele.

Noi ci muoviamo a stento, disse tra sé. Aspettiamo. Chi ha mai visto un fiume aspettare?

Ma lei aveva fatto qualcosa. Lei aveva scelto di agire.

Dopo aver riaccompagnato Chambal, Zairos sapeva di dover andare a far visita al nonno.

Era un giorno di lutto per Shapur Irani, l'anniversario della morte del figlio maggiore, Khodi. Generalmente Shapur Irani preferiva non vedere anima viva, ma secondo Zairos nessun uomo meritava di restar solo in un giorno simile. Persino i cobra piangevano all'ombra silenziosa di un albero, di tanto in tanto.

Shapur Irani, custode delle memorie di famiglia, del passato di ogni cosa, dalla nascita degli insetti ai pestaggi inflitti sulla sua terra, era sulla sedia, con la fotografia del figlio in mano. Non fece in tempo a nasconderla, né a impedire a Zairos di intuire che stava lì seduto da ore, convinto del fatto che l'infarto che gli aveva ucciso il figlio dovesse invece toccare a lui. Ma gli dèi, crudeli come sanno essere solo i bambini, avevano modificato il destino, gli avevano affibbiato una sedia a dondolo al posto di quella elettrica, affinché la punizione fosse lenta, minuziosa, l'unica cosa perfetta in un mondo imperfetto.

Rammentava il forte grido di gioia che aveva levato il giorno in cui Khodi era nato, un grido la cui eco, dopo tanto tempo, era ancora in viaggio. Ecco perché adesso se ne stava muto sulla sedia. Cercava di percepire quel grido gioioso emesso anni prima.

«Per un padre sopravvivere al figlio è una maledizione» esordì. «In un certo senso, Khodi non era figlio mio. Era figlio di Banu. Così gentile, così premuroso.»

«Quella fotografia» disse Zairos «ce l'ha anche mio padre. È vero che è stata scattata il giorno in cui Khodi kaka è morto?»

«Sì, è stato tuo padre a farla. L'ultima tazza di tè di Khodi. Bevuta lì... a quel tavolo.»

Shapur Irani indicò lentamente uno spazio vuoto della veranda. Il tavolo a cui si riferiva era in casa, ma non importava. Aveva gli occhi chiusi e i suoi pensieri potevano vagare ovunque.

«Aspi, Sohrab, Khodi e io prendevamo sempre il tè insieme la domenica mattina, cascasse il mondo. Quando Khodi è morto, abbiamo smesso.»

Zairos aveva già capito perché il nonno non toccava il tè. Era lo stesso motivo per cui Hosi non andava mai a fare visita a Shapur Irani. Né parlava mai di suo padre. Per Hosi, Khodi Irani non era mai esistito. Un corpo scomparso, un cuore muto, e i vivi che sgomitavano in cerca di riparo, terrorizzati dalla slavina che ne era seguita.

Shapur Irani fece scorrere l'indice lungo i margini della fotografia in bianco e nero, forse nella speranza di procurarsi un taglio nella carne e sentire di nuovo suo figlio.

Khodi era l'unico in famiglia ad avere i baffi. Zairos si sorprese nel vedere un dolce sorriso sulle labbra del nonno. Forse non era un sorriso, magari era solo la pelle a produrre quello strano effetto.

Invece Shapur Irani sorrideva davvero. Non era il genere di sorriso che fanno i contadini al primo segno di pioggia, ma era comunque meglio di nulla. Si stava godendo un momento giocoso con il figlio morto. Sulla fotografia, stava arricciando le punte dei baffi di Khodi per vedere se avrebbe reagito. Sapeva che i morti non parlavano ai vivi, ma potevano parlare alle creature intermedie, a uomini come lui.

«Oggi è anche il compleanno di tuo padre» aggiunse Shapur Irani.

«Lo so» rispose Zairos.

«La Morte e il Tempo sono due pagliacci. Giocano scherzi che divertono soltanto loro.»

Gli occhi di Shapur Irani erano ancora puntati sulla fotografia.

«Tuo padre non festeggia il compleanno» proseguì. «Lo fa per rispetto a suo fratello, e per me. Solo in giorni come questo, quel ciarliero di Aspi Irani si ritira nell'ombra. Pensando di farlo per scelta.»

«Cosa intendi, pa?»

«Fin dall'inizio, tuo padre è sempre stato un figlio dell'ombra.»

10

1947

Seduta sulla sedia a dondolo, Banu seguiva con lo sguardo le ombre sul muro.

Shapur Irani fingeva di non vederla, continuando a fare le flessioni, le tempie che si gonfiavano di rosso.

«Guarda» esclamò Banu. «Guarda qua.»

Si faceva aria con un ventaglio di carta bianca. Sopra vi era raffigurato un colibrì azzurro.

«Guarda come si muovono in fretta» aggiunse.

Khodi si unì a lei, indicando la parete. Aveva le membra forti del padre, ma nei suoi movimenti si scorgeva la grazia di Banu.

«Quello sembra un toro» commentò Khodi, osservando ora l'orologio a pendolo. «Un toro con le ali.»

Shapur Irani si sentì sollevato che il figlio non si fosse reso conto che c'era qualcosa di strano. Khodi pensava che Banu stesse giocando, e lo facesse esclusivamente per lui.

«Ha una fervida immaginazione» affermò Banu. «Diventerà un attore, oppure uno scrittore.»

«Chiudi il becco» intervenne Shapur Irani. «I miei figli sono proprietari terrieri. E i possidenti esigono rispetto. Non recitano e non scrivono.»

Era colpa di tutti quei libri che la moglie leggeva.

Tutte le volte che portava Banu a Bombay per far visita alla madre e alle sorelle, tornava carica di romanzi di Charles Dickens e altri scrittori inglesi che a Shapur Irani non facevano né caldo né freddo. Sedeva sul treno con una caterva di libri in grembo e osservava la moglie leggere, con dipinta in volto una meraviglia che era certo di non aver mai e poi mai suscitato in lei.

Per lui, quelle storie costituivano una perdita di tempo. Erano astratte e invisibili. Preferiva la concretezza della terra.

Una volta tornata a casa, Banu disseminava i libri per tutta la casa, in piccole cataste qua e là, come pile di mattoni, e non gli permetteva di toccarli. Se Shapur ne spostava alcuni per fare spazio, lei gli chiedeva, con tono garbato, di rimetterli esattamente nel punto in cui li aveva trovati.

Lo faceva sentire indegno di toccarli.

«Questa è grossa, Shapur» disse di nuovo, intendendo un'ombra. «Sta giocando con me. Su e giù, su e giù...»

Khodi contemplava la madre, ma la meraviglia era svanita dal suo volto. Forse riusciva a percepire la fede ardente della madre in quelle presenze.

Shapur Irani la avvertiva chiaramente. «Banu» intervenne. «Lascia stare le ombre.»

Con il movimento meccanico di un burattino, la donna si inclinò di lato e raccolse un libro dal pavimento di pietra.

«Ma tu non vieni dall'Iran?» domandò al marito.

Era come se parlasse a qualcuno che aveva riconosciuto dopo anni e anni, dopo oceani di separazione.

«Anche questo poeta è iraniano. Conosci Hafez?»

Ripiegò il ventaglio di carta bianca e lo ripose in grembo.

«Questa poesia è la mia preferita. Parla di un amore incondizionato. Del sole, che non chiede mai niente alla terra in cambio della luce che le concede.»

Shapur Irani rimase impassibile. A malapena leggeva l'inglese e ogni volta che sua moglie teneva un libro sotto la luce qualcosa in lui si adombrava.

«Io esco» annunciò a Banu.

Prese il fucile e sparò in aria. Per informare i warli che aveva un'arma e sapeva come usarla. Era quello che avrebbe risposto alla moglie, casomai l'avesse chiesto.

Ma lui conosceva la verità.

Ogni volta che sparava, mirava a se stesso, punendosi per non essere istruito, o colpiva i libri che Banu leggeva, anche se le distoglievano la mente dalle ombre e, tra le due cose, preferiva di gran lunga i libri.

Quando rincasò, trovò Khodi che cercava di consolare la madre, in lacrime. Fissava il ventaglio di carta, aprendolo per poi richiuderlo di scatto, accarezzando i bordi frastagliati del colibrì azzurro.

Shapur Irani s'inginocchiò accanto a Banu e le strofinò la coscia.

«Banu, cos'hai?»

«È così triste» rispose. «Ho spezzato le ali al colibrì.»

"È successo qualcosa" scrisse Banu a sua madre "e vorrei tanto ricordare cosa".

Non scrisse altro. Fissò la lettera mentre Sohrab le dormiva in grembo. Poi la piegò e la infilò nel libro che stava leggendo. Ci voleva *Oliver Twist*, un romanzo lungo abbastanza da rendere più sopportabili i giorni alla piantagione.

Suo marito era in soggiorno, di nuovo a fare le flessioni, stavolta con Khodi a cavalluccio. Era felice che il bambino adorasse il padre: il suo collo taurino, i bicipiti, il fatto che stappasse le bottiglie di soda con i denti, che si spogliasse all'improvviso fino a restare in mutandoni per poi tirarsi pacche sulle cosce come un lottatore, producendo un'eco che risuonava per tutta la stanza.

Banu sognava di mandare entrambi i figli a una scuola privata di Bombay, ma sapeva che suo marito non l'avrebbe mai permesso. Perciò comprava libri, a tonnellate. Le fiabe dei fratelli Grimm e di Hans Christian Andersen, le favole di Esopo, libri per bambini sull'antica storia indiana, persino ricettari per ammazzare il tempo, anche se Shapur Irani non apprezzava i manicaretti inglesi che lei gli cucinava, come lo *shepherd's pie*, il pasticcio di agnello. Lui non poteva vivere senza il *dal*, la zuppa di lenticchie e legumi, e le patate, affogati nel *masala* rosso, così piccante da far venir loro le lacrime agli occhi, grondare il naso e sudare come se fossero a zappare nei campi.

Avrebbe tanto voluto che suo marito sapesse leggere. Così avrebbe avuto la sensibilità di notare le ombre sui muri. Certi giorni erano davvero grandi ed evidenti: le veniva quasi da ridere al pensiero che Shapur non le vedesse. E non erano le ombre proiettate sul muro dalla lanterna. Conosceva la differenza tra quelle e le ombre che la seguivano, la strangolavano, le si avvicinavano di soppiatto come ladri; quelle che le avevano tolto tutto, senza lasciare niente.

Le ombre avevano un odore orribile. Ce n'era una davanti a lei, proprio in quell'istante.

Era vicina all'orologio a pendolo, si muoveva a ogni rintocco. Un'ombra spessa e pesante come il nero cappotto invernale di un ubriacone, viscosa come una mignatta, e più si avvicinava, più l'afrore peggiorava. Faceva persino piagnucolare Sohrab.

Si massaggiò il pancione, sperando di consolare il bambino. Ce n'era un altro in arrivo. Era successo prima del previsto, ma avrebbe trovato un modo per proteggerlo da quelle ombre.

«Banu» la chiamò Shapur Irani.

Anche lui ansimava, cercando di acchiappare le ombre furtive.

«Sohrab si è sporcato» disse Shapur. «È un'ora che piange.»

Le ombre erano scaltre. Doveva trovare un modo per intrappolarle. Ci voleva una macchina fotografica. Magari poteva assumere un fotografo.

«Banu» ordinò Shapur Irani con fermezza. «Devi cambiare Sohrab.»

«Sì» rispose al marito. «Abbiamo bisogno di un fotografo. Uno bravo.»

Per la prima volta, Shapur Irani desiderò che Jeroo fosse lì con loro. Ma era a Bombay, ad assistere un'altra partoriente, e ci sarebbe voluto ancora un mese prima che tornasse a Dahanu.

Si recò all'ufficio del capostazione e chiamò con una telefonata interurbana la famiglia presso cui si trovava Jeroo. Si stava occupando della moglie di un avvocato parsi, un uomo abbastanza ricco da godere del privilegio di una linea telefonica personale.

Il crepitio della linea era un oscuro presagio, ma la levatrice gli garantì che tutto sarebbe andato bene. Gli fornì esempi di donne che avevano avuto visioni durante o dopo la gravidanza.

Una ragazza di Bombay di soli diciassette anni, gli raccontò, era stata obbligata a sposare un uomo molto più vecchio, un ricco armatore parsi con i denti in fuori. Quando aveva dato alla luce una femmina, aveva domandato a Jeroo perché la bambina avesse gli incisivi sporgenti. Quando Jeroo le aveva spiegato che i neonati non hanno denti, la ragazza aveva dato in escandescenze, spaccando piatti e qualsiasi cosa le fosse capitata a tiro.

«Quello che voglio dire è che è normale» spiegò Jeroo dall'altro capo della linea. «Questo strano comportamento passerà, come un'inondazione o una carestia.»

Sulla via di casa, Shapur Irani si chiese se non fosse stato meglio dire a Jeroo che Banu aveva smesso di lavarsi. Era da più di una settimana, e continuava ad attribuire la causa del cattivo odore alle ombre, e Shapur non aveva il coraggio di dirle che invece ne era lei l'origine.

Quando arrivò a casa, sia Khodi sia Sohrab erano addormentati. Banu era in piedi alla stufa, a bollire l'acqua per il tè. Per un istante gli apparve come la prima volta in cui l'aveva incontrata, quando aveva sedici anni. Ricordava la camicetta azzurra increspata e i lunghi orecchini che indossava sempre, quelli con le perle in fondo: gocce color avorio appese a quindici centimetri dai lobi.

«È per il bagno?» le domandò, sapendo benissimo che stava preparando il tè. «Ho proprio bisogno di una lavata.»

Lei annuì, le guance pallide segnate da capillari rossi.

Shapur Irani sostituì il piccolo bollitore con una pentola più capiente. Quando l'acqua fu abbastanza calda, usò uno strofinaccio bianco di stoffa pesante per proteggersi le mani e trasportare la pentola di rame in bagno. Svuotò l'acqua in un catino verde.

Non le chiese il permesso. Lentamente, con cautela, le abbassò la spallina della camicia da notte rosa e fu contento quando vide che la toglieva da sola. In quel pancione, bianco e grosso, c'era un bambino e, se esisteva qualcuno che poteva aiutare Banu, era proprio lui. Qualcuno dall'interno.

Si lasciò lavare, mentre le lacrime le scorrevano sul viso, insieme all'acqua saponosa. Continuava a fissare la lanterna, sbattendo le palpebre al minimo guizzo. Le pareti di pietra scura del bagno non le erano d'aiuto.

Quando ebbe finito, Shapur la tamponò con un asciugamano e la fece sedere su uno sgabello. Poi andò alla toilette per prendere la spazzola dal cassetto. Quando tornò, la trovò con la schiena ricurva, una gamba davanti all'altra, come se il suo corpo fosse diretto da qualche parte, ma all'improvviso avesse dimenticato come muoversi.

La sollevò e le spazzolò i capelli, sentendo le lunghe ciocche bagnate nel palmo; le lasciava scivolare, poi le riprendeva, restando dietro di lei, in silenzio.

Forse doveva portarla a Bombay per qualche giorno.

Sì, Banu era sull'orlo di una solitudine così spaventosa che anche solo il ticchettio di un orologio poteva darle la spinta decisiva.

Di malavoglia, partì.

Contro ogni buonsenso, passò proprio davanti all'edificio in cui Daryoush il fornaio aveva il suo negozietto. Erano spuntate molte sale da tè irani in città ormai, la panetteria Yadzany e la Kyani & Co. erano le più rinomate. Gran parte degli irani che avevano lasciato la madrepatria avevano fondato un nuovo genere di ristorazione a Bombay: le *chaikhana*. I proprietari baffuti marciavano con fierezza sui pavimenti a scacchi bianchi e neri, per accertarsi che i tavoli di marmo bianco fossero immacolati, le sedie di legno costruite con un numero di chiodi sufficiente a reggere clienti di ogni forma e dimensione mentre erano intenti a inzuppare nel chai bollente fette di pane nero croccante con uno strato di burro fine come la pelle di un rettile. Oltre al pane imburrato, al pudding e ai biscotti, si vendevano sigari, medicinali, acqua di rose, sapone, o qualsiasi altra cosa uno desiderasse. Una sala in particolare, il K.R. Sassanian, impazzava per le torte nuziali a tre piani.

Ma a prescindere da quanto successo riscuotessero quei ristoranti irani, per Shapur c'era una bottega che sovrastava tutto il resto. Non aveva insegne, perché non possedeva né tavoli né sedie, solo un enorme forno a legna e un espositore di vetro, e forniva il pane a tutte le sale da tè irani – e a chiunque altro – in silenzio, serenamente, quasi fosse la sua umile missione.

Un giorno o l'altro, Shapur Irani avrebbe raccontato di Daryoush ai suoi figli.

Avrebbe detto loro che la professione di fornaio era solo una copertura.

Per lui, Daryoush era uno degli Amesha Spenta, i santi immortali. Il fuoco del suo forno offriva il tipo di calore di cui un giovane aveva bisogno per dimenticare la morte del padre. O, se non proprio per dimenticarla, per ricordarla senza perdere i sensi.

Il suo impasto era, e sarebbe rimasto, una testimonianza della semplice bontà di cui gli esseri umani erano capaci. Valeva più del tesoro di Ciro il Grande ed era più potente degli eserciti di Alessandro Magno.

A Bombay, gli irani si erano conquistati la reputazione di fornai e di ristoratori onesti e appassionati perché, nei dolci e nel tè, trasmettevano la gratitudine che si accompagnava alla sopravvivenza. Tutto il calore che la nuova terra aveva offerto loro veniva restituito a chi l'abitava. Tuttavia, mentre i ristoratori sedevano alla cassa a riscuotere soldi, e le mogli spargevano incenso aromatico intorno alle immagini di Zarathustra, i loro pensieri erano rivolti all'Iran, e la dolcezza della loro pasticceria si dissolveva quando volgevano la mente a coloro che avevano dovuto abbandonare.

Perdere la patria, esserne stati scacciati, era come perdere un familiare. Non a caso veniva chiamata madrepatria.

Shapur Irani sapeva cosa significasse perdere entrambe: la propria terra d'origine e la madre. Strano, ma il ricordo più vivido di sua madre non era il sapore del riso allo zafferano, o il profumo dei suoi capelli, o il battito incredibilmente lento che gli raggiungeva il cuore quando riposava tra le sue braccia. Quello che ricordava meglio di sua madre era un rumore.

Il bussare alla porta.

Anche se la casa dei suoi genitori era fatta di modesti mattoni di argilla, la vera fonte di orgoglio era la porta. «È così larga» diceva sempre Vamog «che nemmeno Rostam il guerriero deve stringersi nelle spalle per passare.»

La porta aveva due batacchi.

Quello di sinistra veniva usato dalle donne e quello di destra dagli uomini. Quando bussavano gli uomini, il colpo aveva una certa pesantezza, e Shapur Irani amava immaginare tutto quello che conteneva in sé: la percossa di una mazza, lo schiaffo di mille gocce di sudore, la potenza di un avambraccio massiccio e di dita robuste richiuse intorno al batacchio.

Invece, quando bussavano le donne, aveva una cadenza, una forza segreta che concedeva il primato all'uomo, gli permetteva di avere peso, lo ispirava a versare mille gocce di sudore. Quando il piccolo Shapur udiva quel rumore, significava che erano venute in visita le amiche della madre e tutt'a un tratto la casetta dal tetto basso si trasformava in un rifugio, dove risate e canzoni rimbalzavano nell'aria, da una parete all'altra.

Non furono i lamenti soffocati di Vamog a far capire a Shapur Irani che sua madre era davvero morta. Né il cibo freddo, o la gravità del tetto basso, e nemmeno le occhiaie del padre, profonde, come se Ahriman in persona le scurisse con il suo alito color carbone.

Fu solo quando i colpi delle donne alla porta cessarono che Shapur Irani comprese che sua madre se n'era andata davvero. Le donne non andarono più a trovarli, ogni dolcezza era svanita, era rimasta solo la tetraggine dei possenti colpi maschili, a cui né padre né figlio volevano rispondere.

Shapur Irani sapeva cosa volesse dire perdere la terra d'origine, perdere la madre, e ora stava per perdere sua moglie. Afferrò la mano di Banu e la strinse forte per farle capire che era al suo fianco. Dopo aver lasciato Khodi e Sohrab a casa della suocera, Shapur Irani e Banu andarono a vedere un film all'Excelsior. Era una pellicola di Chaplin.

«Ma guardalo» disse a Banu. «Quell'ometto lotta contro i ricchi, i brutti e i prepotenti del mondo.»

Sorrise vedendo Chaplin che la faceva in barba alla polizia. A Shapur Irani piaceva che l'autorità fosse rappresentata da stupidi giganti e che Chaplin la spuntasse sempre, senza troppi sforzi.

Ma non vi erano reazioni da parte di Banu. Non un sorriso, nemmeno accennato.

In quel momento, provò il desiderio di imparare a leggere. Se solo avesse letto quei grossi volumi dal dorso duro e inflessibile, sarebbe stato in grado di discutere delle storie con sua moglie, si sarebbe sentito degno di essere suo marito. Invece era il proprietario di una tenuta e di un fucile, e forse lei si era pentita di averlo sposato. Forse era lui il vero problema.

In confronto ai parsi, che si lambiccavano il cervello su documenti importanti al bagliore delle lampade elettriche, le cui firme contavano qualcosa, le cui voci potevano essere udite sui palcoscenici, che erano figli di ricchi mercanti di cotone, Shapur Irani talvolta si sentiva un selvaggio. Ecco perché odiava Bombay. Quella città lo faceva sentire inadeguato. Alla piantagione, per lo meno, gli alberi dipendevano da lui. Ogni passo sulla sua terra equivaleva a una firma d'inchiostro su un documento importante.

Nel profondo del cuore sapeva che forse Banu aveva ragione, che i bambini dovevano leggere libri: avrebbero potuto diventare matematici o economisti. Un'altra parte di sé, tuttavia, gli suggeriva che i suoi ragazzi sarebbero stati esattamente come lui, uomini della terra. Senza istruzione, ma con le palle.

Non c'era bisogno di altro al mondo. Il coraggio di cominciare.

Aveva lasciato la madrepatria in sella a un mulo, aveva aperto il chiosco dei liquori e compreso che la terra era oro, e oggi era un proprietario terriero. Se fosse stato un economista o un matematico, cosa avrebbe lasciato ai suoi figli? Il talento per i numeri, una spiegazione delle leggi dell'universo? Quelle non erano cose che si potevano tramandare. Erano cose evanescenti, che si decomponevano con la carne umana.

Osservò di nuovo il volto di Banu.

Era lei a pagare per i suoi peccati.

Tanto dolore si era dispiegato davanti agli alberi di chickoo, eppure continuavano a dare frutti. Lo stesso valeva per sua moglie. Continuava a fare figli, e adesso Shapur temeva che ne pagasse lo scotto.

Non gli parlava nemmeno più. La mente di Banu era un luogo inaccessibile. Ecco perché invidiava gli scrittori. Loro erano i benvenuti. I libri quasi la rapivano; sparsi sul pavimento, lo contaminavano, alcuni sottosopra, le pagine che svolazzavano nella brezza quando la porta principale era aperta, Khodi che li sfogliava, Sohrab che mangiava i bordi di quelli più sottili e Banu che li calpestava, impedendo che ne venisse spostato anche solo uno.

Quando Banu dormiva, Shapur Irani prendeva un libro in mano e pregava Ahura Mazda di aiutarlo a leggerlo; dopo un'ora o due di fallimenti, non poteva far altro che annusare le pagine e sperare che la loro saggezza ingiallita restasse con lui in qualche modo, lo aiutasse a curare la moglie, a capire come, perché, fosse in quelle condizioni.

Ormai aveva smesso di parlare delle ombre, ma qualcos'altro si era insinuato nel mondo di Banu. Il silenzio.

Non aveva mai visto una creatura vivere in modo così silenzioso. Dopo aver camminato sui libri, rimaneva seduta in un'unica posizione per ore, senza compiere il minimo movimento, neppure una torsione del polso. Al massimo la vedeva dilatare le narici, o notava un guizzo del collo, e quello doveva bastare a rassicurarlo.

Shapur Irani guardò nella sua direzione, al buio, interrogandosi su cosa le avesse fatto.

Proprio in quell'istante il pubblico del cinema scoppiò in una grassa risata. Sua moglie si drizzò in piedi.

«Vado in bagno» annunciò.

Anche Shapur Irani si alzò. Era troppo grossa per andare da sola.

«No» protestò lei. «Faccio da me.»

Senza sapere quale fosse la cosa giusta da fare, tornò a sedersi.

Banu lo superò, scusandosi per avergli pestato un piede. Percorse il corridoio tra le poltroncine, ma non si diresse verso l'uscita. Scostandosi i capelli dal viso, camminò invece verso lo schermo. Procedette in avanti a braccia tese, fino a toccarlo. Shapur Irani la seguì, imbarazzato dal profilo delle sue braccia ondeggianti davanti a tutta quella gente, e persino Chaplin, quel piantagrane senza età, si fermò per un momento, con un'espressione malinconica negli occhi.

Dopo l'episodio al cinema, Banu smise del tutto di parlare.

Settimane dopo, quando nacque il bambino, le doglie avevano un tono smorzato. Non era il suono della liberazione. Nel soffocare le grida, Banu cercava di trattenere anche il figlio. Non lo guardò finché Jeroo non glielo mise tra le braccia.

Ma riusciva a malapena a prendersi cura del bambino.

Si rifiutava di lavarsi, non cucinava né puliva, restava a letto a fissare le crepe nel muro.

E poi un giorno reagì, come un collo afflosciato che a un tratto trova le giunture e le articolazioni giuste.

Shapur Irani era contento. Banu fece la doccia, cucinò fagioli e patate. Mise persino Aspi nel letto in mezzo a loro, lo baciò sulla fronte e strofinò il naso contro il suo. Sorrise. Shapur aveva dimenticato il sorriso di sua moglie, le labbra carnose che prendevano vita, il viso che si rilassava di nuovo, le palpebre che si aprivano e si chiudevano come dovevano fare, non i freddi sguardi dei mesi passati che ricoprivano tutto di un biancore desolato.

Le accarezzò un braccio con un dito. Era una vita che non la toccava. Anche lei si protese e gli strinse la mano. Desiderava fare l'amore con lei, ma era troppo presto.

«Devo andare in bagno» disse, scivolando fuori dal lenzuolo grigio. Tornò presto, facendosi aria con il ventaglio di carta con il disegno del colibrì. Lo aprì al massimo, cercando di appiattire accuratamente le pieghe.

«Ti prego, non chiudere mai questo ventaglio» chiese a Shapur Irani. «Altrimenti l'uccellino comincia a gridare.»

11

2000

Alla tenuta, i braccianti si erano disposti in fila per ricevere la paga giornaliera. I primi erano sempre gli uomini, che avrebbero scialacquato il salario in un lampo, magari dopo aver tenuto stretti i soldi per un po' o addirittura pensato di metterli da parte casomai si fosse abbattuta su di loro una tremenda disgrazia. Una volta che gli uomini avevano riscosso, si facevano avanti le donne e Zairos metteva un segno accanto ai loro nomi sul libro mastro.

Sukhar, Navsia, Kasia... Laxmi, Sevanti, Saku...

Dopo aver preso i soldi, tutti iniziavano ad allontanarsi. Zairos notava che c'era qualcosa di stravagante nel loro modo di fare. Avevano l'andatura di chi non ha mai conosciuto la libertà. C'era una stentatezza costante nei loro passi, a tratti veloci, a tratti lenti, e camminavano sempre in fila indiana, come per paura che, se si fossero mossi naturalmente, il sogno di una vita migliore si sarebbe volatilizzato e una nuova casta di sovrani avrebbe preso il potere.

Ma l'andatura di Kusum era diversa.

Aveva trascorso la giornata a fissare una rete metallica intorno alla cima di lunghi pali di legno che venivano usati per raccogliere i chickoo dai rami più alti.

«Seth, tornerà a prendermi» disse Kusum.

«Chi?» domandò Zairos.

«Laxman. Non resterà buono e tranquillo.»

Dall'istante in cui si era svegliato, quella mattina, Zairos non pensava che all'aggressione a Laxman. Era stata una mossa audace, impulsiva, con strascichi imprevedibili. Forse era proprio quello il suo fascino. Zairos non provava rimorsi. Il che significava che non aveva fatto niente di male. Altrimenti avrebbe sentito qualcosa in petto, come il solletico al cervello della prima tirata di nicotina quando non fumava da un bel po'.

Avrebbe dovuto aspettare per vedere come sarebbe andata a finire. In una certa misura, avrebbe preferito che Kusum si fosse rivolta a un altro per chiedere protezione.

«Tuo padre aveva fratelli?» le domandò.

«No» rispose lei.

Dopo aver ascoltato il nonno la sera prima, Zairos si chiese se la protezione che aveva offerto a Kusum potesse fare la minima differenza. Banumai aveva avuto tutta la protezione che una donna potesse desiderare, tale era la ferocia dell'amore del marito, eppure il suo declino nella tristezza era stato così rapido da rendere l'amore del tutto inutile.

«Laxman non tornerà» decretò Zairos. «Non dopo un pestaggio simile.»

«Siamo abituati ai pestaggi» replicò lei.

Gli stava davanti come una bambina. Con entrambi i genitori morti, era esposta a tutto, solo la sua camicia gialla la copriva. Zairos si accorse che era la stessa che indossava la sera prima. Lasciando la capanna di Laxman, aveva perduto tutte le sue cose.

Come una persona con la casa distrutta da un incendio. Tutto ciò che le restava era la consapevolezza di respirare ancora. Al momento, aveva bisogno di beni materiali. Qualche camicia, una retina per capelli o due, e chissà che altro.

«Vieni con me» la invitò.

Salì in auto e mise in moto. Kusum armeggiò con la maniglia prima di capire come aprire. Quando oltrepassarono Villa Aspi, Zairos fece un cenno di saluto a sua madre, sull'altalena ad ascoltare dialoghi in francese con le cuffie. Si era sempre divertito a sentire gli zoroastriani straziare la lingua francese. La sua infilzata preferita era *eau de cologne*, che le vecchie signore interpretavano affettuosamente come "acqua di colon".

«Quella è mia madre» spiegò a Kusum.

Ma lei non alzò lo sguardo. Fissava le proprie caviglie e il tappetino di gomma disteso sul fondo del veicolo, nero come la notte.

All'altezza del salone Big Boss svoltarono a destra, in direzione del bazar, un serraglio mutante in cui germogliavano dal nulla negozi di ogni tipo. Un uomo vendeva martelli usati, un altro riparava sedili per veicoli a due ruote, una vecchia pesava riviste e quotidiani su una bilancia per smerciarli come carta straccia e un "ottico" metteva in mostra Ray-Ban taroccati. Quelle erano botteghe ambulanti, imprese individuali che si collocavano in base alla stanchezza delle gambe dei propri gestori.

Poi superarono l'ingresso principale della stazione di Dahanu, con il ronzio dei tuk-tuk che giravano forsennatamente in cerchio, talvolta senza passeggeri. Una volta oltrepassata la stazione, il bazar terminò e si aprì una lunga strada, la via più famosa e popolata di Dahanu, nota come Irani Road.

Irani Road si chiamava così perché gran parte del terreno era proprietà di un uomo di nome H.K. Irani. Laggiù, si poteva scorgere qualsiasi genere di irani: uomini con baffi a manubrio che camminavano col petto in fuori; vecchietti con bastoni da passeggio che salutavano persone a caso; e anziane dai capelli bianchi in vestaglia da casa che parlavano tra sé perché i mariti non erano più in vita, donne che esibivano un'aria di rassegnazione e chiedevano ai fiori stampati sulle vestaglie dove fossero finiti i vecchi tempi.

Zairos trovò parcheggio davanti al capannone della vendita all'ingrosso di Santosh. Scese, ma Kusum rimase in auto. C'erano troppe persone diverse da lei. E il sole era troppo alto. Certe volte la luce faceva un cattivo servizio, non sapeva proprio quando fosse tempo di ritirarsi.

«Dove siamo, seth?» domandò.

Non sopportava il ronzio degli scooter e dei motorini, la musica indù che proveniva a tutto volume da un appartamento al primo piano, gli pneumatici accatastati davanti all'officina del gommista. Guardò Zairos, il bianco abbacinante della sua camicia, ed ebbe paura di scendere. Lui voleva dirle che c'era anche qualche warli in giro, lo poteva vedere con i suoi occhi. Però quei warli stavano lavorando: portavano rami sulla testa o lavavano automobili. Lei invece era *dentro* un'automobile...

«Dovrai uscire» le ingiunse.

Lo disse con risolutezza. Adesso era un ordine, non una scelta, un'indicazione a cui non poteva opporsi. Pulì i fianchi dei piedi sul tappetino di gomma e scese, e la cosa fece sorridere Zairos: Kusum non voleva sporcare la strada.

Si posizionò dietro Zairos.

«Cammina al mio fianco» le disse.

Ma lei continuava a seguirlo. La vide allontanarsi dalla strada lastricata, tanto rovente da ustionarle le piante dei piedi.

«Non seguirmi, Kusum.»

Ancora una volta, chinò il capo. Ancora una volta, camminò dietro di lui a testa bassa.

«Quello è il caseificio dove mio padre mi comprava sempre il *falooda*» le raccontò, dubitando che avesse mai bevuto quella deliziosa miscela dolce di latte freddo, semi di *tukmaria*, una dose generosa di acqua di rose e una pallina di gelato alla vaniglia. «Vuoi assaggiarlo?» le chiese.

Senza alzare lo sguardo, scosse il capo. Zairos pensò che avrebbe fatto meglio a non dirle il nome della strada. Ai molti gujarati, marwari, musulmani, giaini e indù che vivevano lì non importava, ma Kusum era diversa da loro. Passo dopo passo, la testa le scendeva sempre più in basso.

Quando sfilarono davanti a un negozio di abbigliamento, alzò lo sguardo e dardeggiò un'occhiata al manichino in vetrina. Lo fissò un attimo e poi si voltò, quasi temesse che da un momento all'altro la donna di plastica con i jeans potesse muoversi e parlarle.

Zairos si fermò a un chiosco e chiese due noci di cocco. Kusum bevve l'acqua, versandosi alcune gocce sulla camicia proprio quando una parente alla lontana di Zairos, una giovane donna di nome Roxanne, si parò dinanzi a loro.

«È la tua ragazza?» domandò Roxanne, conosciuta anche come GP, il Gazzettino dei Pettegolezzi.

«No» rispose Zairos. «È la mia professoressa d'inglese.»

«Davvero?» replicò Roxanne, aggiustandosi la maglietta color crema e togliendosi gli occhiali da sole per guardarla meglio, la pelle rosa paonazza per il sole. «Ha proprio un bel fisico.»

«Allora potresti imparare da lei.»

Non era certo il commento più educato, specialmente considerando che Roxanne era in carne e, per un certo periodo, avrebbe voluto sposarsi con lui. Ma Zairos non poteva permettersi di incoraggiarla. A prescindere da cosa le avesse detto, alla fine della giornata Roxanne avrebbe elaborato comunque la propria versione dei fatti, più completa di qualsiasi voce dell'Enciclopedia Britannica.

Si allontanarono dai denti e dalle guance rosa di GP e raggiunsero una venditrice a lato della strada che aveva tutte le cianfrusaglie di cui una warli avesse bisogno. La merce era disposta in terra, su un telo bianco.

«Prendi tutto quello che ti serve» le suggerì Zairos.

Kusum rimase impietrita accanto a un tizio alto in camicia marrone e pantaloncini. Si nascose dietro l'uomo, ma questi si chinò per guardare un braccialetto e quella fu la fine della sua copertura.

Zairos sapeva che stava a lui cominciare.

Il primo oggetto che raccolse fu uno specchio rosa con una grande cornice. Lo porse a Kusum, incoraggiandola a guardarsi. Dopo di che, scelse due pettini neri, uno con i denti radi e l'altro con i denti fitti.

Vedendo che Zairos aveva le mani occupate dallo specchio e i due pettini, Kusum si piegò lentamente e scelse tre teli, tutti di un monotono grigio, per coprirsi sotto la vita. Guardò in direzione del padrone per sapere se potesse andare bene e, per darle conferma, Zairos prese un cestino rosso in vendita, vi mise lo specchio e i pettini, e lei vi unì i teli grigi. Aggiunse poi elastici per i capelli, *kajal* e alcuni bindi, mentre la venditrice sedeva a gambe incrociate e aspettava, l'espressione annoiata in volto a suggerire che avrebbe preferito trovarsi in alto mare a lottare con le onde e acchiappare pesci, piuttosto che vendere trucchi e camicette su Irani Road.

Quando tornarono all'auto, Zairos mise il cestino rosso nel bagagliaio. Una volta oltrepassata la concessionaria di trattori Mitsubishi, l'aria divenne molto più pulita. Zairos notò che, se la macchina acquistava velocità, Kusum si aggrappava al sedile con ambo le mani, mentre, quando prendeva una curva improvvisa, si scansava dallo sportello.

«Non avere paura» le disse.

«Non ho paura.»

«La volta scorsa eri più tranquilla. Perché adesso sei spaventata?»

«Preferisco camminare, seth. Sono abituata ad andare a piedi.»

«Dovevamo fare molta strada. Se avessimo dovuto camminare dalla piantagione a Irani Road, ci sarebbe voluto troppo tempo.»

«Forse non c'era bisogno di allontanarsi tanto» ribatté lei.

Zairos deviò dalla strada principale, fermandosi sulle radici di un vecchio albero dal tronco segnato con un impiastro giallo, il che significava che era sacro o che vi aveva avuto luogo una cerimonia di qualche tipo. Un carretto trainato da buoi passò traballando, l'uomo avvizzito a cassetta aveva l'aspetto stanco e sferzato dei suoi animali.

Era il momento di spegnere il motore. Il momento di affrontarla.

Doveva mostrarle il suo volto senza indossare lo smalto del padrone, farle capire che era libera di fare e dire tutto ciò che voleva.

Magari Zairos non doveva parlarle. Doveva toccarla.

Con una mano ancora sul volante, lentamente tese l'altra verso Kusum, verso le sue guance, e lei chiuse gli occhi, palesemente nervosa, come lui del resto. Zairos lasciò la mano dov'era e con la punta delle dita le sfiorò l'orecchio, percependo il suo respiro dal naso, o forse dalla bocca, sulla pelle dell'avambraccio.

«Lo sapevo» sentì una voce esclamare.

Era GP sullo scooter, grassa come un pinguino, gli occhiali da sole tondi poggiati sul naso, pronti a scivolare via disgustati.

«Non hai proprio il minimo senso del pudore?» domandò a Kusum in marathi.

«Credo che dovresti farla a me quella domanda» ribatté Zairos. «E la risposta è no.»

Si chiese se esistesse una parola in marathi per "pinguino".

Avrebbe dovuto aspettarselo. GP traeva piacere da situazioni simili. Amava gli scandali. E se non esistevano, ci pensava lei a fabbricarli.

Zairos guardò Kusum, sperando che non si fosse lasciata intimorire.

Invece sì. Si era fatta piccola e le sue mani erano giunte in un'inconsapevole preghiera.

Pensò di ripartire, ma avrebbe solo fatto il gioco di GP.

Poi si rese conto che non si trattava né di lei, né di se stesso.

Kusum doveva capire che era dalla sua parte. Quello le avrebbe dato il coraggio di tornare a essere visibile.

«Si chiama Kusum» annunciò a GP.

La sua voce non sembrava sulla difensiva. Era tenera; come se stesse presentando una conoscente. Questa donna è più tosta di tutte voi, sembrava voler dire. E più bella.

«Va tutto bene, Kusum» le disse. «Non preoccuparti.»

Ora non c'era più bisogno di andarsene.

Spense finalmente il motore. Rimase solo il balbettio dello scooter di GP e lei non ebbe altra scelta che balonzolare via.

Quella sera, Zairos era sulla spiaggia, e si proteggeva gli occhi dalla sabbia. Aveva riaccompagnato Kusum ed erano di nuovo in due mondi diversi. Lei, in una capanna senza finestre, e lui, dinanzi al vasto mare inespugnabile.

Aveva fatto il suo dovere.

Le aveva comprato pettini, uno specchio e tre teli grigi: una protezione più che sufficiente contro Laxman.

Adesso era sulla spiaggia, dove la brezza salmastra leniva la stanchezza del giorno, e i popoli dei paesi al di là del Mar Arabico sperimentavano lo stesso sollievo. Persino i prigionieri stanchi, con la testa poggiata contro le pareti di pietra, erano sfiorati dalla brezza marina e le donne sotto il *burqa* sollevavano il velo di qualche centimetro per lasciarla trapelare. Sabbia e vento creavano magie che nemmeno Dio aveva previsto.

La spiaggia era un rituale irani. Una volta svegliatisi dal sonnellino pomeridiano e completato il giro di ricognizione obbligatorio della piantagione, tutti gli uomini irani andavano al mare. Era l'uscita della sera. Decine di anni prima, trottavano sulla spiaggia a bordo dei loro tonga. Adesso i cavalli erano stati rimpiazzati dai motori, ma certe cose non cambiavano mai, come le stuoie di paglia e le bottiglie di whiskey.

Aspi Irani sedeva su una stuoia in compagnia di Mithoo, il secchiello del ghiaccio a dividerli. Mithoo studiava per l'esame Montessori mentre Aspi Irani osservava i cubetti di ghiaccio per decidere quale mettere nel bicchiere di whiskey. Quando ne individuò uno di suo gradimento, immerse la mano nel secchiello e lo pescò. «Usa le pinze, Aspi» protestò Mithoo. Così Aspi prese le pinze e le usò per grattarsi i piedi. Mandò giù il primo sorso di whiskey, poi puntò le pinze verso una barca arenata sulla riva. «Queste pinze sono davvero utili» disse alla moglie.

Ad alcuni metri di distanza, le donne, per lo più nubili, stavano raggomitolate su un'unica stuoia. Nutrivano tutte il sogno di fuggire da Dahanu Road e trasferirsi in Francia o in Svizzera, o quanto meno a Bombay; alcune delle loro amiche c'erano riuscite e se n'erano andate, purtroppo non a Parigi o Ginevra, ma a Halifax o nel New Jersey, solo per morire di freddo e avere nostalgia del caldo di Dahanu Road. Alcune di quelle presenti erano di una bellezza acqua e sapone, con nomi quali Navaz o Farzeen; altre erano tutte agghindate, il rossetto di un rosso così pacchiano da poter passare per battone da marciapiede.

«*Je suis un homme!*» gridò loro Aspi Irani.

«Molto bene, caro» considerò Mithoo. Erano le uniche parole in francese che il marito conoscesse.

Mentre le ragazze sognavano di volare in paesi lontani, in alto sopra le loro teste Xerxes il dentista si librava sopra i pini sul suo motoaliante rosso e blu. Anni prima, quando la gente lo vedeva sulla spiaggia a costruire il suo velivolo usando il motore truccato di un ciclomotore Java, lo aveva preso per pazzo. Poi un giorno aveva preso il volo, senza nemmeno un portello a proteggerlo, solo il cielo sterminato da ambo i lati, un dentista pazzo che digrignava i denti, con il casco rosso calcato sulla testa come un copricapo da preghiera di velluto, che offriva un posto a chiunque avesse il fegato di fare un giro con lui.

Mentre Xerxes tosava le cime dei pini, più sotto il

whiskey riempiva le pance degli irani e Zairos udì il grido di un bambino di dieci anni a cui il padre, Tehmuras lo zoppo, aveva mollato un ceffone sotto gli occhi di tutti.

«Questo stupido bastardo continua a esser bocciato all'esame» ruggì Tehmuras.

Frenny, una maestra elementare dai capelli argento, si drizzò dalla stuoia e disse: «Tehmuras, te l'ho già detto mille volte, tuo figlio è dislessico. Ha difficoltà di apprendimento. Mostra un po' di compassione.»

«Gli irani non sono famosi per la compassione» commentò un giulivo Aspi Irani. «Saremmo dei nazisti coi fiocchi. Tranne per il fatto che siamo troppo pigri per uccidere e abbiamo un quoziente intellettivo così basso che invece di gassare gli ebrei, ci gasseremmo *da soli*.»

Con un tempismo perfetto, Marzi Psycho apparve a bordo della sua jeep, la pelle diafana e lo sguardo sfuggente. Tutte le sere, chiudeva la porta principale di casa con un pesante chiavistello Godrej, cosa di per sé strana, ma la ciliegina sulla torta, anzi, la macedonia intera, era che la moglie restava chiusa dentro. Lei non aveva il permesso di uscire di casa la sera.

«Marzi!» esclamò Aspi Irani. «Hanno chiamato i talebani. Hanno ricevuto il tuo curriculum e ti manderanno presto un permesso di lavoro!»

Uno a uno, la spiaggia si riempiva di questi fenomeni indecenti, uomini senza aspirazioni, che si lasciavano funestare dal tempo e andavano sulla spiaggia tutte le sante sere.

Le donne sulla stuoia di paglia d'un tratto si voltarono tutte in direzione di Zairos. Le più giovani ridacchiarono e le più vecchie ostentarono una specie di sdegno. Zairos ne conosceva il motivo. GP era tra di loro. Lui non aveva fatto altro che consolare Kusum offrendole il calore del suo palmo, ma l'avidità di GP per il veleno aveva trasformato quel gesto in qualcosa di più vendibile. Presto il suo nome sarebbe stato sulla bocca di tutte le donne irani: che persona ignobile, che umiliazione, che questo, che quello.

In un certo senso, facevano il suo gioco. Voleva che la gente sapesse.

Zairos fissò la barca abbandonata sulla riva. La sua posizione inclinata era quasi commovente, estremamente desiderosa di un contatto umano. Il ronzio dell'aliante di Xerxes si attenuò, il più lontano possibile da gengive e canali radicolari; anche Zairos voleva essere lontano, lontano da tutto, e non si sentiva né felice né infelice, né sereno né irrequieto, solo una persona che aveva paura di guardare le bestie intorno a sé perché era esattamente ciò che era predestinato a diventare.

12

Nel cuore della notte, Zairos andò a sedersi accanto a suo nonno. Aveva appena assistito a un banale dramma umano. Quando era arrivato a casa di Shapur Irani, un paio d'ore prima, la sedia a dondolo era vuota, la porta principale aperta. Entrando, Zairos aveva trovato il nonno disteso a terra che cercava di rimettersi in piedi. Voleva andare in bagno e si era sporcato.

Scappa via. Questo era stato il primo pensiero di Zairos.

Shapur Irani, da fiero generale qual era, non avrebbe concesso a nessuno di avvicinarsi quando non stava bene. Solo il domestico, Lakhu, aveva il permesso di aiutarlo, ma quel giorno era andato a un matrimonio. Zairos voleva fuggire, ma quando aveva visto il nonno carponi che tentava di rialzarsi, l'aveva sollevato e accompagnato in bagno. Nessuno dei due si era fatto sfuggire una parola.

Le macchie di merda. Il lento declino che si accompagna alla vecchiaia.

Shapur Irani adesso sedeva sulla sua comoda sedia, una carcassa mortificata, sfinita. Quell'uomo, un tempo altissimo, un tempo muscoloso, aveva il fiato corto. Rimuginava. La pelle aspettava solo di staccarsi dallo scheletro, ma non ne aveva il permesso perché il declino non era completo.

«Banu» sussurrò.

Zairos avrebbe tanto voluto vedere che aspetto avesse la nonna, ma non esistevano fotografie successive al suo primo incontro con Shapur Irani. Il marito non gliene aveva mai scattate, neanche il giorno del matrimonio. «Quando vivi con qualcuno per tanti anni, non ne hai bisogno» aveva detto a Zairos. E comunque le fotografie erano una rozza imitazione, era come guardare la verità da un'unica prospettiva. Banu si muoveva ancora nella sua mente, danzava dentro e fuori dalla sua vita. Ma quando il nonno pronunciava il suo nome, Zairos non poteva sapere quali emozioni vi si celassero.

«Vorrei andare...» annunciò Shapur Irani.

Zairos si protese, fece scivolare le mani sotto le ascelle del nonno per issarlo.

«No» protestò Shapur Irani. «Non in bagno.»

Zairos capì.

«Più desidero andarmene, più il corpo mi trattiene qui. Ricorda bene, Zairos. Chi è impaziente di morire vive più a lungo.»

Zairos portò un bicchiere d'acqua al nonno. Non sapeva cos'altro fare. Era lo stesso bicchiere da anni, con un piattino di plastica rosa a coprirlo per impedire che vi cadessero le mosche. Quando Shapur Irani beveva, lo faceva in maniera esitante, sapendo che l'acqua alimentava la vita dentro di lui, ed era l'ultima cosa che volesse.

«Io Banu non l'ho mai capita» ammise. «Avrei dovuto comprendere i suoi sogni.»

Quella era una delle frasi che il nonno diceva inconsapevolmente e Zairos avrebbe fatto male a dargli spago. Una sera, dopo essersi addormentato sulla sedia a dondolo, proprio quando Zairos stava per andarsene, il nonno aveva detto: «Non bere da quella tazza.

È l'ultima tazza di Khodi. Ho messo un'etichetta sul fondo.»

Shapur Irani si strinse la pancia e fece una smorfia.

«Vado a chiamare il dottore?» domandò Zairos.

«Torna a casa, Zairos. Va' a letto.»

«Stanotte dormo qui, pa.»

«Va' a casa. Sto bene.»

«Vorrei raccontarti una cosa. Ti va di ascoltarla?»

Shapur Irani fece un lento cenno col capo, le setole bianche delle sopracciglia rivolte all'insù. Zairos raccontò al nonno di Kusum e di cosa aveva fatto a Laxman.

Shapur Irani non proferì parola. Ascoltò e basta.

Alla fine del racconto, c'era una pesantezza nell'aria, come il silenzio che segue la bordata dei cannoni.

Per la seconda notte di fila, Shapur Irani riceveva una lezione di umiltà dal proprio intestino. Era di nuovo in catalessi, quello stato di morte apparente in cui piombano gli uccelli quando perdono un'ala.

«Dal momento in cui scoprii come si chiamava, capii che dovevo farla mia» disse. «Era davvero la mia Banu-Pars, la mia Signora di Persia.»

Il suo amore era un'unica ferita profonda, prodottasi colpo dopo colpo. Era il prezzo pagato da un uomo per essersi concesso a un'unica donna con un simile abbandono.

«Ero incapace di parlare alla mia Banu» spiegò Shapur Irani. «Invece Dickens, lui sapeva come raggiungerla. Dickens la capiva meglio di me, e Banu credeva che gli importasse di lei. Ma ti garantisco che nessuno ha mai amato tua nonna più di me. Nessuno ha mai amato una donna così… così… come si dice? Dimmi tu qual è la parola giusta, figliolo.»

Se solo avesse potuto trasmettere quel sentimento

al nipote. Se solo fosse riuscito a prendere uno di quei grossi tubi neri che percorrevano tutta la piantagione, attaccarne un'estremità al cuore e lasciarlo fluire verso Zairos, ne sarebbe scaturita una valanga così violenta, un boato così potente da scuotere la ciminiera della centrale termoelettrica.

«L'amavo, ma non la capivo» proseguì. «E Dickens le offriva una via di fuga.»

«Da cosa?» chiese Zairos.

«Vorrei saperlo anch'io.»

«Allora forse non era questione di fuggire.»

«Come lo sai?» domandò Shapur Irani.

C'era rabbia nel suo tono di voce. Non era diretta a Zairos. Si era fermata lì, a mezz'aria, e conteneva abbastanza veleno da uccidere un insetto.

«Almeno sai cosa ho fatto? Adesso te lo racconto. Devi saperlo.»

Zairos non aveva mai sentito il nonno parlare in quel modo. La confessione era lontana galassie dalla sua natura. La confessione era un fallimento, un atto di vigliaccheria, qualcosa di simile alla lebbra. Ma l'intestino l'aveva temporaneamente destabilizzato.

«Una sera, mentre leggeva, le dissi: "Banu, vieni a letto". Non mi rispose. I bambini dormivano. Dissi ancora: "Banu, ti prego, non mi sento bene". Lei ribatté: "Arrivo tra un minuto. Sono alla fine di questo libro". Era un volume dalla copertina azzurra. E continuò: "È un libro molto interessante, Shapur. Parla di un uomo: sua moglie si è suicidata e lui è così addolorato da non riuscire a parlare. Poi, una notte la sogna e le chiede perché si sia uccisa. La donna gli risponde di averlo fatto perché lui non la capiva. Era stato *lui* a ucciderla, con la sua mancanza di comprensione. È il romanzo più bello che abbia mai letto, Shapur. Dovresti leggerlo anche tu". Non so cosa mi successe, ma quando disse "Dovresti leggerlo anche tu", andai su tutte le furie. Mi alzai, raccolsi tutti i libri dal pavimento e li gettai in un mucchio fuori di casa. Lei iniziò a gridarmi contro, e siccome non avevo mai sentito Banu alzare la voce, mi spaventai ancor di più. Credevo che i libri fossero un male perché la stavano trascinando nella pazzia, perciò mi sbrigai. Andai in cucina, presi dell'olio per cucinare e una scatola di fiammiferi, e poi uscii. Quando vide i fiammiferi, prese a strillare ancora più forte. Le misi la mano sulla bocca per zittirla e a quel punto Khodi entrò nella stanza. Al che uscii e sprangai la porta. Versai l'olio su Dickens e sulle sue favole e iniziai a pregare. Pregai a lungo, versando altro olio, e appiccai il fuoco ai libri. Fu uno scempio, una pira di libri in fiamme. Continuai a pregare mentre Banu osservava dalla finestra. Dopo un po' smise di gridare. Io vivrò a lungo, Zairos. Molto a lungo.»

13

Nei pomeriggi d'estate, Dahanu era una pentola d'acqua bollente. Così calda che la carne si struggeva, colava da braccia e gambe, come gli abiti larghi ricadono a terra. Ai vecchi tempi, prima dei ventilatori al soffitto, gli irani mangiavano cocomeri e si mettevano i gusci capovolti sulla testa, per rinfrescarsi. A Zairos venne voglia di fare lo stesso nel vedere il sudore grondare sul pavimento del chiosco di Anna.

In fuga dalla stessa calura, un cane bianco aveva trovato riparo in un tuk-tuk ribaltato senza ruote. Altri cinque randagi, tutti marroni, che si aggiravano per la zona o se ne stavano distesi come regine nelle loro pozze di fango, mangiavano i biscotti secchi spezzettati che Zairos lanciava loro. Dall'officina meccanica di Manu proveniva il clangore del metallo. Le scintille sprizzavano dal saldatore, mentre gli addetti della pompa di benzina lì accanto gironzolavano in uniforme marrone, con il grasso in faccia.

All'Anna's, una volta arrivati i clienti abituali col doppio mento, la fronte imperlata di sudore, i baffi a manubrio e gli occhiali da lettura con la montatura argentata, Merwan Mota aprì l'astuccio azzurro dell'insulina e sollevò la camicia bianca fino a posare il pallone rosa della pancia sul bancone. Poi si praticò un'iniezione nell'addome e lasciò l'ago infilato. «Guardate» esclamò. «Senza mani.»

Aspi Irani non staccava gli occhi dal libro che Keki l'italiano stava leggendo. Camus aveva ceduto il posto a Hamsun e, quando Aspi Irani lesse il titolo, *Fame*, indicò Merwan Mota, che a quell'ora aveva già spolverato una dozzina di litchi, e disse: «Merwan quel libro saprebbe scriverlo meglio. Ha un'esperienza diretta». Ma presto venne attirato nel Casinò Mobile con il fratello e altri devoti giocatori d'azzardo. Il motore era acceso e il condizionatore alla massima potenza. C'erano state lamentele dagli abitanti degli appartamenti sopra l'Anna's, come pure dalla casa di riposo e, in risposta alle proteste, Aspi Irani aveva installato un "corno di bufalo" nel Casinò Mobile. Schiacciava il corno ogni ora, con la precisione del Big Ben: il forte grugnito di un bufalo ricordava agli abitanti che il Casinò non si sarebbe spostato. Anzi, aveva trovato una voce.

Zairos giocava a *carrom* con Behrooz, che si grattava la schiena con un cacciavite che aveva preso nel suo negozio di ricambi lì vicino. La pedina battente d'avorio blu scivolò sul tavolo e sfiorò delicatamente la regina, che cadde in buca, con grazia. Tutte le volte che Behrooz sbagliava un colpo, il che succedeva spesso, sbottava in un insulto in farsi, una lingua così dolce da far sembrare benedizioni persino le bestemmie.

Una vecchia Fiat nera si fermò davanti all'Anna's. Manu, che si stava riposando contro il tuk-tuk ribaltato, scattò velocemente in piedi. Immaginava che l'auto avesse bisogno di riparazioni. Una donna, con indosso una *salwar kamiz* verde, scese dall'auto e si diresse difilato verso il tavolo da carrom.

«Chi di voi è Zairos?» domandò.

Zairos era sicuro che l'avesse riconosciuto. Non si erano mai parlati, ma a Dahanu tutti conoscevano tutti. Havovi veniva da Bangalore e aveva sposato un promettente avvocato di Bombay. Erano arrivati a Dahanu in luna di miele e, ancor prima che la vacanza fosse finita, la donna aveva presentato istanza di divorzio. Stando al proprietario del Pearl Line Resort, Havovi aveva beccato il marito con una donna delle tribù. Dopo di che era rimasta a Dahanu, il luogo stesso che aveva distrutto il suo matrimonio, prima ancora che iniziasse veramente.

«Chi di voi è Zairos?» chiese di nuovo.

«Sono io.»

«Mi chiamo Havovi» si presentò lei, asciugandosi il sudore dal labbro superiore.

«So chi è lei.»

«Bene. Allora sa anche che appartengo a un'organizzazione per i diritti dei warli.»

«Sì» rispose Zairos. «Lei è famosa.»

Havovi doveva essere stata una donna attraente ai suoi tempi, ma adesso aveva troppe vene sul collo e sulla fronte, un effetto forse della rabbia che doveva aver provato nel vedere una donna delle tribù avvinghiata al marito.

«È stata sporta denuncia contro di lei» disse. «Da un uomo di nome Laxman. Lo conosce?»

«Lo conosco.»

«Ha detto che lei e altri uomini lo avete aggredito di notte nella sua capanna. Lo avete pestato e avete portato via sua moglie.»

Behrooz fissò Zairos, sbalordito. Prese il cacciavite e si grattò il collo.

«Be', l'ha aggredito o no?» domandò Havovi.

«Non sono tenuto a risponderle» ribatté Zairos.

«È stata sporta denuncia alla polizia. Sto portando Laxman con me alla centrale. Allora, ha niente da dire?»

Quell'uomo picchiava sua moglie ed era giunto il momento che qualcuno lo riducesse in poltiglia. Non era una faccenda da portare davanti al giudice perché non riguardava i diritti dei warli. Si trattava di impedire che una donna diventasse nerobluastra.

Ma Zairos tenne la bocca chiusa.

Merwan Mota, invece, aveva qualcosa da dire.

Si manifestò nella forma di uno strano suono, il risucchio da una bottiglia di Pepsi da un litro. Tracannava con passione e avidità, come se la bottiglia contenesse ossigeno. Dopo averla svuotata, la accartocciò e la gettò a terra.

Poi Bumble calò appena i Ray-Ban e piantò le mani sui fianchi, una posa che cercava di perfezionare da quando aveva undici anni. Soffiò il fumo di sigaretta su tutto il tavolo da carrom. Era costipato e aveva fumato dieci sigarette in due ore, nella speranza che alleviassero il suo disturbo.

«Havovi» disse. «I warli conoscono un rimedio contro la stitichezza?»

«Credete che sia uno scherzo?» chiese lei.

«No» replicò Zairos. «Siamo dalla stessa parte. Lei sta proteggendo il marito. Io proteggo la moglie.»

Ma poi si morse la lingua.

Non era una questione di schieramenti, di giusto o sbagliato. Quella donna poteva creargli dei guai. Be', non vedeva l'ora. Talvolta il beduino del deserto non aspetta altro che essere accecato dalla sabbia.

L'indomani, all'Anna's, mentre le mosche si facevano strada attraverso il fumo di sigaretta come cacciabombardieri tra le nubi, Zairos attese che la polizia si facesse viva. Preferiva che lo trovassero lì piuttosto che a Villa Aspi, dato che la cosa avrebbe sicuramente turbato sua madre. Perciò si trattenne al chiosco il più a lungo possibile.

Dei cani randagi che avevano preso dimora all'Anna's non c'era nemmeno l'ombra. La loro scomparsa improvvisa poteva significare una cosa soltanto: il circo era in città. Leoni e tigri dovevano essere nutriti e, di notte, i randagi venivano rapiti dagli abitanti del posto che si improvvisavano fornitori di carne.

Keki l'italiano sfoderò la copia di un nuovo libro, *Così parlò Zarathustra* di Nietzsche. «Non ha niente a che fare con il nostro profeta» affermò. Ma il titolo entusiasmò tutti, in particolar modo Aspi Irani che, dopo averne lette alcune pagine, partì in auto e tornò con un Sony due-in-uno. Premette *play* e, mentre Anna friggeva il ripieno di patate dei vada in un mare di olio, la musica classica riecheggiò per la prima volta tra le pareti del chiosco.

«È di un compositore chiamato Strauss» spiegò. «S'intitola *Also Sprach Zarathustra* e nemmeno *questo* ha a che vedere con il nostro profeta.»

Poi seguì un'altra canzone, un pezzo rock dei Queen il cui leader, Freddie Mercury alias Farrokh Bulsara, era parsi. «Quest'uomo è la bocca della verità» aggiunse Aspi Irani, mentre si univa ai suoi amici zoroastriani a intonare *Fat-bottomed Girls*.

Ma il riferimento al sedere delle ragazze non ebbe effetto su Anna, che non era del suo solito umore. Il sorriso alla Clark Gable era sparito, perché sua moglie era tornata a Udipi per badare alla madre morente. Quando Anna versò il tè per Zairos dall'alta caraffa d'acciaio, lo fece senza gioia. Anche il tè aveva un sapore diverso; aveva assorbito la sua nostalgia.

Alla fine della giornata, Zairos dovette tornare alla tenuta per dispensare i salari. Era deluso che la polizia non fosse venuta. L'attesa era logorante, come una zanzara intrappolata nel condotto uditivo.

Quando vide che Kusum non era in fila, Zairos lasciò il denaro e il libro dei conti a Damu e si diresse verso la sua capanna. La vecchia Rami era accovacciata a fumare un bidi. Quando serrava le labbra, un dente diabolico spuntava in fuori. Una scopa di saggina poggiava contro la parete della capanna, le fragili setole insufficienti a sostenerne il peso.

«Dov'è Kusum?» domandò.

«Al lavoro» rispose Rami.

«Vengo dalla piantagione. Perché stai mentendo?»

«Seth, avete fatto abbastanza per noi.»

«Le è successo qualcosa?»

Rami aspirò un lungo tiro dal bidi. Poi lo tenne lontano da sé, esaminandolo per un bel po'. Si strofinò la fronte col palmo della mano. I suoi gesti erano lenti e deliberati.

«È dentro, non è vero?» domandò Zairos.

«Seth, non avete fatto una cosa saggia a picchiare Laxman. Kusum è giovane e col tempo capirà che quello che vi ha chiesto di fare era sbagliato.»

«Laxman le ha fatto qualcosa?»

Zairos avrebbe dovuto ascoltare Kusum. Lo aveva avvisato che Laxman sarebbe tornato a prenderla e lui si era limitato a comprarle pettini e vestiti.

Due donne della capanna vicina fissavano Zairos. Non si capiva se a farle accigliare era il sole al tramonto o la sua presenza. Stavano praticamente immobili.

«Kusum» chiamò.

Non ci fu risposta. Un cane trotterellò ansimando vicino a Zairos, la lingua pesante che gli penzolava dalla bocca. Anche un vecchio dai capelli color talco passò di lì, masticando qualcosa.

«Le ha messo le mani addosso?» incalzò Zairos.

Aveva preso la faccenda troppo alla leggera. Adesso la negligenza gli torceva le budella, imbizzarrita come un cavallo pazzo.

«Cosa pensavate che avrebbe fatto?» ribatté Rami. «Che se ne sarebbe stato a guardare mentre le portavate via la moglie? Solo perché siete un seth non significa che siate un dio. Voi non avete poteri divini. Persino gli dèi sono impotenti.»

«Falla uscire o entro io.»

Ma Zairos non ne ebbe bisogno. Kusum emerse dalla capanna.

Aveva una chiazza pelata su un lato della testa, rossa, delle dimensioni di un grosso arancio. Quel bastardo le aveva strappato i capelli.

Kusum si avviò verso Zairos, ma si fermò a qualche metro di distanza.

Zairos non riuscì a trovare la forza di abbracciarla. Guardavano tutti. Rami. Il vecchio che biascicava. Le due donne immobili della capanna vicina.

Per oltre un'ora, Zairos attese tra i cespugli che Laxman comparisse. Adesso capiva come si fosse sentito Ganpat. Laxman tingeva il corpo di sua figlia a furia di pugni, e non c'era niente che potesse fare. Ecco perché Ganpat aveva le spalle cadenti. Portavano il peso della vergogna delle violenze che la figlia era costretta a subire.

All'altro capo del villaggio, gli uomini sedevano in cerchio e si passavano una pipa. Laxman poteva essere tra di loro. Era difficile a dirsi. Anche se Zairos l'avesse scorto, non c'era niente che potesse fare. Il solo fatto di trovarsi lì era degradante. Laxman aveva costretto un seth irani a nascondersi tra i cespugli. Se il nonno lo avesse visto, sarebbe saltato giù dalla sedia a dondolo con un ruggito. Avrebbe appiccato il fuoco all'intero villaggio, come ai libri di sua moglie.

Probabilmente Chambal il dacoit aveva ragione. Ferire un uomo era come gettare benzina sull'alito del drago, centuplicare la sua furia. Zairos non aveva preso in considerazione la possibilità di parlare con Laxman. Anche perché non sarebbe servito a nulla. Per ogni ciocca di capelli che strappava, Laxman stringeva in pugno l'estensione della propria follia. Se non riusciva a vederla, se non vedeva il danno che aveva procurato quando la prova giaceva nella sua stessa mano, allora non c'erano parole che potessero sfiorarlo, nemmeno se distillate nel liquore che amava tanto.

I warli non sembravano curarsi nemmeno più dell'ira degli dèi. Zairos non li biasimava. Appena pochi giorni prima, aveva visto Damu camminare per la tenuta portando in mano una specie di idolo dipinto. L'uomo voleva tenere una cerimonia religiosa nella sua capanna e aveva preso in prestito l'idolo da un vicino.

Pareva che gli dèi cominciassero a scarseggiare. Non ce n'erano abbastanza in giro, nessuno teneva più il conto dei peccati.

Alla fine, Laxman uscì dalla capanna. Era frastornato, così ubriaco da non riuscire a reggersi in piedi. Zairos fu accolto da un'ebbrezza ridicola. Sapeva di non potersi abbassare a combattere con un warli. Era inaudito.

E comunque, la violenza si era dimostrata inutile.

Adesso, l'unica cosa che poteva fare era stringere il corpo di Kusum sotto il chiaro di luna e guardare i lividi sbiadire, come una stagione si stempera lentamente in quella che segue.

Quella notte Zairos non si sentiva come un seth. Era una pedina impotente, un uomo come tutti gli altri, con un bicchiere di whiskey in mano. Mentre sedeva in veranda, il Rajdhani Express sfrecciava oltre Dahanu Road, un rettile dal grido acuto e penetrante. Cinquant'anni prima, Zairos avrebbe potuto ordinare a Laxman di saltare sotto il treno e l'uomo avrebbe obbedito. Se avesse opposto la minima resistenza, qualcuno ce l'avrebbe spinto e la questione sarebbe stata sistemata. Oggi, a rimetterci la pelle poteva anche essere Zairos, un uomo ben vestito che cercava di spacciarsi per padrone.

Il suo chiodo fisso era Laxman che strappava i capelli a Kusum.

Non riusciva a prendere sonno. Non erano i sogni a perseguitarlo. Quella visione, così chiara, lo costringeva a letto, gli occhi sbarrati per l'impotenza.

L'indomani mattina, mentre camminava verso il bungalow del nonno, la sua rabbia continuò a montare, erompendo come una mina ovunque posasse i piedi. Il tè si raffreddò più in fretta del solito, il cardamomo e lo zenzero si rivelarono inefficaci, mentre aspettava che Kusum si facesse viva. Passeggiò per la piantagione, la sofficità della luce mattutina incapace di placare il tremore nelle sue ossa.

Non appena la vide, si diresse da lei senza curarsi di chi stesse guardando.

Voleva scappare dalla tenuta, dalle sue vasche e i suoi tubi neri, verso un luogo senza irani, dove nessuno avrebbe riconosciuto né lui, né lei.

Il viaggio in auto fu silenzioso e sereno, Kusum stava seduta al suo fianco con uno sguardo sconfitto. Era la pura accettazione dell'ineluttabilità del dolore, una tosse secca di cui non si sarebbe mai liberata. Non appena raggiunsero il centro abitato, nella testa di Zairos era già evaporata ogni singola misura da poter prendere per impedire che a Kusum venisse fatto del male.

Era l'alba, ma Dhenu Gram era sveglia già da molto tempo. I portoghesi e gli inglesi avevano imperversato lungo le sue strade per secoli, ma l'unico segno tangibile della loro presenza era la fortezza del Maratha, che adesso fungeva da prigione cittadina.

Le strade erano estremamente anguste, fiancheggiate da case. Usurai marwari, avvocati di mezza tacca, sacerdoti giaini e funzionari governativi vivevano lì, si scambiavano convenevoli dai loggiati, distesi sulle brande, i quotidiani gujarati sui pancioni ondeggianti, ronfando come i bambini delle fiabe, i ciuffi di capelli che svolazzavano sotto la brezza dei ventilatori da tavolo, mentre i domestici svolgevano incombenze su biciclette Hero e i cuochi inspiravano l'aroma penetrante delle pietanze dei rivali, frammisto all'odore di tabacco che aggrediva le mucose. E intanto le pance dei padroni crescevano, montagne d'orgoglio, finché non si destavano dal loro pisolino col sorriso di chi è stato coccolato, pulito e nutrito.

Come all'Anna's, le lingue si scontravano l'una con l'altra, certi giorni come in un incidente ferroviario, certi altri in miscele saporite che facevano rintoccare le campane del tempio e sprofondavano in *laddu* gialli e altri dolcetti; i giaini cercavano di non lasciarsi inquinare, i marwari accoglievano ogni contaminazione e strage di parole, e l'anidride solforosa dalla centrale termoelettrica ricopriva le lingue, conferendo loro un odore acidulo.

Un odore che metteva ansia a Zairos.

«Perché siete così silenzioso?» chiese Kusum. «Non volete sapere cosa mi ha fatto?»

«No» rispose.

«Laxman è entrato nella capanna di notte e mi ha preso a calci. Mi ha affondato il tallone nello stomaco. Poi mi ha tirato per i capelli e ho iniziato a urlare. Quando gli uomini delle capanne vicine sono accorsi, se n'era andato. La mattina ho trovato alcune ciocche di capelli per terra.»

Zairos si aggrappò al volante, che era rivestito di pelle nera, per assorbire il sudore.

«Non so più cosa fare» replicò. «Gli abbiamo dato dei soldi e l'abbiamo anche pestato. Tuo marito mi ha denunciato alla polizia.»

«Seth, pagherete dei soldi alla polizia e la faccenda scomparirà.»

Zairos guardò le sue labbra mentre pronunciava quelle parole. Quando una persona diceva la verità, le labbra assumevano una strana forma, quasi fossero possedute. L'aveva visto accadere quando il nonno gli aveva raccontato di aver bruciato i libri di sua moglie.

Più avanti, una capra masticava un vecchio giornale. Le donne sedevano in camicia da notte sotto gli archi di casette di cemento, ricordando a Zairos le cortigiane di un antico regno. Un uomo spazzava vigorosamente il cortile della sua sartoria. Aveva i piedi gonfi. Ovunque Zairos si voltasse, giovani donne dormivano sotto la veranda, distese sulle brande. Quelle fanciulle erano un poco più ricche di Kusum. Erano libere, per il momento, ma a un certo punto avrebbero sposato un vecchio strozzino, oppure il sarto coi piedi gonfi, per condurre esistenze insoddisfatte, e i loro mariti, le altre donne, persino l'erba l'avrebbe saputo, senza che niente potesse cambiare.

Poi si avvicinarono al lunapark. Di sera, le luci della ruota panoramica attiravano i warli; alcuni si azzardavano a comprare un biglietto mentre altri restavano a terra, considerando poco saggio spartire il cielo con gli dèi.

Guidò fino al limitare del villaggio, fino alle barche da pesca arenate sulla battigia, con le bandiere arancioni e verdi che poltrivano nella luce del mattino. In lontananza, un uomo sedeva su uno scoglio a leggere il giornale. Non c'era nessun altro.

Zairos passò le dita lungo la chiazza pelata di Kusum facendola trasalire. Vi soffiò sopra e lei sorrise.

«I capelli ricresceranno» la consolò.

«Non importa.»

«Invece dovrebbe. Sei ancora giovane.»

La guardò in viso. Non c'era una sola ruga e non sembrava toccato né dal sole né dal dolore. Le posò il palmo sulla guancia, come aveva fatto qualche giorno prima.

Stavolta, però, non si sarebbe limitato a quello.

Kusum aveva bisogno di più del conforto, più di una semplice carezza.

Anche lui aveva bisogno di qualcosa. Di tutto.

Kusum respirava appena, la sua bocca accolse quello che il corpo sapeva già, e la schiena di Zairos fu percorsa da un'ondata di energia mentre avvicinava le labbra a quelle di lei.

Le alzò appena il mento, ma Kusum non lo guardò negli occhi. Osservò la propria mano scivolare dentro la camicia di lui, seguendo le dita mentre scorrevano sul petto villoso. Quelle mani ruvide, indurite dalla terra della tenuta, adesso accarezzavano la pelle del padrone.

Lentamente Zairos abbassò le labbra verso quelle di lei.

Mai prima di allora Kusum aveva sentito il tocco di un seth irani. Si strinse contro di lui, e Zairos la baciò con passione, assaporandola come possono solo i leoni, le leccò il collo e le spalle, la avvolse, proteggendola fino alla morte. Fu a quel punto che lei lo spinse indietro e prese ad assaggiarlo, e persero la cognizione di chi fosse padrone o schiavo, perché non importava più, e Zairos sfidò il dio del respiro, sempre che un tale dio esistesse davvero, a distinguere l'alito di lui da quello di lei, perché entrambi erano ugualmente orgogliosi, ugualmente spaventati e ugualmente arrabbiati.

Per salvare Kusum dal suo mondo, Zairos doveva portarla nel proprio. Inizialmente, scacciò quel pensiero. Ma si rendeva conto di non poterla semplicemente riaccompagnare alla tenuta. L'aver fatto l'amore con lei gli aveva lasciato una certa elettricità addosso.

L'Anna's faceva parte del suo mondo, ma non poteva portarla lì. A onor del vero, non poteva portarci nessuno. *Un posto pazzo per gente pazza*, aveva scribacchiato Hosi su una delle pareti del chiosco, e aveva ragione. Non importava quanto una persona fosse forte, saggia, bella, affascinante, spirituale, storpia, deforme, sorda, muta, sordomuta, o vicina alla genialità, se non c'era nata l'ambiente dell'Anna's poteva tranquillamente riportarla indietro di intere ere geologiche.

Se il chiosco era completamente, irrimediabilmente pazzo, il Crazy Crab, un ristorante all'aperto sul mare, si trovava soltanto al limite della follia. Era perfetto per la loro prima uscita insieme. Ma Zairos avrebbe dovuto attendere l'ora di pranzo. Perciò, dopo aver lasciato le barche dei pescatori, passeggiarono per il villaggio, dove si spartirono un cono gelato. La vide sorridere per la prima volta e si stupì del candore di quei denti, mentre i suoi erano bucherellati dalle carie. Voleva sciogliere i capelli e contemplarla in tutto il suo splendore, ma non era il momento adatto.

Quando tornarono alla macchina, Kusum decise di portarlo in un posto, nel suo rifugio. Sedettero sui gradini del lago dinanzi allo Shri Kevda Devi Mandir. Fior di loto rosa fluttuavano sull'immobile acqua verde e le palme da cocco costeggiavano la riva dall'altro lato.

Come la piantagione, quel posto infuse in Zairos la sensazione di essere tornato indietro di un secolo. E così, anche il modo in cui i *pujari* suonavano le campane del tempio, di quando in quando. Era un gentile richiamo alla devozione: non c'erano isterismi, era festoso, come il segreto sussurrato da un cherubino.

«Seth» esordì lei. «Questo era il villaggio degli intoccabili.»

Zairos si guardò intorno; la vita circondava il tempio. Un bambino, di non più di tre anni, stava da solo in una tinozza verde a versarsi l'acqua sulla testa con una tazza, aprendo di tanto in tanto la bocca e bevendone qualche sorso. Le donne camminavano con ramoscelli tra le braccia. C'erano anche le immancabili capre, ma erano serene, non avevano timore di essere macellate, e un'anziana signora faceva il bucato, colpendo tessuti arancioni e verdi con un morbido battipanni.

Non entrarono nel tempio. Nessuno dei due ne aveva voglia. A loro bastavano le campane, i fior di loto, il sole che infiammava dolcemente le palme da cocco. Quando tornarono verso la macchina, Zairos volle mettersi dietro di lei. Voleva seguire i movimenti dei suoi fianchi, così ben calibrati, la giusta dose di ancheggiamento, sufficiente a stuzzicare, a far impazzire. E aveva la schiena più robusta che avesse mai visto a una donna. Sotto la pelle bruna lucida di sudore, i muscoli erano vivi, abituati a sostenere qualsiasi peso. Ma la carne era morbida e liscia: Zairos era a un bacio dall'estasi.

In auto, vicino al mare, con le ruote che affondavano piano nella sabbia bagnata, la prese di nuovo. Il sedile posteriore non offriva molto spazio, ma si amarono lo stesso, girandosi da un lato e dall'altro, avvolgendosi, attorcigliandosi, fermandosi, ansimando e, infine, si abbandonarono contro lo schienale, lasciandosi investire dal vento salmastro. C'era un'altra coppia più avanti, su una Vespa, l'uomo in pantaloni e a petto nudo, la donna con un *sari* verde. I due si baciavano.

«Jairos» chiamò Kusum.

Scoppiò a ridere nel sentirle dire il proprio nome. Rise perché non sapeva pronunciarlo, e allo stesso tempo si rallegrò. Per la prima volta non l'aveva chiamato "seth".

«Z... Z...» precisò.

Se solo la sua insegnante d'inglese, la signora Costa, avesse sentito che uso stava facendo delle lezioni di pronuncia.

«Prova a dire il mio nome come si deve» le chiese.

Gli posò la testa sul petto e ripeté: «Jairos».

«Z...» insisté lui.

Zairos voleva conoscere quella donna. Voleva conoscere tutto ciò che le sue labbra potevano rivelare, le urla che le sue orecchie avevano udito, i pesi che le sue braccia avevano sollevato, le crepe nelle piante dei piedi che spiccavano come i segni lasciati dalla lama di un rasoio.

Quando Kusum vide il Crazy Crab, i tavoli con le tovaglie rosso cupo, le sedie di plastica bianca, i grandi ventilatori dritti ai lati come sentinelle, non volle entrare. Ma quando Zairos le disse: «Guarda le pareti, sono di paglia come quelle della tua capanna, e anche il soffitto è solo una tettoia. È come casa tua, ma con tavoli e sedie», lei lo guardò di traverso, la punta del suo naso come il piede di una ballerina, e finalmente scese dall'auto.

Camminando al suo fianco, Zairos provava un senso di potere e di fermezza. Il Crazy Crab era uno dei posti frequentati dagli irani, un covo notturno. Era un divertimento per i turisti che alloggiavano al Pearl Line Resort veder entrare all'improvviso un esercito di uomini alti e forti in jeans, con il pizzetto e un velo di barba pomeridiana, uomini giovani, ricchi, con scarpe e cinture costose che odoravano di eredità familiare, che si raccontavano barzellette e fumavano Marlboro.

Il ristorante era praticamente vuoto. Un anziano sedeva in un angolo a leggere il giornale, godendosi birra ghiacciata e noccioline, mentre a tre tavoli di distanza alcune donne di mezz'età cospiravano contro i mariti. Gambhir, il gestore, stava dietro un bancone di legno, la testa sepolta nei conti del giorno prima, i capelli imbiancati prematuramente e troppo radi per un uomo della sua età. Dal mare proveniva una brezza delicata e Zairos ammirò l'antica dimora parsi non troppo lontana da lì. Benché disabitato, l'edificio giallo e fatiscente conservava ancora una certa grazia, un'ombra dell'antica gloria. Kusum aveva la testa alta, cercava di farsi forza, ma non appena il cameriere arrivò con i menù, chiuse la mano a pugno.

Zairos non temeva che qualcuno chiedesse a Kusum di andarsene. Anche se avesse scorto una warli lontana dalla piantagione, Gambhir l'avrebbe ignorata. Aspi Irani gli aveva dato una considerevole somma di denaro per l'operazione alla cataratta perciò, se anche avesse notato Kusum, Zairos gli avrebbe rammentato che era innanzitutto grazie alla generosità di suo padre che poteva vedere la donna e tutto il resto.

Il cameriere girò intorno, si inchinò e posò i menù sul tavolo come un uccellaccio ingobbito. Kusum abbassò di nuovo lo sguardo, ma stavolta non riuscì a trovarsi i piedi. Incontrò invece la superficie del tavolo e la ispezionò, quasi fosse una questione di vita o di morte.

«Adesso puoi guardare» le disse Zairos. «Il cameriere se n'è andato.»

«Perché mi hai portato qui?» domandò.
«Per mangiare.»
«Lo hai fatto per darmi una lezione.»
«E che lezione sarebbe?»
«Che sono diversa da te. Non c'è bisogno che tu me lo insegni. Lo so» ribatté. «Perché vuoi che la gente ci veda?»
«Non *voglio* che ci vedano, ma, se succede, meglio.»
«Non mi piace questo posto. Andiamo via.»
«Aspetta che ci portino da mangiare. Poi non vorrai più andartene.»
«Andiamo via. Ti prego.»
La brezza marina penetrò, avvolgendoli, confusa nel trovare un giovane irani in compagnia di una warli ancor più giovane. La brezza marina aveva già visto unioni simili, ma all'oscuro, dietro porte chiuse, ed era sempre stata un'aggressione unilaterale: l'irani che affondava le fauci nella renitente pelle warli. Per la brezza marina quella conversazione era del tutto inaudita proprio perché aveva luogo in un ristorante.
Il cameriere si avvicinò di nuovo con un vassoio carico di due bottiglie di limonata e due bicchieri pieni di ghiaccio. Posò i bicchieri e vi versò la limonata. A quel punto, Zairos si protese e strinse la mano di Kusum. Quando lo fece, la vide irrigidirsi.
«Perché lo fai?» gli sussurrò lei, non appena il cameriere si fu allontanato. «Cosa cerchi di dimostrare?»
«Non cerco di dimostrare nulla» replicò lui.
Cerco solo di aprire le danze.

Finalmente, l'indomani Zairos ebbe notizie dalla polizia. Gli agenti non vennero di persona, ricevette una telefonata all'Anna's. Ma non fu la centrale di Dahanu a mettersi in contatto con lui. La chiamata proveniva da Gholvad, la città vicina.

Havovi era una stratega consumata. Sapeva che Shapur Irani aveva agganci solidi con la polizia di Dahanu, perciò aveva depositato la denuncia di Laxman alla polizia di Gholvad, col pretesto che la sua organizzazione aveva un ufficio anche lì.

Il capo della polizia, un maharashtriano di nome Mhatre, convocò Zairos per le sei. Fu una strana conversazione telefonica – formale, pragmatica – e Zairos ebbe l'impressione di parlare a un'infermiera dell'ambulatorio medico, per concordare una visita di controllo.

«Vedo che si è portato i rinforzi» esordì Mhatre, un uomo calvo dal petto escavato, mentre stringeva la mano a Zairos.

Bumble lo aveva accompagnato per sostegno morale, e anche Hosi aveva insistito per unirsi a loro perché adorava le centrali di polizia. Aveva un debole per prigioni, manicomi e ospedali.

«Qualsiasi posto che sia più disperato di me» aveva spiegato.

Mhatre li scortò oltre una porta marrone da saloon. Alla sedia di legno dove si accomodò il poliziotto mancava una stecca. Arrotolò un asciugamano da mani color crema e lo impiegò per sostenere i lombi. La traccia sottile di un bidi cercava una via di fuga dalla stanza. I fascicoli di cartone marroncino sulla scrivania erano accatastati l'uno sull'altro, allineati con cura.

«Questi tagli di corrente un giorno porteranno alla rivoluzione» commentò Mhatre, levando lo sguardo verso il ventilatore spento. «Ci saranno spargimenti di sangue in Maharashtra, credete a me. Lasciate la gente alla mercé del caldo e cos'altro può fare se non bollire?»

Estrasse un fazzoletto bianco dalla tasca dei pantaloni

beige e se lo premette sulla nuca. Lo picchiettò qua e là, come una ballerina di *burlesque* che si prepara a entrare in scena. Aveva le labbra più sottili che Zairos avesse mai visto a un uomo. Quando parlava, per un brevissimo attimo convergevano in un broncio a forma di diamante.

«Come le dicevo per telefono,» cominciò Mhatre «abbiamo ricevuto una denuncia contro di lei. E, mi permetta di essere franco, la giornata è alla fine e non sono dell'umore di *depositarla*.»

«Le sono grato» replicò Zairos. «Diecimila volte grato.»

Mhatre sorrise. Sembrava apprezzare la diplomazia, le maniere di Zairos. Una bustarella generosa era stata offerta con la grazia di un invito di nozze.

«E una bottiglia di scotch» aggiunse Bumble. «Black Dog.»

«Mai provato» rispose Mhatre.

«Le farà abbaiare le budella.»

Mhatre ridacchiò, incurvando ulteriormente il petto escavato. Suonò il campanellino d'argento sulla scrivania per tre volte. Zairos e Bumble si aspettavano che comparisse un agente con una tazza di chai o di acqua sporca del rubinetto, ma non accadde niente del genere.

«Eh» esclamò Mhatre, scorgendo lo sbigottimento sui loro volti. «È un'abitudine. Un tic nervoso.»

«Mhatre *saab*» disse Hosi, notando qualcosa di strano. «Questa tavola è straordinaria.»

Hosi indicava una tavola con il disegno di un orso con la catena al collo, un incantatore di serpenti, una scimmia col cappellino rosa in testa, un cane disteso sul dorso e altri animali. Sotto i disegni, tracciati in inchiostro nero, erano elencati i seguenti punti:

1. *Gli spettacoli con gli orsi sono proibiti.*
2. *Vietato catturare serpenti. O incantarli.*

3. Vietato addomesticare le scimmie.
4. È proibito uccidere vacche. Sono sacre.

C'erano altri punti interessanti, ma Mhatre li interruppe. «Questo disegno è qui da molti anni.»

A quel punto Hosi aveva già perso ogni interesse. Sbadigliò, sollevò una mano in segno di scuse e di commiato, e uscì dalla porta marrone da saloon. La centrale di polizia non incontrava i suoi gusti. Mancavano le urla di tortura dalle celle interne, i criminali che imploravano pietà.

Bumble si alzò, strinse vigorosamente la mano di Mhatre e andò all'auto per recuperare la bottiglia di Black Dog e le diecimila rupie. D'un tratto, il ventilatore prese vita. Si annunciò con una serie di *uong-uong-uong*, poi si fermò.

«Interessante che il suo amico abbia notato il disegno» osservò Mhatre. «Era già qui ai tempi di sua nonna.»

«Intende mio nonno» corresse Zairos.

«No,» ribatté Mhatre «sua nonna.»

Mhatre confondeva sua nonna con qualcun altro. Zairos non aveva mai sentito nessuno parlare di lei, specialmente un non irani come Mhatre. Il capo della polizia doveva avere sui cinquant'anni, era troppo giovane per averla conosciuta.

«Banu Irani» precisò Mhatre. «Così si chiamava.»

A Zairos non piacque sentir uscire quel nome dalle labbra di Mhatre. Non sapeva perché la cosa lo infastidisse. Una moto sfrecciò davanti alla centrale. Zairos intuì che fosse una Enfield dal rombo gutturale del motore, che sembrava facesse i gargarismi con l'acqua salata.

«Come fa a conoscere il suo nome?» domandò.

«Venne qui un giorno» rispose Mhatre. «Cinquantadue anni fa. Io avevo soltanto cinque anni. Sedevo sui gradini, fuori, con mio padre. Mio padre era un poliziotto come me. No, mi perdoni... Io sono un poliziotto come lui.»

Invece di ricavare informazioni, abilità in cui i poliziotti eccellevano, era Mhatre a fornire qualcosa a Zairos e questo, per lui, era sconcertante.

«Venne qui in carrozza da sola» raccontò. «Aveva i capelli tutti scompigliati. Non dimenticherò mai quel giorno. Somigliava a un'amazzone. Disse che qualcosa la stava inseguendo. Mi spaventò a morte.»

Era la prima volta che sentiva qualcuno parlare di sua nonna in quei termini. L'idea che si era fatto di lei era di una donna gentile, amorevole, così timorosa da essere ossessionata dalle ombre. Mhatre intingeva le labbra sottili nell'inchiostro nero per scrivere la storia di sua nonna nella più elegante delle calligrafie.

«Perché venne alla centrale?» domandò Zairos.

«Per cercare protezione» rispose Mhatre.

«Da mio nonno?»

Zairos era sbalordito dalle parole che gli erano uscite dalla bocca. L'incendio dei libri era fresco nella sua memoria. Si era sentito sfilare il tappeto da sotto i piedi e stava facendo capriole in aria, una recluta del circo, malcerta e frastornata.

«Perché da suo nonno?» domandò Mhatre.

«Io... Da cosa cercava protezione?»

Zairos era andato lì per offrire una bustarella. Ecco tutto. Non aveva messo in conto di ricevere informazioni su Banumai. Sentiva un certo formicolio alla mano destra.

Mhatre si asciugò di nuovo il viso con il fazzoletto. Zairos voleva fare lo stesso. Ma non era il sudore che intendeva cancellare, quanto il commento riguardo al nonno.

«Guardi meglio la tavola» suggerì Mhatre. «Sotto l'ultimo punto.»

Zairos si alzò dalla sedia e si avvicinò. I suoi passi non erano mai stati tanto lenti, tanto accorti. Aveva l'andatura di chi non voleva svegliare nessuno.

Si posizionò davanti al disegno, alle frastornanti caricature animalesche. Cobra, vacche, scimmie, muli, orsi e cani si contendevano la sua attenzione. Era troppo per lui. Tutte quelle bestie che sibilavano, ruggivano, ragliavano e abbaiavano all'unisono.

«Sotto l'ultimo punto» gli dovette rammentare Mhatre.

C'era qualcosa inciso profondamente nel legno. Nemmeno un centinaio di artigli, lavorando febbrilmente tutti assieme, avrebbe potuto produrre quel risultato.

ATTENTI ALLA BARBA

«Quando mio padre chiese a Banumai cosa la inseguisse, lei rimase in silenzio» raccontò Mhatre. «Raccolse un lungo chiodo da terra e iniziò a incidere quella scritta sulla tavola. "Sono una signora" aggiunse. "Lei non mi fermerà."»

Era tutto così assurdo. Sua nonna si era precipitata alla centrale di polizia della città vicina a bordo di una carrozza.

«Cos'è la barba?» domandò Zairos.

«Non ne ho idea» rispose Mhatre. «Ancora oggi ho il suo volto davanti agli occhi. Alcune facce, una volta viste, si ricordano per tutta la vita.»

Mhatre si drizzò in piedi. Di nuovo, fece trillare il campanellino sulla scrivania per tre volte. Stavolta, con risolutezza. Mhatre si stava scuotendo di dosso il passato, per entrare nel mondo dello scotch Black Dog che Bumble gli posava ora sul tavolo con grande disinvoltura.

L'unica immagine che quella notte aleggiava dinanzi agli occhi di Zairos era quella di Banumai con i capelli sciolti, che imperversava per le vie a bordo di una carrozza tirata da cavalli. Non aveva il minimo senso.

Quindi, quando l'indomani mattina si svegliò alle parole «Sono morte a migliaia», pensò di essere ancora in sogno. Invece era Aspi Irani che, con il suo solito entusiasmo, esaminava la moltitudine di zanzare morte sulle scale. Le raccoglieva con una paletta mentre Mithoo, il foulard color crema in testa, cercava di ignorare gli insetti perché stava cucinando.

«Sono cadute nella trappola» disse Aspi Irani. «Per diversi giorni non ho spruzzato sulle scale. E poi...» Le zanzare, in effetti, erano state massacrate. Aspi Irani contemplò quel carnaio: il suo Vietnam personale.

Una volta gettati i cadaveri nel cestino dell'immondizia, si sedette al tavolo. I vicini praticanti avevano ricominciato con i loro lamenti, perciò indossò le grosse cuffie nere della moglie e parlò forte sopra la registrazione in francese.

«*Je suis allé au mail acheter des boucles d'oreilles. Je vais aller au mail acheter des boucles d'oreilles.*»

Poi si sfilò le cuffie e chiese a Mithoo: «Che ho detto?».

«Hai detto: "Vado al centro commerciale a comprare degli orecchini".»

«Ah» esclamò. «E come si dice: "Se non fosse un reato uccidere la gente, infilzerei quei baciapile fino all'ultimo"?»

«È una frase troppo complicata» rispose Mithoo, posando una tazza di tè sul tavolo. «Magari l'anno prossimo.»

Zairos notò che il grosso recipiente in cui Mithoo stava

cucinando traboccava di manzo sufficiente per sfamare dieci uomini fradici di sudore dopo un duro lavoro.

«Perché cucini tanto?» domandò.

«La domestica se n'è andata» rispose. «Ne ho cucinato di più, così puoi surgelarlo. Ce ne andiamo a Bombay. Per un *matrimonio*.»

«Un funerale, vuoi dire» protestò Zairos.

«Vedi?» disse Mithoo, rivolgendosi al marito. «Non gl'importa niente del suo futuro. Morirà vecchio e infelice.»

Aspi Irani, però, non poteva essere disturbato. Quando prendeva il tè mattutino, niente poteva distoglierlo. Aveva un modo buffo di sorseggiarlo. Era la maniera irani: gli piaceva caldo bollente, al punto che qualsiasi altra lingua avrebbe intonato canti di dolore, e non beveva mai dalla tazza. Versava il tè nel piattino e lo trangugiava a sorsate rumorose.

«Fammi un favore» disse Zairos a sua madre. «Ingrandisci una mia foto, una di quelle patinate, e mettila sul palco, proprio dietro alla coppia, in modo che tutti gli ospiti possano vederla. E poi annuncia al microfono che sono disponibile.»

Mithoo scosse il capo e disse: «Staremo via una settimana».

Zairos voleva che i suoi se ne andassero. Voleva che anche la luce partisse, permettendo alla notte di scendere, di piombare su di lui con tutta la sua violenza, quella necessaria per condurlo in recessi nascosti.

Aspettò che calasse la sera, che Shapur Irani si trasformasse in un esploratore pronto a percorrere le pianure e i deserti del suo passato.

«Pa» chiamò Zairos. «Cosa intendeva Banumai per "barba"?»

«Zucchero filato» rispose Shapur Irani.

Lakhu stava bruciando un misto di letame di vacca, fibra di cocco ed erba secca a pochi metri dalla sedia a dondolo di Shapur Irani. Il forte afrore del letame teneva a bada le zanzare. Erano sempre più aggressive di notte. Dopotutto erano sanguisughe, vampiri in miniatura.

«Da piccola, Banu chiamava lo zucchero filato barba di vecchio.»

«Non mi torna, pa.»

A quei tempi, non tornava nemmeno a Shapur Irani. Quando sua moglie parlava della barba, si trasformava in una bambola dall'espressione spaventata i cui tratti cambiavano senza preavviso. La pazzia di cento manicomi s'impossessava di lei.

«Perché era andata alla centrale di polizia, pa?»

Shapur Irani aveva una bottiglia di brandy al fianco. Si versò del liquore nel palmo e si massaggiò le piante dei piedi. Aveva qualche linea di febbre e quello era un ritrovato di sua moglie.

«Banu era malata» rispose, mentre si asciugava le mani sui pantaloni bianchi del pigiama. «Quando era incinta di tuo padre, iniziò ad avere febbri altissime. Nel delirio, parlava di una barba. Lo zucchero filato è l'unica cosa che mi sia mai venuta in mente. Talvolta, i ricordi felici della nostra infanzia sviluppano denti aguzzi e ci aggrediscono nel corso della vita.»

«Secondo te poteva essere qualcos'altro?»

«No.»

Quel "no" era affilato come una lama.

Il viso di Shapur Irani era madido di sudore. Tremava, ma cercava di non darlo a vedere. Zairos rientrò a prendere uno scialle. Lo avvolse intorno alle spalle del nonno e gli augurò la buonanotte. Zairos aveva fatto appena un paio di gradini che Shapur Irani aveva già gettato lo scialle per terra.

Zairos udì la sventagliata dei mitra. *Ra-ta-ta-ta*, cadeva la pioggia sulle tegole del tetto di Villa Aspi. Si diresse in veranda, si protese verso la notte e si lasciò investire da uno spruzzo d'acqua. Le prime piogge stagionali erano arrivate, abbattendosi in tutta la loro violenza. Le foglie venivano flagellate, la corteccia degli alberi sferzata. E le felci nel giardino sottostante avevano acquisito un verde più scuro, più umido.

«Tutte le volte che piove ripenso a mio padre» gli aveva detto una volta Shapur Irani. «Da bambino aveva paura della pioggia. Gli arabi obbligavano gli zoroastriani a chiudersi in casa. Se anche una sola goccia di pioggia avesse toccato il corpo di uno zoroastriano e fosse poi caduta, la terra ne sarebbe stata contaminata. Perciò mio padre si accoccolava vicino a sua madre, in attesa che smettesse di piovere.»

Per Shapur Irani, tutto aveva un significato.

Il passato continuava a intervenire a contaminare la realtà.

Zairos chiuse gli occhi e si abbandonò, in balia della pioggia. Avrebbe voluto essere una piovra per poter allungare otto braccia invece di due, protenderle nella notte e condividere la celebrazione delle prime piogge: avrebbe aiutato gli anziani, accostando tabacchiere d'argento al loro naso, facendoli cadere in trance. Avrebbe steso una larga foglia di banano con Pinky l'orfana a bordo e l'avrebbe lasciata navigare dall'Anna's fino al mare, e anche oltre. E il resto dei suoi tentacoli si sarebbe insinuato nella tenda del circo per offrire pacche rassicuranti agli artisti – pagliacci, acrobati, un vecchio direttore stanco –, che avrebbero voluto scegliere lavori meno pericolosi, qualsiasi cosa pur di sfuggire all'incertezza solitaria del proprio mestiere. Soprattutto, voleva otto braccia per cingere Kusum, avvolgerla in una stretta totale che nessuna donna aveva provato prima, coprendola da ogni lato, in modo che, se fosse stata aggredita di nuovo, sarebbe stato lui a ricevere le fiocinate.

L'indomani mattina, Zairos si precipitò alla capanna di Kusum in sella alla motocicletta, la pioggia che gli sferzava il petto senza pietà, quasi cercasse di estorcergli una confessione. I cieli si erano squarciati e c'era acqua dappertutto: grondante, gorgogliante, burrascosa, energica. Alla stazione ferroviaria, i tuk-tuk fagocitavano i clienti. Quando Zairos ebbe raggiunto il villaggio di Kusum, il cielo aveva acquisito il fervore di un fanatico religioso.

Non appena i bambini warli videro la motocicletta, corsero a nascondersi. Capitava sempre quando scorgevano un veicolo qualsiasi. Giocavano con i copertoni delle biciclette, ma i veicoli a motore erano elementi alieni nel loro mondo. Una volta scomparsi, Zairos scorse un uomo disteso a terra. Era lo stesso che aveva visto la notte in cui aveva accompagnato Kusum alla capanna, dopo il pestaggio di Laxman. L'uomo era di nuovo privo di sensi e l'acqua gli bersagliava il viso e il petto nudo.

Quando Zairos entrò nella capanna di Kusum, la trovò invasa dai polli. Almeno dieci stavano frullando le ali come impazziti, Rami era al centro. Nell'oscurità della capanna, temevano la minaccia dei pipistrelli. Zairos uscì in tutta fretta. Troppo chiocciare, troppe ali.

«Perché tenete i polli nella capanna?» domandò.

«Piove» replicò Kusum. «Dove possono andare? Vedi la baracca qui davanti? Lì ci sono le capre.»

Lo prese per mano e lo condusse sotto un grosso albero di banyan. Il tronco dell'albero era percorso da grasse venature che salivano e scendevano, serpenti che cercavano di raggiungere il cielo o di infilare la testa sotto terra. Rimasero lì per un po', Kusum sorrideva e osservava la pioggia cadere. Era bello stare in silenzio, ad ascoltare il rovescio.

L'uomo che era svenuto per terra all'improvviso si risvegliò. Fece un paio di passi e collassò, di testa, sul terreno. Un pollo uscì dalla capanna, saettò qua e là come posseduto e fece un tentativo inutile di prendere il volo. Poi rientrò nella capanna dove fu accolto dagli applausi: un chiocciare e un frullio d'ali.

Ispirato dai polli e dall'ubriacone, Zairos corse allo scoperto sotto la pioggia, ma, una volta lì, non sapeva cosa fare. Salì velocemente sulla motocicletta e mise in moto. Continuava a dare gas al motore e si rese conto che agire così era ancora più assurdo. Per sua fortuna, Kusum corse da lui e salì a bordo.

Quando arrivarono al villaggio dei pescatori, Kusum indicò un gruppo di bambini che creava un gran trambusto. Circondavano un pescatore che teneva un grosso pesce in ciascuna mano, il gilet rosso che si arrotolava fino a rivelare un pancione su cui rimbalzava la pioggia, mentre l'uomo continuava ad alzare sempre più i pesci per sottrarli alla portata dei ragazzini. Kusum stava imparando ad apprezzare la velocità, il veicolo si lasciava tutto alle spalle – alberi da cocco, palmizi, filo spinato, pali del telefono, vecchietti, reti da pesca, carri trainati da buoi, furgoni da trasporto – e *lei* faceva lo stesso.

Ma quando raggiunsero Villa Aspi, Zairos sentì il corpo di Kusum irrigidirsi dietro di sé.

«Non c'è nessuno» le disse per rassicurarla. «I miei sono a Bombay.»

Quando aprì la porta d'ingresso, Kusum rimase sulla soglia a fissare il divano marrone, il televisore, la sedia di bambù, le foto di famiglia e il calendario alla parete. Era già entrata in altre case, aveva visto orologi e tappeti, ma mai in veste di amante. Come tale, era costretta a tenere alta la testa e levare lo sguardo alle pareti e all'arredamento della casa.

«Entra» la invitò. «Non preoccuparti.»

Avvolse in una palla un lembo del telo grigio che aveva indosso e strizzò l'acqua. Aveva i piedi infangati e gocce di pioggia le grondavano dal naso. Zairos dovette prenderla per mano e tirarla dentro. Kusum non gradì quel tocco. Si piantò al centro della stanza e non si mosse.

Poi si accomodò per terra.

Non era abituata alla durezza delle mattonelle.

«Non avere paura» insisté Zairos.

«Mahadev, il Dio degli dèi, è arrabbiato» replicò lei.

Il suo tono di voce era pesante. Era la voce di una donna che cercava di togliersi un peso invisibile dal petto.

«Cosa intendi?» le domandò.

«Quando la pioggia cade con tanta rabbia, significa che Mahadev sta gettando l'acqua giù con i pugni, che la spruzza dai denti. Mahadev ce l'ha con me.»

«E come mai?»

«Ho abbandonato la mia gente per stare con un seth. Uno dei vecchi del villaggio ieri sera mi ha sputato.»

La pioggia imperversò contro le finestre chiuse con maggiore forza, quasi le rompeva.

«Siediti vicino a me» lo supplicò. «Ti prego.»

Adesso aveva le ginocchia raccolte al petto e le braccia intorno ai polpacci. A Zairos tornò in mente il primo giorno in cui l'aveva vista, rannicchiata sul retro del trattore come un pulcino spaventato. Non voleva più rivederla in quelle condizioni: una donna in coma, con gli occhi sbarrati, che si rifiutava di riconoscere la realtà.

Il frigorifero giallo tutt'a un tratto vibrò.

Zairos, che era andato all'armadietto sotto il televisore, tornò verso di lei e si sedette al suo fianco, con un album fotografico in mano.

«Voglio presentarti la mia famiglia» annunciò.

Non sapeva se sarebbe servito, ma aveva la sensazione che fosse meglio non toccarla per il momento. Aprì l'album porpora, le istantanee in bianco e nero incollate sul cartoncino nero. I fogli di carta trasparente scricchiolavano nel sollevarsi e, poco a poco, madri, padri, zii e zie presero vita, alcuni sorrisi vecchi di secoli, eppure disposti a elargire il calore desiderato. Kusum doveva rendersi conto che quegli uomini e quelle donne erano esattamente uguali a lei, anche se agli antipodi. Avevano lacrime, avevano un cuore, sorrisi e ferite, sì, ferite grandi come crateri lunari.

Cominciò con suo padre. «Si chiama Aspi» esordì, indicando la fotografia di un uomo appoggiato a una Standard Herald nera, con i celebri stivaletti a punta con cui aveva pestato i piedi a Mithoo al Café Military, prova che un paio di scarpe poteva condurre al matrimonio. Poi Zairos mostrò a Kusum la foto successiva: su un'imponente sedia argentata, la sedia delle loro nozze, stava la madre, Mithoo, il cui nome in gujarati significava "dolce", e dolce lo era davvero, con il suo amore per i bambini e i cani randagi, dolce nell'aspetto, in abito bianco, la chioma lunga come una principessa delle fiabe. Zairos raccontò a Kusum che sua madre si ungeva i capelli tutte le sere e che, quando era piccolo, le chiedeva sempre perché lo facesse, e lei rispondeva: «Così, chi mai si arrampicherà, la melanzana mangiare dovrà», una risposta che lo divertiva e lo affascinava.

In questo modo il viaggio proseguì, con Kusum che saliva e scendeva dall'albero genealogico, come gli uomini sulle palme da cocco alla tenuta, e incontrò anche i parenti più bislacchi, alcuni ormai morti, come Aderji, un cugino alla lontana di Aspi. Tutte le volte che viaggiava in treno, Aderji metteva un pezzo di plastica che sembrava una cacca (comprato in un negozio di trucchi a Bombay) nello scompartimento di prima classe, lo irrorava con la giusta quantità d'acqua per farla sembrare appena sfornata e, come tocco finale, si teneva un fazzoletto sul naso, con un'espressione così genuina da garantirsi lo scompartimento tutto per sé. Questa storia, corredata dalla fotografia di Aderji con lo stronzo di plastica in mano, fece affiorare un lieve sorriso sul volto di Kusum, proprio come voleva Zairos, perciò andò avanti, girò altre pagine, la portò su altri rami. Così apparve Bumble a sette anni – somigliante a una mosca, con i Ray-Ban di suo padre – e d'un tratto gli occhi di Kusum si accesero e Zairos pensò che fosse la sua immaginazione, ma poi lei gli trattenne la mano, soffermandosi su una foto di lui da bambino, a circa undici anni, su una bici azzurra, e gliela strinse forte. Ma quando le domandò cosa fosse successo, lei gli chiese: «Questa bicicletta era tua?», una strana domanda. Zairos annuì e Kusum provò un alito di speranza soffiarle in petto perché era la stessa bicicletta magica, lo stesso bambino che le aveva posato un giglio sulla testa e, se aveva potuto farla sentire in quel modo una volta, poteva riuscirci di nuovo.

Quando Kusum fece ritorno a casa, Rami la stava aspettando.

«Cosa ti credi di fare?» domandò. «È un seth irani. Ti divorerà fino all'ultimo brandello di carne.»

Kusum si accorse che Rami aveva mal di testa, perché stava fumando la corteccia di un albero per ripulire le cavità nasali. Ogni volta che si innervosiva, sentiva la testa pesante.

«Non dimenticare chi è il nemico» la ammonì.

«E se non fosse un nemico?» replicò Kusum. «E se fosse un amico, invece?»

«Non lo è. L'uomo che vedi è la ragione dei nostri mali. Come può una persona simile esserci amica?»

Rami tossì forte, la pelle sopra gli occhi si afflosciò. Con la mano chiusa a pugno intorno alla corteccia, inspirava profondamente e soffiava anelli di fumo, cappio dopo cappio, sospingendoli nella notte e sperando che atterrassero intorno al collo di un padrone.

«Non dimenticare il pollice di tuo nonno» disse.

Kusum non avrebbe mai potuto dimenticare. Era una storia che le era stata somministrata tante e tante volte. Per lei era come latte materno. Suo nonno, Vithal il cantastorie, la cui voce poteva scuotere le montagne, far garrire le bandiere arancioni sul colle Mahalakshmi e risvegliare la stessa dea Mahalakshmi... come si poteva dimenticare il pollice di Vithal quando il colle sacro tremava al suo ricordo?

«Non ho dimenticato» ribatté Kusum, con deferenza, con affetto.

«Sì, invece» ribadì Rami. «Fermati un momento per ricordare gli antenati. Lo vedo ancora, mio padre, accanto al fuoco...»

Anche Kusum riusciva a vederlo ergersi in tutta la sua altezza, le fiamme che salivano sibilando, gli abitanti del villaggio radunati intorno a lui, custode delle loro ferite, portavoce delle loro grida.

La notte cominciava sempre con l'invocazione di un solo nome.

«Iiinglesiii» esordiva Vithal, lasciando che quella parola aleggiasse nell'aria, sul fuoco. Per i warli, quel nome era carico di veleno. Lo capivano dal modo in cui Vithal tirava le labbra fino a mettere in mostra i denti brillanti.

«Il giorno in cui arrivò il demone bianco, la situazione si fece nera per la nostra gente» proseguiva. «Le foreste, così, di punto in bianco, appartennero a loro, ai *savkar*. Perciò i savkar nominarono dei funzionari per impedire l'abbattimento degli alberi, anche solo per il semplice calore di un falò.»

Il silenzio piombava sugli abitanti del villaggio. Alcuni di essi iniziavano a dondolare, incapaci di resistere ai venti del passato. Tutti quanti sapevano fin troppo bene come erano considerati dal demone bianco. Selvaggi ignoranti, appena più evoluti dei gorilla.

E i gorilla non potevano possedere la terra.

Perciò la terra dei gorilla era stata confiscata e consegnata a indù, musulmani e zoroastriani. E questi uomini istruiti si erano avventati su di essa con la voracità degli avvoltoi, ma siccome erano colti, ne avevano lasciata *una piccola parte* ai warli, a cui apparteneva di diritto. Un coriandolo, niente di più. Ma persino i brandelli più putridi avevano un prezzo.

In cambio di un appezzamento delle dimensioni di un'unghia, il warli era tenuto a coltivare i campi padronali, ricevendo in cambio una cucchiaiata di risone che poi avrebbe convertito in cibo, in rabbia, sofferenza, pietà, e infine disperazione. Tutte le mattine, al rintocco di una campana, il warli doveva lavorare la terra del padrone, con la scura schiena tribale che traspirava sudore come fosse una terribile malattia. Alla fine della giornata lo aspettava solo una manciata di riso e, se era fortunato, un pizzico di sale.

«Non piangete» diceva Vithal alla sua gente. «Niente lacrime. I nostri avi hanno combattuto, per il sale. Sarebbe un torto da parte nostra sprecarlo.»

Aveva le labbra inumidite dal vino di palma che beveva e il fuoco giocava con il suo volto, rendendolo più scuro, più rosso, più vivo.

«I lunghi artigli dei bianchi bramavano le nostre carni» aggiungeva. «E così furono approvate certe leggi. Ma non erano leggi. Erano le nostre condanne a morte. Da un giorno all'altro, trasformarono i Re della Giungla in semplici bifolchi. Com'è possibile? Si può chiamare capra una tigre? O topo un leone?»

«No» rispondevano gli abitanti del villaggio.

Una volta trasformati in contadini, i warli erano stati costretti a comprare i semi dal demone bianco, semi che non potevano permettersi, e alla terra dei warli quei semi non piacevano, li risputava fuori. La terra non voleva capire che i warli dovevano pagare le tasse. Perciò avevano dovuto rivolgersi agli usurai, mentre le tasse continuavano ad aumentare, i prestiti a salire, e la terra restava silenziosa. E quando la terra non parlava, i warli si rivolgevano al liquore, ma anche quello era stato abolito. Il mahua era ormai illegale, perciò anche per bere si rivolgevano agli usurai, i cui tassi d'interesse erano alti come pini.

E in tutto questo, il giovane proprietario di un negozio di liquori di nome Shapur Irani aveva messo a disposizione di Vithal un pozzo di liquore, a credito, e quando questi non poteva saldare il conto, gli lasciava l'impronta del pollice.

Vithal aveva perso tutta la terra.

Aveva perso la terra e quindi aveva deciso di perdere il pollice.

Era tornato a casa ubriaco, infuriato, in lacrime come

una donna picchiata. Odiava il suo pollice. Odiava la vista dell'impronta sulla carta da bollo, perciò si era servito della falce appesa alla parete della capanna.

Alcuni anni dopo aver perso il pollice, aveva perso anche la moglie. Lo aveva lasciato per un altro, un uomo che poteva mantenerla. Ma mai una volta la voce di Vithal aveva tradito amarezza o nostalgia, quindi Ganpat e Rami avevano deciso di comportarsi come il padre. «Nostra madre ha scelto di vivere altrove» era quello che si dicevano. Ne avevano fatto una questione di geografia, non di cuore.

14

Kusum giaceva sul pavimento del soggiorno di Zairos e fissava le candele accese. Sopra di lei, il ventilatore a soffitto era immobile, vittima di un'interruzione dell'elettricità.

Nonostante Zairos avesse cercato in tutti i modi di farla spostare sul divano, Kusum si era rifiutata.

Zairos voleva toccarla, ma non riusciva a pensare che al dito di Vithal.

Guardava il proprio pollice, i cerchi concentrici sulla pelle, come i solchi nella terra prodotti dall'aratro. Per lui, era solo un pollice. Per Vithal, invece, era fonte di vergogna, un farabutto lebbroso. E quando lo aveva mozzato, cos'era rimasto? Un moncone infecondo, come i suoi ultimi giorni sulla terra.

Per due volte Zairos giunse quasi a posare la mano sul ventre nudo di Kusum, poi la ritrasse. Se quella sera l'avesse toccata, sarebbe stato diverso.

Perciò usò solo la punta delle dita, con leggerezza, su quelle di lei. Un tocco così delicato da poter essere immaginario. Non la guardò in viso, non controllò se avesse gli occhi aperti o chiusi.

Poi lasciò riposare il palmo sul suo, il pollice fu l'ultimo a stabilire un contatto.

Adesso sentiva che le loro dita generavano una corrente, una trasmissione di tutti i loro amori, timori e desideri. Benché un uomo irani avesse già toccato le mani di una donna warli in quel modo, nessuno di quei tocchi aveva mai trasmesso tanto, di questo era certo.

Il bagliore delle candele esplorava le pareti, le fotografie dei volti irani erano accese dalle fiamme. Zairos si rammentò che le persone acquisivano valore solo se qualcuno le illuminava con una luce. Se avesse soffiato sulla candela, le facce sulla parete sarebbero scomparse.

Si udì un forte tonfo alla porta d'ingresso.

Per poco la candela non cadde dal tavolo. Kusum balzò in piedi e fissò Zairos. Per alcuni secondi, silenzio. Poi un altro tonfo, più forte, il rumore di un corpo che sbatteva contro la porta principale. Poteva essere un animale, ma Zairos non voleva correre rischi. Afferrò Kusum per la mano e salì al piano di sopra. Aprì lentamente la porta della veranda superiore. Si tenne basso e sbirciò attraverso la ringhiera. Non era un animale. Era un uomo, un warli in pantaloncini e canottiera. Zairos guardò intorno, ma non vide nessun altro. Era troppo incauto per essere un ladro.

Poi, in un lungo grido ubriaco, l'uomo chiamò Kusum.

Era Laxman.

Le parole di Chambal il dacoit riaffiorarono nella mente di Zairos: "Un uomo ferito è un uomo molto pericoloso". Laxman si allontanò dalla porta, poi si voltò e vi corse contro. Lo fece ancora, chiamando Kusum per nome. Laxman si fracassava le ossa di proposito, al buio. Si coprì il viso con le mani nel tentativo di fermare il sangue. Poi fece alcuni passi e crollò sul prato. Si alzò ancora e andò a sbattere contro un albero. Non importava se aveva confuso l'albero con la porta. Era venuto per farsi del male, per destare gli dèi dal loro sopore, per lasciare una scia di sangue warli sull'erba.

La sua dea era al fianco di Zairos. Adesso gli apparteneva, e Laxman ne era consapevole.

Al mattino, il sangue si era seccato. Parte di esso imbrattava la porta e, quando Kusum lo vide, usò le mani per pulirlo con la foga della vergogna. Zairos dovette trattenerla per farla smettere.

Kusum disse che l'apparizione di Laxman significava che Rami gli aveva detto dove trovarla. Rami era devota alla tribù, non all'anima. Zairos, tuttavia, aveva un'opinione diversa sulla comparsa di Laxman. Attaccando Villa Aspi, l'uomo aveva compromesso la sua posizione. Adesso Havovi la Caritatevole avrebbe avuto il suo bel da fare a invocare benevolenza per Laxman. Una trasgressione simile insaporiva la bustarella, la rendeva più pulita.

Zairos tornò dentro per preparare del tè a Kusum. Era il tè di Lakhu, una combinazione di zenzero e cardamomo. Lei si sedette per terra, divertita dal farsi preparare il chai da un seth. Le diede del pane tostato, che non le piacque, ma quando assaggiò la marmellata di zenzero, sul suo volto si dipinse un'espressione deliziata.

«Devi venire con me alla centrale di polizia» le disse Zairos. «Se racconterai di Laxman a Mhatre, sarà meglio.»

Al minimo accenno alla polizia, Kusum smise di mangiare.

«Non vuoi?» domandò Zairos. «Hai paura?»

«Sì» rispose lei. «Ce l'avresti anche tu se ti chiamassi come noi warli.»

«E come vi chiamate?»

«Abbiamo dei nomi orribili. Ci chiamiamo Patlya e Barkya, e anche Manglya... Che razza di nomi sono?»

Patlya e Barkya. Stecco e Tappo.

Zairos capì al volo. I nomi si basavano soprattutto sull'aspetto. E su che aspetto si poteva contare con la denutrizione dilagante, con la malaria che scuoteva le madri durante la gravidanza, quasi fossero nella morsa di una tempesta malevola? E Manglya, Nato di martedì... Era patetico. Mentre gli altri battezzavano i loro figli Shiva o Vishnu, mentre gli altri portavano il nome degli dèi, i warli avevano dei nomi che persino i cani avrebbero rifiutato.

«Anche nelle favole» soggiunse Kusum. «Un grande sovrano warli viene convinto con l'inganno da un bramino a cedergli tutto il suo regno e il suo bestiame. Perché raccontare una storia del genere a un bambino? Per fargli capire sin dalla nascita che il suo popolo è stupido, che ha perso la terra.»

«Ti riporto a casa» le disse. «Voglio parlare con Rami.»

Le strade erano ancora bagnate, benché la pioggia fosse cessata. Tutto era fresco, le pietre, la terra, i tetti dei templi e delle capanne, le foglie delle palme da cocco, tutto era lucente, come rinato. Tutto tranne Kusum. Zairos la immaginava ricoperta dalle ragnatele del passato. Non appena se ne rompeva una, se ne formava un'altra, più resistente e appiccicosa.

«Seth, tu non saprai mai cosa significa. Primo, sono una donna. Una gamba in meno. Secondo, sono una delle tribù. Via tutt'e due le gambe.»

«Io sto con te proprio perché sei una donna» replicò lui. «Non credo che potrei giocare con i capelli di Laxman o ascoltarlo parlare di favole.»

«Seth...» Il suo sorriso si spense prima ancora di raggiungere il pieno rigoglio.

La capanna di Kusum si stava ancora riavendo dal pesante acquazzone. Anche se era fatta di cannicci adatti per far defluire l'acqua, le piogge erano un avversario troppo temibile. E così Rami. Zairos lo capì dal modo in cui stritolava il bidi tra le labbra.

«Sono venuto qui per dirti che Kusum resterà a casa mia» annunciò Zairos.

Sapeva che c'erano molte cose che la donna aveva da dirgli, ma anni di sottomissione la trattenevano e il bidi ne pagava le conseguenze.

«Con me è al sicuro» proseguì. «Se rimane qui, Laxman le farà del male. È questo che vuoi?»

«No» rispose Rami.

«Solo per qualche giorno. Poi la riporterò.»

«Esattamente, cosa farete con lei per qualche giorno?»

«Baderò a lei.»

«Seth, io sono una donna. Magari vivo in una capanna, ma sono una donna.»

Kusum si godeva quel momento. In una certa misura, il suo uomo stava lottando per lei e, per quella ragione, s'intromise. S'inginocchiò e posò la mano sul capo di Rami, un gesto semplice per farle capire che se ne stava andando, ma non per sempre. Quando lo fece, la pelle degli avambracci di Rami si afflosciò ulteriormente.

«Ho bisogno del suo aiuto oggi pomeriggio» ribatté Rami. «Potete passare a prenderla stasera.»

Kusum dovette dire a Rami la verità su Zairos. Lo vedeva come una via di fuga, forse un semplice cocchio su cui potersene andare, anche se solo per breve tempo.

Ma quando Rami disse: «C'è una cosa che devo dirti», Kusum capì che la zia avrebbe cercato di inculcare del buonsenso in quel suo giovane cervello.

«C'è una cosa che devi sapere prima di partire con

quest'uomo che un giorno ti ripudierà» incalzò Rami. «Tu dici che non è come gli altri. Esiste un modo per scoprirlo.»

«Come?»

«Raccontagli una storia. Quella che narrava tuo padre.»

Ganpat era un pozzo prosciugato, una carestia. Non appena gli veniva chiesto di raccontare una storia, il suo cuore prendeva a tuonare di paura, le spalle gli piombavano e gemeva come un agnello scuoiato, chiedendo pietà.

«È l'unica storia che Ganpat abbia mai raccontato in tutta la sua vita, e ne scoprì il significato il mattino della sua morte» spiegò Rami. «Ma tuo padre si portò quel significato con sé, nell'istante in cui gli si spezzò l'osso del collo.»

«Non vedo l'ora di ascoltarla» rispose Kusum.

E non vedeva l'ora di mettere Zairos alla prova, anche se con ciò Kusum avrebbe dimostrato di essere esattamente alla stregua di pavoni, pernici e quaglie che, scioccamente, avevano frainteso l'espressione negli occhi del cacciatore.

Quella sera, mentre giaceva sul pavimento, con la testa di Zairos in grembo, Kusum gli riferì cosa le aveva rivelato Rami.

«Tutto è cominciato sette giorni prima della morte di mio padre,» iniziò Kusum «quando Laxman mi ha picchiato come non aveva fatto mai. Mio padre era in un mare di lacrime.»

Ganpat aveva alzato lo sguardo al cielo, invocando l'intervento degli dèi, ma si era reso conto che gli dèi erano vecchi e stanchi quanto lui. Anche loro avevano la schiena ricurva. Anche i loro corpi erano indolenziti. Tant'è vero che si riempivano la bocca di nuvole per attutire i propri lamenti, per impedire che i warli udissero quelle grida e perdessero la fede.

Era troppo tardi. Lui la fede l'aveva già persa. Proprio come suo padre Vithal quando aveva perduto terra e pollice.

Suo padre aveva perso la fede negli dèi, ma non nelle storie. Ganpat udiva la voce di suo padre giungergli come un torrente in piena. «Quando si soffre, è tempo di cominciare a raccontare.»

Ma Ganpat non era una montagna d'uomo come suo padre, che aveva il coraggio di cantare la violenza, la tortura, la fame. Tutto quello che i warli avevano perduto poteva essere ritrovato nella voce di Vithal.

«È come se avessi nello stomaco tutti gli animali della foresta» aveva detto Ganpat a Rami. «C'è un gran tumulto, si precipitano da una collina, facendo franare sassi e pietre, alberi e serpenti, e Dio solo sa cosa, tutto quanto precipita dalla collina, e succede nel mio stomaco.»

«Oggi parli come nostro padre» aveva commentato Rami. «Magari è lui che sta parlando attraverso di te.»

Se solo Ganpat fosse riuscito a trovare abbastanza denaro per riscattare sua figlia.

Doveva andare in cerca del *moha* nero. Gli stregoni giuravano che chiunque trovasse quella pianta avrebbe calamitato ricchezze oltre ogni immaginazione. Ma Ganpat non conosceva nessuno che lo avesse mai trovato. Il moha nero non era che uno spettro oscuro.

Non gli restava che il dolore, e quello lo spronava a raccontare.

Non poteva sapere se avrebbe funzionato. Poteva anche non riuscire a smuovere foglia. «Devo raccontare una storia che è finita nel dimenticatoio» aveva annunciato a Rami. «Papà diceva sempre che le storie migliori sono quelle dimenticate.»

Aveva trascorso i giorni successivi a domandarsi quale storia volesse fargli raccontare suo padre.

Una favola che gli avrebbe conferito potere, la forza di chiudere le dita in un pugno e di abbatterlo a terra, così da far sussultare chiunque vi camminasse e spingerlo a invocare giustizia.

Ma non gli era venuto niente.

Sconfitto, si era disteso per terra davanti alla capanna e aveva chiuso gli occhi.

L'erba secca gli si conficcava nella schiena e aveva sorriso, perché gli steli morti avevano ancora il potere di disturbarlo. Giaceva completamente immobile per terra, maturo per la morte come qualsiasi frutto umano.

Era stato allora che Rami lo aveva visto.

Lo aveva trovato nella stessa identica posizione molti anni prima, quando aveva solo cinque anni. E provò il desiderio di raccontargli di quella volta.

«Se ricordassi tutte le cose che mi sono imposta di dimenticare, oggi non sarei viva» aveva detto Rami. «Ricordando, ho rivissuto momenti terribili. Ma forse stavolta ne uscirà qualcosa di buono, fratello mio. Tanto tempo fa, ti ho trovato in questa stessa posizione, disteso per terra.»

Allora era solo un bambino: piccolo, magro, un mucchietto di costole. Aveva vomitato. Era privo di sensi, pronto a lasciare il mondo. Rami lo aveva sollevato e, non sapendo cosa fare, gli aveva spruzzato dell'acqua in viso. L'alito gli sapeva di liquore, ma non poteva essere vero, perché aveva solo cinque anni. Qualche spirito maligno doveva essergli entrato in bocca.

Dopo un'ora, era tornato nel regno dei vivi. In quello stato di semiveglia, né tra i vivi né tra i morti, le aveva raccontato una storia.

«Forse è esagerato chiamarla storia» aveva precisato

Rami. «Le uniche parole che hai detto sono state: "Shapur seth... il pozzo... Shapur seth... il pozzo...".»

«Tutto qua?» aveva chiesto Ganpat. Si chiedeva se sua sorella si stesse prendendo gioco di lui.

«Tutto qua» aveva replicato Rami. «Ma da come lo hai detto, mi è parso di capire che tu avessi visto qualcosa. Tremavi come trema una capra quando scorge la lama.»

Non era finita.

«Quel giorno, stringevi in mano il tappo di una bottiglia. Pensavo che fosse incantato, quindi l'ho tenuto con me per tutti questi anni, nella speranza che il sortilegio ricadesse su di me e mi uccidesse al posto tuo» aveva raccontato. «Ma sono ancora viva.»

Rami aveva teso la mano verso Ganpat, i bracciali rossi che tintinnavano intorno al sottile polso scuro, e gli aveva messo un tappo di bottiglia in mano.

«Avevi visto qualcosa» aveva ripetuto lei. «Ne sono certa.»

Ganpat aveva stretto quel tappo per ore, ma non aveva la più pallida idea di cosa stesse parlando sua sorella. Il tappo gli era estraneo. Poteva essere qualsiasi cosa. Anche l'occhio di un dio ferito. Se l'era portato con sé dappertutto. Giù per una collina, sopra una palma da datteri, intorno alla capanna, camminando all'indietro, di lato, rotolando per terra, aveva fatto tutto il possibile per far parlare quell'occhio.

Niente.

Poi, la notte prima della sua morte, aveva sentito un grido così forte da pensare che qualcuno stesse cavando le zanne a Vaghai, il Dio Tigre. Era andato a dormire con il tappo in mano: quel tappo cercava di dirgli qualcosa. Lo aiutava a ricordare.

A poco a poco, erano emerse alcune immagini. Shapur seth in piedi vicino a un pozzo. E Ganpat a cinque anni, che lo sbirciava dalle fronde degli alberi di chickoo. Le immagini si ripetevano. Shapur seth accanto al pozzo, attraverso l'intrico degli alberi di chickoo. Con una bottiglia di whiskey in mano.

Quando Ganpat si era svegliato l'indomani mattina, ricordava tutto. Non si era mai sentito così giovane e potente in tutta la sua vita. Era un serpente pronto a colpire.

«Se sono i soldi che Laxman vuole, li avrà» aveva annunciato a Rami. «Ci credono invisibili!»

«Chi?» aveva chiesto Rami.

«I padroni! I padroni ci credono invisibili!»

Teneva il tappo in alto sopra la testa. «La bottiglia potrà anche aver distrutto la nostra gente. Ma oggi, la bottiglia ci salverà. Salverà mia figlia.»

Aveva riconsegnato il tappo a Rami. «Questo ci restituirà la vita.»

«Cosa intendi, fratello mio?» aveva domandato Rami.

«Rami, hai ragione» aveva spiegato. «Molti anni fa, ho visto Shapur seth fare una cosa terribile.»

Non le aveva confidato cosa. Non ce n'era stato il tempo. Nel corso della notte si era trasformato in qualcosa di selvaggio. Non poteva permettersi di sprecare quella ferocia. Di lasciarla scemare.

«Credono di poterci togliere la terra e che ce ne staremo zitti. Credono di poterci prendere le donne e che ce ne staremo zitti. Credono di poterci togliere le foreste e che ce ne staremo zitti. Stavolta li ferirò. Ferirò il padrone. Per ricordargli che sono vivo. Preparati, Shapur seth. Preparati» salmodiava.

Poi si era precipitato fuori dalla capanna.

«Intendo scoprire cosa significa questa storia» disse Kusum a Zairos.

Aveva cercato di mantenere la calma mentre raccontava, ma la voce le si era incrinata più volte e la sua bocca emanava l'aroma della sconfitta. All'inizio, aveva la testa di Zairos sul ventre, ma adesso era lei a tenere la testa posata sul petto di lui, i lunghi capelli neri sparsi, come una pozza d'acqua nera impossibile da arginare.

Alzò la testa e lo guardò negli occhi.

Per lei era dura. Le corde della schiavitù la strattonavano, ricordandole di abbassare lo sguardo perché era ancora una bracciante della piantagione.

Zairos non dubitava delle sue intenzioni. Erano buone e salde, ma dubitava di quelle di Rami. Aveva i denti troppo storti, troppe rughe sul viso, rughe che la deviavano dal sentiero, che la mettevano fuori strada.

E Shapur Irani avrebbe dato a Zairos la stessa spiegazione del cuore warli: che era impossibile da sondare, che gli uomini delle tribù non erano che un crogiolo di amarezza e racconti, e che quella storiella assurda e senza senso ne era la dimostrazione.

Zairos non voleva abbandonare la sua gente, prendere le distanze da loro sull'onda di un capriccio romantico. Non voleva essere il paladino di una donna delle tribù. Non voleva affatto essere un paladino.

Non c'era niente che potesse offrirle. Né risposte, né promesse.

Dormirono, vicini ma senza sfiorarsi. Il fatto che Kusum avesse pronunciato di nuovo il nome di suo nonno aveva tracciato una linea tra di loro, e Zairos non intendeva ancora attraversarla. Il versante di Kusum poteva essere disseminato di sabbie mobili. Preferiva aspettare.

Nel cuore della notte, si svegliò e salì di sopra. Ne aveva abbastanza del pavimento. La lasciò lì. Tornò a essere un padrone nel suo letto, al piano superiore.

Alcune ore dopo, la luce gli fece notare un'incrinatura nella finestra.

La luce era troppo strana, troppo cruda perché fosse l'aurora. Come mai non si era svegliato al rumore del Gujarat Express?

Sentì del trambusto di sotto. C'era più di una persona.

Appena scese, fu accolto dal canto di suo padre. Aspi Irani sedeva al tavolo, coltello e mela in mano, intonando la sua canzone, rigorosamente in inglese, facendo rimare "sposalizio" con "supplizio". Mithoo era alla stufa e ordinava a Kusum di aggiungere del masala rosso alle patate.

«Cosa ci fate qui?» domandò Zairos.

«Tuo padre è stufo di andare ai matrimoni» rispose Mithoo.

«Meglio i funerali» aggiunse Aspi Irani. «Per lo meno non si può andare due volte al funerale della stessa persona.»

«Non sei contento di vederci?» chiese Mithoo.

«No... no, *sono* contento» rispose Zairos.

«Certo che hai fatto presto a trovarti una serva! Le è preso un colpo quando siamo entrati, poverina. Aveva il vaso della marmellata in mano. Penso che stesse per mangiarla. Dovremo tenerla d'occhio. Mai viziare questa gente. Vanno messi in riga sin dal primo giorno.»

Mithoo tornò alla stufa e domandò a Kusum: «Quanto ti ha offerto mio figlio? Ti ha parlato di una paga?».

Kusum guardò Zairos, incerta su cosa rispondere.

Lui sapeva cosa stava pensando Kusum. Nella giungla, il più grande non protegge il più piccolo. Il più grande se lo mangia, il più piccolo. Si accomodò al tavolo e prese una fetta di mela.

Con la testa china, Kusum prese a pulire il bagno.

«Una cosa terribile...» disse Shapur Irani, rimuginando sulle parole di Ganpat. «A quell'epoca, la demenza si era impadronita completamente di Banu. Non avrei avuto la forza di fare qualcosa di terribile. Ti giuro, Zairos, tranne quell'unico incidente con Vithal, nessun warli è mai stato percosso nella mia tenuta.»

Zairos era strabiliato dal fatto che, persino a distanza di decenni, il pensiero dell'infermità di Banumai riuscisse a stravolgere i tratti di Shapur Irani. A uno schiocco di dita, il dolore gli faceva perdere la sua impassibilità, mostrando al mondo che forse sarebbe stato più felice in coma irreversibile.

Zairos lasciò il nonno sulla sedia a dondolo, rammaricandosi per aver affrontato l'argomento.

Alla piantagione, Kusum era in fila per la paga giornaliera.

Il chickoo era più lunatico che mai. Stava diventando bipolare: felice e rigoglioso un minuto prima, secco e ritroso un minuto dopo. Si votava al suicidio, gettandosi a terra senza concedersi il tempo di maturare.

Senza abbastanza frutti da cogliere, Zairos pagava metà giornata ai braccianti.

Si accorse che Kusum contò il salario due volte, e poi una terza. C'era speranza in quel conteggio, la speranza che, grazie alla ripetizione, per magia le si materializzasse in mano un'ulteriore banconota da dieci rupie.

Dopo che tutti i lavoratori se ne furono andati, lei rimase.

Ma non avevano un posto dove stare. Si addentrarono nel folto degli alberi, sperando di essere ammantati, protetti, toccati da nient'altro che da loro stessi.

Si distesero uno sopra l'altra, i corpi che cantavano alla follia.

Quando si univano, niente aveva più importanza. Anche se la neve fosse emersa dal terreno o le gemme di chickoo avessero iniziato a parlare, non ci avrebbero fatto caso.

A Zairos piacevano i momenti che seguivano l'amplesso, il respiro caldo di lei sulla pelle.

«Seth» lo chiamò. «Questo è il tuo Dio?»

Sollevava la fravashi, l'angelo custode alato che gli pendeva al collo da una catena d'oro. Ogni uomo aveva una fravashi che incoraggiava la sua anima a entrare nel mondo fisico, raccogliere esperienze e scegliere l'*asha* sulla *druj*, la verità sulla bugia.

«Seth...»

«Sì» le rispose. «Questo è il mio Dio. Veglia su di me. Ce n'è un altro per mia madre, mio padre e mio nonno.»

«È perché siete i padroni?» Pose quell'interrogativo con serietà.

Per i warli, anche gli angeli custodi potevano essere comprati. Non la biasimava per il suo modo di pensare. Kusum era stata lasciata senza protezione. Come zoroastriano, Zairos aveva il potere di secoli alle sue spalle. Zarathustra era un pioniere, una stella i cui precetti avevano ispirato l'antico Impero persiano sul cui suolo, poi, gli arabi avevano chiamato infedeli gli zoroastriani. Quando l'umiliazione si era fatta troppo dura da digerire, erano stati i *magi* a rammentare il proprio lignaggio agli zoroastriani. Con i loro fuochi e i loro testi sacri, erano giunti in India e gli infedeli erano risorti come dottori, avvocati, artisti, uomini d'affari e proprietari terrieri.

Ma i magi di Kusum non avevano una storia simile. L'avevano tradita.

Erano incantatori in cui lei non aveva fede. Non poteva trarre forza da uomini che credevano nella caccia alle streghe, che esigevano liquore e polli in cambio del suggerimento più banale, la cui unica soluzione sembrava essere la pratica della magia nera.

«Seth» prese a dire. «Ho l'impressione che le donne siano state mandate su questa terra per imparare a diventare uomini.»

Capiva cosa intendesse dire. Era in guerra con suo marito, un uomo della tribù che avrebbe dovuto proteggerla, provvedere a lei.

«Normalmente sono gli uomini ad arrampicarsi sulle palme da cocco» continuò. «Un giorno, mia madre stava male. Aveva bisogno di acqua di cocco, ma mio padre era troppo ubriaco per salire. Quel giorno ho deciso di imparare a salire su una palma da cocco.»

«Sai arrampicarti su una palma?» le domandò.

«Sì» rispose. «Ti faccio vedere.»

Saltò in piedi e corse all'albero più vicino. Tutt'a un tratto aveva qualcosa da mostrargli, qualcosa che lui non riusciva a fare, e la soddisfazione sul suo viso era palpabile. Aveva tratto ispirazione dal proprio passato, il che era insolito.

Poco dopo era a dieci metri di altezza e senza imbracatura.

Quello un padrone non avrebbe mai saputo farlo. Per una volta Kusum non lasciava impronte sul terreno. Si allontanava il più possibile dalla terra che l'aveva tradita, verso l'aria accogliente e priva di ostacoli.

Zairos desiderava poter stare lassù con lei, vicino al cielo.

Voleva guardare nell'azzurro, persino oltre, nello spazio, dove abitava la sua fravashi. Aveva alcune domande da porle.

Ascoltare Kusum equivaleva a tradire il suo popolo?

Tutte le volte che le scioglieva i capelli, centinaia di warli ricadevano a cascata e raccontavano le loro storie. Ne scorgeva i volti, le lunghe chiome, i perizomi, udiva le loro grida. Dopo che lui e Kusum avevano fatto l'amore, quegli uomini e quelle donne apparivano dal nulla, da decenni passati, e scivolavano giù, lungo i torrenti delle ciocche di lei, fino a posarsi sul suo petto. Gli parlavano di cose strane, come dell'uomo appeso a un albero a testa in giù, i lunghi capelli in fiamme, e di un padrone musulmano sotto l'albero che accendeva fiammiferi...

Zairos voleva dire a quei warli che era zoroastriano, non musulmano, non indù. Non poteva assumersi la responsabilità delle azioni di uomini vissuti secoli prima, uomini appartenenti ad altre religioni e, nel momento in cui pronunciava quelle parole, sapeva di aver commesso un errore e i warli si ritiravano, tornando a celarsi nella notte scura dei capelli di Kusum.

Adesso che li aveva conosciuti tutti, li portava con sé. Percepiva la loro presenza anche quando andava in moto con Kusum; pareva che il motore avesse esaurito la sua potenza, la sua voce tradiva lo sforzo sulla salita del ponte.

Cosa voleva la fravashi da Zairos?

Era la prima volta che le parlava. La portava al collo sin da quando era piccolo, ma non era sufficiente. Stava a Zairos alzare la testa al cielo e chiedere. E se la sua anima davvero anelava a una conversazione, solo allora le ali della fravashi si sarebbero dischiuse e, con esse, la saggezza che desiderava infondere all'uomo o alla donna a cui era stata affidata.

Quando Kusum iniziò la discesa dall'albero, Zairos distolse lo sguardo, temendo che cadesse. Ma, in caso avesse perso la presa, anche lei aveva una fravashi tutta sua, con un paio d'ali, soffici e leali quanto quelle della propria custode. Se Zarathustra parlava di un Unico Dio, allora, a prescindere dalla religione, ciascuno era nato con una fravashi e le fravashi non si curavano della terra o della classe sociale, credevano nel valore morale. Avrebbero soppesato i pensieri, le parole e le azioni di Kusum e, con ogni probabilità, non l'avrebbero trovata meno ricca di lui.

E così le settimane volarono veloci per Zairos, magari cinque, o magari di più, e gli aironi sull'albero vicino al salone di bellezza Big Boss continuavano a pulirsi coi becchi, preparandosi agli accoppiamenti aerei, mentre a terra Zairos e Kusum facevano la stessa cosa, cinguettando come uccellini quando nessuno li vedeva, gli argini rosati delle loro labbra che si scontravano l'uno contro l'altro, combaciando ogni volta.

E una sera tardi, poco dopo l'imbrunire, Kusum divenne la prima cliente donna del salone di bellezza Big Boss. Con suo grande merito, Sharmaji non disse una parola sul dover servire una donna delle tribù. Anzi, nell'istante in cui sciolse i capelli di Kusum – dopo che lei aveva manifestato un grande imbarazzo e ci aveva pensato a lungo –, i suoi occhi si illuminarono, decuplicati dagli spessi occhiali da vista, ed estrasse le forbici. Ma Zairos lo fermò.

«Solo un massaggio alla cute, Sharmaji» ordinò Zairos. «Vacci piano.»

Non voleva cambiarle acconciatura o abbigliamento. Sarebbe stato troppo arrogante. Voleva soltanto che facesse la conoscenza con l'intonaco ingiallito del salone, le assurde immagini di caschetti alle pareti, che assaggiasse il chai preparato dal piccolo Munna e servito in tazzine di acciaio, una pozione magica che lasciava l'impronta su qualsiasi cuore. Kusum fissava lo specchio con sguardo perso, temendo di muoversi, incapace di rilassarsi.

Zairos si godeva ogni singolo istante, incrociando il suo sguardo nello specchio, mentre Hosi e Bumble si scambiavano occhiate, convinti che il cugino avesse perso il cervello. Hosi era seduto sulla solita sedia girevole azzurra, la gommapiuma dell'imbottitura ormai del tutto andata, al punto che il sedile era quasi rigido come una tavola di legno.

«Sei peggio di Madre Teresa» esclamò. «Una suorina in motocicletta che un giorno s'imbatterà in un dosso artificiale e perderà l'aureola.»

«Sei diventato una fatina» commentò Bumble. «Procurati un abito bianco e una bacchetta e potrai volare con l'aliante di Xerxes per cospargere lustrini su tutta Dahanu.»

Ma, a dispetto di quello che dicevano tutti, Zairos continuava ad avvicinarsi a Kusum.

Forse era inevitabile, perché i due avevano qualcosa in comune sin dall'istante della loro nascita. Quando nasceva un bambino warli, gli aveva raccontato lei, gli venivano somministrate alcune gocce di liquore e cantata una ninnananna. E lui le aveva confessato che suo padre gli dava il whiskey quando era piccolo. Aspi Irani immergeva il dito in una bottiglia di Black Label e lo lasciava succhiare a Zairos affinché, una volta cresciuto, fosse in grado di reggere l'alcol come un vero uomo. Ogni volta che Mithoo protestava, Aspi Irani ribatteva: «Il Black Label è latte materno per me».

«Cosa speri di ottenere?» domandò Hosi a Zairos. Si grattò la barba, emise un brontolio per esprimere dissenso, girò sulla sedia azzurra, compiaciuto del suo inconfondibile cigolio. «Capisco che tu ne sia attratto» aggiunse Hosi. «Ma alla fine della fiera non è che un buco, semplice e letale.»

Intendeva dire che qualsiasi contatto, oltre quello fisico, era superfluo, se non addirittura impossibile.

E magari Zairos stava dimostrando che non era nessuna delle due cose.

O forse aspettava soltanto di avere un'indicazione dalla fravashi.

Sino ad allora, Kusum poteva godersi un massaggio alla testa.

Non c'era niente di sbagliato in quello. Non c'era niente di sbagliato nell'aspettare. Non doveva succedere niente. Non voleva ottenere niente. Questo era quanto.

La guardò di nuovo nello specchio.

Col passare dei giorni, la osservava sempre più con gli occhi di un cecchino. Non c'era che lei. Kusum avrebbe potuto prendere i lunghi capelli neri, avvolgerglieli intorno al collo e strozzarlo, se solo l'avesse voluto. Avrebbe potuto fare di tutto, e lui se ne sarebbe rallegrato.

Dopo settimane alla ricerca di un nido d'amore, un nascondiglio per due banditi per cui l'uno era il bottino dell'altra, Zairos aveva trovato un posto. Una vecchia baracca bruciacchiata fuori dal Cottage Hospital.

Ultimamente, non sapendo dove altro andare, aveva portato lì Kusum. Aveva corrotto il custode e sistemato un piccolo materasso sul pavimento. Il custode portava loro wafer e Pepsi, poi se ne andava, lasciandoli soli al loro sudore.

L'anno 1954 appariva in rilievo sulla parete bianco smorto dell'ospedale, proprio sopra all'ingresso: a Zairos faceva pensare a un moribondo con la data di nascita stampata in fronte. Riusciva a scorgere l'ambulanza solitaria da un foro nel muro della baracca, parcheggiata sotto un albero, in attesa di trasportare malati e morti, il vetro del lampeggiante incrinato. Le pareti bianche dell'ospedale presentavano striature nere che conferivano a quel luogo un aspetto cinereo, lo stesso che assumevano molti pazienti nei loro ultimi giorni di vita. L'alta erba secca lì davanti stormiva come le antenne degli scarafaggi, all'erta, pronta a tutto.

All'inizio a Kusum piaceva quel nascondiglio segreto. Era un abisso in cui gettarsi entrambi, i dadi e i bulloni dei loro cuori che si incastravano l'uno con l'altro, con polvere e ragni, il chiar di luna che filtrava dal tetto, offrendo un biancore gentile, i segni delle fiamme sulle pareti della baracca e l'occasionale fiore di campo, i piccoli petali gialli come un sorriso, su quella grande faccia di muffa e ruggine. Lì dentro, persino le storie che si scambiavano prendevano luce. Sotto la barba stopposa e le catene d'oro del padrone, Kusum riusciva a percepire un bisbiglio, il desiderio di tendere la mano, di riparare... e lo scoprì nelle sembianze di una vecchietta che si era presentata al villaggio pochi giorni prima.

Indossava abiti costosi, ma esibiva una modestia terrena, mentre si avviava verso una capanna con gli occhi umidi di nostalgia, un atteggiamento comprensibile soltanto se l'umile casa a cui ora era diretta un tempo le avesse dato asilo, riparandola da vento e pioggia, e le avesse concesso di riposare nel grembo di sua madre.

Quella donna warli, molti anni prima, da piccola, vendeva portachiavi sotto la pensilina dell'autobus e la sua vita era cambiata quando era stata notata da una coppia di irani. Sedotti dai boccoli che le incorniciavano la fronte, avevano acquistato tutti i portachiavi a forma di ciabattina. Le avevano chiesto di andare a vivere con loro, per sempre, e così la bambina aveva scortato la coppia di irani alla sua capanna, per ottenere dalla madre il permesso di andarsene, ed era salita sulla loro auto con un fagottino in mano che conteneva, fra le altre cose, una piccola collezione di erbe datale dalla madre, una donna sola e ammalata, incapace di provvedere alla figlia. I due irani l'avevano poi cresciuta nella tenuta di loro proprietà, insieme ai loro due figli, e mandata a scuola a Bombay, le avevano insegnato l'inglese e trovato un marito, e adesso la donna viveva lontano lontano, in un paese di cui Kusum non sapeva nemmeno pronunciare il nome. Era la prova vivente che certi padroni avevano la bontà nascosta dentro, come un segreto.

E mentre pensava alla vecchietta che scattava fotografie a quella che un tempo era stata la sua capanna, Kusum sperava di avere anche solo un briciolo di quella fortuna, perché in tutto il tempo che aveva trascorso con Zairos, in tutti i soli e le lune che erano andati e venuti, si era formato qualcos'altro al di là dell'alleanza tra lei e un proprietario terriero.

Kusum aveva raccontato a Zairos la storia di suo padre. Ma adesso ce n'era una seconda in arrivo, un'altra che voleva condividere con lui, che correva a fianco della storia di Ganpat come un passeggero che cerca disperatamente di prendere il treno che saetta lungo i binari, gridando a squarciagola e pregando che qualcuno lo noti. C'era un'altra storia, e non era solo una storia, era qualcosa che stava per venire al mondo, vivo e strillante, e poteva appartenere a lui. Ed era lì, nella voce di Kusum, lì, nel tremito dei suoi occhi, quel seme che germogliava, quel ramoscello che avrebbe sviluppato braccia e gambe, che avrebbe mangiato e bevuto, ed era triste che Kusum riuscisse a parlare più facilmente della morte di suo padre che della nascita di suo figlio.

Non aveva idea di come Zairos avrebbe preso la notizia.

Scelse di non interpretare il tremore del proprio corpo come una risposta. C'erano altri segni, più incoraggianti: il fatto che si trovassero davanti a un ospedale, il numero di volte in cui l'aveva stretta al suo corpo, così stretta che al momento di rilasciarla la abbracciava di nuovo, il modo in cui le tagliava la frutta, pere e mele, in strane forme sgraziate che stuzzicavano l'appetito.

Erano quelli i momenti a cui si sarebbe ispirata.

Zairos si era addormentato sul materassino di paglia nella capanna. Lo scosse per svegliarlo.

Gli si fece vicina. Doveva farlo.

Non sapeva come chiamarlo: seth o Jairos. Doveva comunicare la notizia con deferenza, o festeggiare con il suo amante?

Infine, non scelse né titoli, né nomi. Scelse di toccarlo. Gli scostò i capelli dal viso. Non voleva che qualcosa gli impedisse la vista, perché doveva vedere che, se tremava, non era certo perché gli stava mentendo. Premette il proprio corpo contro il suo, non in maniera sensuale, ma per il semplice bisogno di non essergli distante.

Lasciò uscire la voce, come un albero produce i suoi frutti.

La presa sul manubrio si era indebolita. Il motore rombava, il cuore andava a mille battiti al minuto. Lo stomaco sottosopra, l'intestino che si avvolgeva come impazzito.

«Potrebbe essere figlio di Laxman» tentò lui.

Gli uscì come un bolo di catarro. Tutt'a un tratto era consapevole del contatto del suo corpo con quello di Kusum. Era appoggiata a lui. Zairos inarcò la schiena per reazione.

«Può darsi» replicò Kusum.

Ma poteva anche essere suo.

Si maledì per non aver usato contraccettivi, ma odiava quei dannati goldoni. Ed era stato attento, non le era venuto dentro, tranne una volta, o forse due, ed era stato incrontrollabile, ritrarsi sarebbe stato disumano, come gettare sabbia negli occhi del sublime.

Kusum non lo cinse per la vita mentre viaggiavano lungo la spiaggia. Le sue mani erano aggrappate al portapacchi di metallo. Se anche si fosse stretta a lui, avrebbe percepito la stessa freddezza.

Quando in seguito la vide al lavoro, in lei riconobbe entrambi gli spiriti, del cervo e della vipera. Lo aveva incastrato. Dentro, stava ridendo. O forse no, non l'aveva ingannato. Era stato incauto. Si era lasciato trasportare. Adesso Kusum era forte, mentre incedeva per la tenuta. La tenuta di Zairos.

Il terreno poteva anche essere di Kusum, ma la piantagione apparteneva *a lui*, si disse.

Il minimo profilarsi di quell'eventualità le aveva conferito potere. Tutto il dolore sembrava essersi disciolto, come cera da una candela, e Kusum l'aveva comodamente lasciato sul tavolo, perché ci pensasse lui a pulirlo. Ebbe persino l'audacia di chiedergli la marmellata di zenzero.

«Quella cosa dolce e gialla» gli disse. «Ti prego, portami quella cosa dolce e gialla...»

Un giorno gliela portò e lei si stupì di fronte ai pezzi gialli e sinuosi attraverso il vetro. Zairos dovette aprire il barattolo e offrirgliene un po'. «Infilaci un dito» le suggerì. Lei affondò l'indice e leccò la marmellata. L'espressione dei suoi occhi lo spinse a pensare che avesse visto un angelo, o meglio che se ne fosse mangiato uno.

«So a cosa pensi» disse lei.

«Non penso a niente» ribatté. «Non sono pronto a fare il padre. Potrebbe essere di Laxman. Quand'è stata l'ultima volta che avete fatto sesso?»

«La notte in cui sei venuto a portarmi via da lui.»

Dopo anni di tentativi, forse la natura aveva giocato un ultimo scherzo a Laxman e Kusum. Il concepimento e, appena un'ora dopo, lo spargimento di sangue e la separazione: condizioni perfette, normali, per la nascita di un bambino warli.

«Non sono pronto a fare il padre» ripeté.

«Nessun uomo lo è. Gli uomini sono dei vigliacchi. Gli uomini non servono a nulla quando c'è da allevare un bambino. Non preoccuparti, seth. Non voglio niente da te.»

A quelle parole, sentì l'impulso di prenderla per i capelli, strangolare la vipera in lei affinché rimanesse solo il cervo. La preferiva così. Quando Kusum era cervo, era lui a impugnare la lancia. La abbandonò tra gli alberi e salì le scale fino a camera sua. Si sarebbe arrampicato fino alle stelle, pur di stare lontano dalla terra, da quella donna.

Aveva ragione. Gli uomini sono dei vigliacchi.

«Dovresti farla abortire» disse Hosi. «Però Madre Teresa era contro l'aborto. Cosa penseranno le tue consorelle?»

«E poi chi li sente quelli del Vaticano?» aggiunse Bumble.

Erano tutti e tre al salone di bellezza Big Boss e Hosi si stava sottoponendo a un massaggio integrale. Giaceva bocconi, i fianchi ingrossati da birra e whiskey. Sharmaji stava lavorando sulle natiche.

«Papaya» affermò Hosi. «Ti serve la papaya. Può indurre l'aborto. Rimpinzala di papaya cucchiaio dopo cucchiaio, come un Romeo innamorato.»

Non avrebbe mai funzionato. Era la specialità di Hosi. Saltava fuori con idee impossibili da mettere in pratica. In quel momento stava redigendo una lista di nomi improbabili per un profumo da donna. Quello di cui andava più fiero era "Taliban". «Sembra quasi francese» sosteneva. «Così esotico.»

«Se la papaya non ti piace, allora dovrai rivolgerti a Dara Atom» insisté Hosi.

«*Questa* sì che è un'idea» esclamò Bumble.

Zairos protestò, ma fu spinto in auto. Hosi non lasciò nemmeno che Sharmaji gli asciugasse l'olio di dosso. «Mai avuto il culetto così liscio» commentò.

Prima che Zairos se ne accorgesse, erano sulla spiaggia a camminare sotto le palme da cocco sul sentiero selciato che conduceva a una porta di legno con una grossa maniglia di ferro, simile a quella di un disegno che ricordava di aver visto da bambino in un libro di fiabe dei Grimm.

La sala d'attesa era abbastanza capiente da ospitare almeno trenta persone. Le crepe nei muri così profonde da sembrare quasi cesellate. Il dipinto di un cavallo morto disteso su un fianco ornava una delle pareti. Uomini, donne e bambini sedevano su panche di legno addossate al muro, tutti i pazienti erano rivolti verso il centro della stanza come spettatori intorno a un ring. Avevano malattie di qualsiasi genere, dall'artrite alla congiuntivite, e cercavano una cura da Dara Atom. Non era un medico, era il santone di Dahanu e la gente sulle panche era lì perché aveva fede in lui.

«Che gran ciarlatano» esclamò Hosi. «Io lo adoro. Una cosa è imbrogliare i ricchi. Ma per imbrogliare i poveri, ci vuole una discreta presenza di spirito.»

«Un santone irani» intervenne Bumble. «Un concetto piuttosto stravagante.»

L'uomo emerse dal suo *sancta sanctorum*. Aveva preso ancor più chili dall'ultima volta in cui Zairos l'aveva visto, alla spiaggia. Adesso era più grasso di Merwan Mota. Arrancò in avanti, si aggiustò la bandana nera sulla testa, fece un respiro profondo e, con entrambi i palmi, si cosparse la fronte di cenere. Un bambino iniziò a piangere. Dara Atom agitò le dita e si guardò intorno. Era il suo modo per scegliere il paziente successivo. A prescindere dall'ordine di arrivo. Dara Atom lavorava in base all'istinto. E alla marijuana. Aveva un amico musulmano che se ne stava tutto il giorno nella moschea accanto all'Anna's a fabbricare palline di marijuana, che il santonc somministrava a tutti i pazienti come medicina. Non c'era da meravigliarsi che si fidassero ciecamente di lui. Proprio quando stava per scegliere un vecchietto con una pustola mastodontica sul naso, Hosi gli si accostò e gli parlò all'orecchio.

Al che Dara Atom entrò nel suo studiolo privato e ne uscì con un sacchettino di plastica che porse a Hosi. Poi si voltò verso il bambino che piangeva e disse: «Curerò te». Estrasse una compressa di marijuana dal taschino della camicia e la spinse in gola al piccolo. Poi gli posò il palmo sulla fronte e borbottò qualche preghiera.

«Le pillole che ti ha dato non sono di marijuana» spiegò Hosi una volta usciti. «Provocheranno l'aborto in men che non si dica. Le ho già usate. Non è mica una tragedia.»

«*È* una tragedia» ribatté Zairos. «Potrebbe essere mio figlio.»

«E allora? Sai quanti irani hanno fatto abortire le loro serve? È normale, boss. È normale.»

«Lei non vuole abortire. Vuole tenerlo.»

«Chi è *lei* per tenerlo?»

Zairos non sapeva cosa rispondere.

Non era una warli qualsiasi. Poteva essere la madre di suo figlio. E, anche in caso contrario, era qualcosa. Non era una zanzara, né un maiale o un cavallo, era una donna con un passato, un presente e un futuro.

Non doveva fare altro che sbriciolare le compresse bianche e mescolare la polvere nel barattolo di marmellata di zenzero.

Fissò le compresse, quelle minuscole assassine.

Kusum gli aveva predetto che, quando fosse arrivato il momento, non avrebbe avuto il fegato di rivendicare la paternità del bambino: «Anche se è tuo, non significherà nulla. Quando sarà il momento, non lo vorrai. Quello che proprio non capisco è come tu possa aver paura di questa vita che sta per venire al mondo».

Quella sera, si sedette da solo sulla veranda e affondò lo sguardo nella terra desolata davanti a casa. Gli insetti notturni erano usciti a giocare e per loro era una notte magnifica, una vera opera teatrale, con ritmi travolgenti, tuffi e cadute libere. Fissò quei cespugli, avvolti dalle tenebre, e svuotò il sacchetto di compresse nelle cavernose bocche melodiche delle creature notturne.

Se solo avesse potuto dirgli con certezza di chi fosse quel bambino. La madre avrebbe dovuto saperlo. Le madri avevano un radar speciale. Sapevano scorgere i bambini non ancora nati tra le stelle, senza telescopio.

Perciò Zairos si diresse verso la sua capanna, incurante della presenza di Rami.

La motocicletta guadagnò velocità e un coleottero gli colpì il viso con la violenza di un kamikaze. Un'auto si avvicinava dalla direzione opposta, il conducente lampeggiò, temendo che Zairos fosse un motociclista ubriaco.

In una certa misura, lo era. A casa aveva buttato giù tre bicchierini di whiskey.

Ma Zairos non era un coleottero. Conosceva esattamente la sua meta.

Kusum stava cucinando sul fuoco e ravvivava le fiamme con un ventaglio di carta. Rami non era nei paraggi. Magari era andata a liberarsi, lontano, nel buio della risaia. Zairos tolse il ventaglio a Kusum e iniziò a farle aria in viso. Lei sorrise, ma era un sorriso stanco, usato migliaia di volte.

Sapeva di averla delusa. Si era ritirato da lei, i giorni ormai lunghi e faticosi, il sudore sulla sua schiena più pesante del solito.

«Mia zia aveva ragione» cominciò. «Diceva che avresti perso interesse.»

Non aveva perso interesse. Si era preso una pausa, aveva rallentato. Era giovane, come lei del resto, e qualcosa di ancor più giovane, di più fragile, stava per venire al mondo e non era sicuro di volere che fosse suo.

No, mentiva a se stesso. Voleva lei, non un figlio.

Il bambino sarebbe stato lui *e* lei, una mescolanza per la quale sarebbe stato difficile crescere, figuriamoci prosperare. Aveva già visto simili incroci e nessuno di essi era stato riconosciuto dagli irani. Venivano lasciati alle madri, l'iniziale chiarezza della pelle scurita dal sole e dalla consapevolezza di essere stati abbandonati a loro stessi e mai riconosciuti.

Zairos fece giacere Kusum sul pavimento, sulla sua terra, in modo che il calore potesse in qualche modo raggiungerle il cuore. La terra, in un certo modo, era come il tè: scendeva in gola e trovava posti che nient'altro poteva raggiungere. Presto, le fu sopra e le fiamme li fecero sudare. Lei aveva gli occhi chiusi, mentre Zairos contemplava tutto. Le pareti brune della capanna, la falce appesa al muro, lo stenditoio con appese le camicie di Rami, una pentola di terracotta piena d'acqua e uno specchio sul pavimento. Aveva i palmi posati sulla coltre di paglia e sentiva che da un minuto all'altro il calore avrebbe disciolto il suolo stesso, inghiottendo entrambi.

«Di chi pensi che sia il bambino?» le domandò.

Lei aprì gli occhi, lo guardò dritto nei suoi e le lacrime presero a scendere.

Pianse, per la prima volta. Ma senza fare rumore.

Si staccò da lei. Le fiamme del fuoco morirono, e si udirono un sibilo e un crepitio, ma Zairos non capiva se provenissero da Kusum o dal falò. Intravide il proprio viso nello specchio sul pavimento. Si riconobbe a stento.

15

Era stata Roxanne, il Gazzettino dei Pettegolezzi, a mettere in giro la voce. Zairos lo comprese da quella sua faccia radiosa. Sulla spiaggia, mentre Aspi Irani aggiungeva cubetti di ghiaccio al bicchiere di whiskey, GP aggiungeva qualcos'altro. Un pizzico di verità per dare sapore, niente di più.

Quella verità strisciò sulla sabbia, tra i pini, girò intorno al tendone bianco del Crazy Crab dove Zairos e Kusum avevano mangiato, sbatacchiò il chiavistello di ferro della porta in legno della clinica alla marijuana di Dara Atom, creò una lingua tutta sua all'Anna's, viaggiò lungo la linea telefonica fino alla moglie di Anna a Udipi, poi tornò ringiovanita, tra salti e balzi per tutto il tavolo da carrom fuori dal negozio di ricambi di Behrooz, senza fermarsi mai: un giocattolo a molla che vibrava con una smania innaturale, propagando un brivido di ribrezzo e di eccitazione tra le zitelle irani, riuscendo perfino a stuzzicarle nelle mutandine, fino ad arrestarsi, pesante come un ciocco, rigida come la stecca di acciaio alla gamba di un poliomielitico, puzzolente come un calzino recuperato da un pantano, sullo scrittoio di Aspi Irani, quello con una zampa rotta che faceva pendere gli oggetti verso chi vi stava seduto. Perciò Aspi non ebbe altra scelta che occuparsi di ciò che era rotolato dal ripiano nelle sue mani, quella verità insignificante, quell'immenso relitto, e il succo della faccenda non era che Zairos avesse una relazione con una donna warli, no, non era quello: a rendere il tutto più appetitoso era la presenza di un bambino e il fatto che Zairos avesse comprato delle bombe atomiche da Dara per annientarlo, quel poverino, proprio così, e Zairos, quel coglione che si credeva troppo bello per Roxanne o qualsiasi altra ragazza irani, col tempo sarebbe diventato un essere irsuto, proprio come tutti gli altri, e adesso che quell'angelo cadeva dal cielo, a faccia all'ingiù, l'unico posto che gli restava erano le braccia spregevoli di una warli incinta.

Portando allo scoperto quella relazione, quella farsa, le donne irani avevano finalmente trovato un capro espiatorio. Per anni avevano tollerato la sensualità delle donne tribali, accettato il fatto che, a prescindere da quanto eyeliner applicassero ai propri occhi o quanto idratassero l'interno coscia, le warli risultavano sempre più seducenti, senza nemmeno sforzarsi. E i mariti correvano dietro a quelle donne come cani famelici, mentre mai una volta avevano avuto la decenza di dimostrare lo stesso appetito in camera da letto, mai avevano ansimato e mugolato come se stessero per morire, mai una volta avevano strappato i vestiti alle mogli coi denti, mai si erano contorti in preda al tormento come lombrichi quando le mogli si rifiutavano di fare sesso. Zairos sapeva di essere un manifesto, qualcuno da crocifiggere, il molestatore, l'assassino di bambini, tutto quello che volevano che fosse, e i loro strali non erano diretti solo a lui, ma anche ad Aspi Irani: come si sentirà ora, con la sua puzza sotto il naso, sempre a prendersi gioco di noi, e cosa penserà il gran patriarca Shapur Irani, lo sa solo Iddio com'è morta sua moglie, visto che non ne parla mai, e che dire di Mithoo, è ancora così "dolce", si sentirà ancora innocente come un passerotto, continuerà a fingere che il suo sia un matrimonio felice?

A casa, Aspi Irani aveva smesso di cantare. I fedeli potevano lamentarsi quanto volevano, il suo lamento era più forte, ma silenzioso, una reazione che Zairos non riusciva a sondare. Anche quando tagliava una mela, non era che un frutto morto da infilare in una bocca, altrettanto morta. Mithoo, che in tutti quegli anni era sempre stata d'umore allegro, adesso cucinava in silenzio, il tè bollente mancava di calore, e quando si sedeva fuori sull'altalena la gonna beige non svolazzava più, neanche un poco.

Aspi Irani si mise in bocca una sigaretta spenta, ma la morse per sbaglio e sputò il tabacco. Tutte le sue azioni abituali stavano diventando maldestre, o scomparendo, e in qualche modo Zairos ne capiva il senso. Le abitudini di Aspi Irani venivano meno perché si vergognava di un vecchio vizio, il vizio di tutti gli uomini irani, di aver tenuto in caldo carne warli nei primi anni di matrimonio. Quel pensiero attraversò la mente di Zairos come uno squalo che scivola in acque torbide, mordendo, scoprendo i denti affilati, per scomparire poi nelle tenebre, ma un giorno, dopo mesi di pettegolezzi e silenzi, di forchette e coltelli come unici argomenti di conversazione a tavola, Mithoo sputò il rospo. Mithoo, di tutti proprio lei, si rivolse al figlio e disse con voce pacata: «Hai la stessa malattia che aveva tuo padre», e l'unica consolazione che Zairos riuscì a trovare nelle parole di sua madre fu che avesse usato la parola "aveva": che, qualsiasi cosa avesse fatto, Aspi Irani l'avesse commessa nel passato e fosse morta, o così credeva Mithoo finché Zairos non glielo aveva riportato alla mente, come il figlio bastardo il cui nome era sulle labbra di tutti.

L'amarezza era penetrata nella dolce voce di Mithoo, rendendola acida. Niente sembrava darle sollievo. Nemmeno le lingue calde e intrise d'amore dei cani randagi sulle braccia.

L'unico a restare indifferente a tutto ciò fu Shapur Irani, ma era così lontano dalla terra che nemmeno la morte poteva toccarlo, al massimo poteva arruffargli i peli delle sopracciglia.

Quando Zairos andò a trovare suo nonno, per la prima volta Shapur Irani si alzò dalla sedia a dondolo, costringendo le zanzare che gli ronzavano intorno a rompere la loro formazione. Il tremolio della lanterna gli saettò sulla guancia mentre apriva l'armadio di legno. Shapur Irani accendeva di rado i neon in casa. Preferiva le lanterne. Non c'era elettricità quando viveva con Banu, perciò forse non si era abituato. Era più a suo agio con una luce naturale perché illuminava solo certe parti e non tutta la casa. Banu continuava a vivere nell'oscurità.

Quando Shapur Irani ricomparve, aveva una bottiglia di whiskey in mano.

«Non bevo un goccetto da molto tempo» disse. «Questo dimostra che le cose di cui credi di non poter fare a meno quando sei giovane hanno pochissima importanza nel resto della vita.»

«Vado a prendere i bicchieri?» domandò Zairos.

«No, siediti.»

Zairos prese posto al tavolo e fissò la schiena di suo nonno: un'ombra colossale, ecco cos'era. Ecco cosa si diventava con l'età. Shapur Irani era anche diventato un insieme di rumori: il tintinnio dei bicchieri da whiskey tirati fuori dalla vetrina, il ciabattare delle infradito di gomma sul pavimento, il brontolio che il vecchio eremita emetteva nell'eseguire i compiti più elementari. Shapur Irani sollevò la bottiglia di whiskey e la mise tra le mani di Zairos.

«Stringila» gli ordinò. «Toccala bene.»

La bottiglia era magnifica, se così si poteva dire. Il vetro aveva sfumature verdi e la sagoma non era perfetta, ma appena asimmetrica, come se il soffio malinconico del vetraio l'avesse lasciata incompleta. Non aveva etichetta, solo l'anno impresso nel vetro: 1942. Sul tappo erano incise le iniziali RB, in nero.

«Quando gli inglesi occuparono l'India, era questo che bevevano. A un certo punto, avevo trenta bottiglie di whiskey RB nascoste sotto gli alberi di chickoo» raccontò Shapur Irani. «Questa è l'ultima rimasta.»

«Festeggiamo qualcosa?» domandò Zairos.

«No» rispose Shapur Irani. «Festeggiare è come invitare i guai a nozze, supplicare le disgrazie di venire a prenderti a pugni nello stomaco. Stasera beviamo perché questa bottiglia esisteva ai tempi in cui tua nonna era viva e in tutti questi anni non ho avuto il coraggio di finirla perché voleva dire... non so esattamente cosa. Ma forse adesso, con tutto quello che sta succedendo, un momento vale l'altro.»

Svitò il tappo, lo aprì con le grosse mani. Mentre versava il whiskey nel bicchiere, Zairos pensò a Banu, al fatto che quel rivolo dorato di alcol fosse stato imbottigliato mentre lei era ragazza.

«La nonna beveva mai?» chiese Zairos.

«No... solo brandy, quando aveva la febbre. Ho sempre sperato che bevesse con me e con quella speranza avevo tenuto due bottiglie di whiskey RB, ma una è andata persa. Sono certo che sia stata rubata perché non dimenticavo mai dove nascondevo certe cose.»

«C'è un'altra bottiglia là fuori, da qualche parte?»

«Il giorno in cui Banu morì, bevvi da quella bottiglia, quella perduta. Quella bottiglia è piena di dolore.»

Quando Zairos tornò a casa, sua madre era sveglia, con *L'ABC dell'inglese* in grembo. Il libro era aperto sul disegno di una bambina e del suo cane, il sole che splendeva nel cielo, la bambina che cercava di afferrarne i raggi.

Mithoo non batté ciglio quando entrò Zairos. Continuò a fissare il libro aperto, la schiena dritta come un soldatino, e a Zairos venne in mente Banumai seduta in una posizione simile, le pagine dei libri che frullavano sul pavimento.

Si sedette sul divano accanto a sua madre, sperando che parlasse. Anche un urlo andava bene. La clemenza poteva anche arrivare in forma di grida che le avrebbero dilaniato la gola, penetrandogli nelle orecchie, i timpani avrebbero recepito il dolore che le aveva causato. Amando Kusum, aveva riportato in vita i vecchi demoni di Mithoo.

«Sai, Dahanu non mi è mai piaciuta» disse a un tratto.

Le guance le si erano intenerite negli ultimi giorni, erano più cadenti, più larghe.

«Avrei voluto restare a Bombay, ma tuo padre amava la piantagione perché era la sua vita... La *sua* vita, non la mia» proseguì. «Io avvertivo sempre una tristezza incombere sulla tenuta. Non so cosa fosse, chiamala depressione, chiamala come ti pare... Fissavo gli alberi di chickoo e desideravo che seccassero. Volevo che arrivasse qualcosa e distruggesse tutto, e odiavo me stessa per quel pensiero perché tuo padre amava la piantagione. Un giorno, viaggiavo da sola in treno per Bombay. Dovevo prenderti a scuola e riportarti alla tenuta. Meditai di scendere da quel treno e non tornare più. Da te, da tuo padre, da nessuno. Avevo visto una via di fuga e per poco non l'avevo imboccata.»

A colazione, lo spaccarsi delle uova contro il bordo della ciotola spinse Zairos a domandarsi quanto a lungo sarebbe durato quel silenzio. Aveva perso il conto delle settimane. Erano evaporate sotto i suoi occhi ed era un'eternità che Aspi Irani non spruzzava antizanzare nelle stanze. Gli insetti si erano impossessati di ogni angolo della casa, ma anche loro si rendevano conto che la vittoria era priva di valore.

Dopo aver mangiato le uova strapazzate, Zairos stava per tornare in camera quando udì sua madre dire qualcosa, ma non era sicuro di aver udito bene. Poi lo ripeté, accantonando cipolle e pomodori tagliati e pulendosi le mani con un canovaccio.

«Voglio andare a caccia» proclamò.

Anche Aspi Irani cercò di comprendere il senso di quella strana combinazione di parole uscita dalla bocca della moglie.

«Quella gente non deve defecare tra i cespugli» annunciò. «Se vogliono farla lì, che vadano vicino a casa loro. Quei bhaiyya dovrebbero imparare dai warli. I warli non fanno mai i bisogni all'aperto.»

Si diresse a passo deciso verso il ripostiglio, dove la collezione di dischi di Aspi Irani raccoglieva ragnatele, e ne uscì con la fionda.

Prevedendo cosa Mithoo stava per fare, intuendo che, nel cedere a colpire le persone, un'attività tra le più abnormi, cercava di far tornare le cose alla normalità, Aspi Irani si drizzò dalla sedia con un impeto tale da rovesciarla.

«Venite» disse Mithoo.

Lasciò la porta aperta, senza curarsi che potesse entrare qualcuno. Forse le loro vite erano già state invase in maniera così intima che nessun ladro, animale o folata di vento poteva peggiorare la situazione. Mithoo camminava in testa, rapida e risoluta.

I tre presero posizione tra i cespugli e attesero. Non c'era nessuno. I defecatori erano ancora alla stazione a vendere noci di cocco. Aspi Irani mostrò a sua moglie come usare la fionda, come regolare l'inclinazione della mano destra, suggerendole di tenere la schiena dritta.

«L'ultima volta che l'hai usata eravamo in luna di miele, ricordi?» le domandò.

Zairos non si sprecò a chiedere dettagli.

Mentre Mithoo armeggiava con la fionda, prendendo la mira e abituandosi a stare accovacciata tra i cespugli, Zairos iniziò a nutrire qualche piccolo dubbio.

«E se colpisse qualcuno *per davvero*?» sussurrò a suo padre.

«È quello il bello.»

«Insomma, e se accecasse qualcuno?»

«Abbi fede, figliolo. Abitiamo vicino a una chiesa.»

Poco dopo apparve il bersaglio, un tipo calvo e in carne con una lattina piena d'acqua. Si sfilò il dhoti e si accucciò nella vegetazione. Sua madre era nervosa, ma quello che disturbò maggiormente Zairos fu che, quando mise la pietra nella sacca di pelle e tirò indietro l'elastico di gomma tendendolo al massimo, Mithoo sporse un poco la lingua fuori dalla bocca, trovando la faccenda alquanto succulenta.

«Sai, molti anni fa ho scritto una lettera a Indira Gandhi sulla defecazione in pubblico» riferì Aspi Irani. «Ma è stata assassinata prima di leggerla.»

La mano di Mithoo tremava, ridacchiava come le scolarette sull'altalena, solo che adesso la sua risata era più cupa. Appena l'uomo lasciò andare un'enorme scarica intestinale, la donna scoccò. Quello si alzò, ferito, confuso, disorientato. Mithoo gettò via la fionda. Saltò su e scappò, ridendo mentre correva, e lo stesso fece Aspi Irani: il suo risolino era risorto, il folletto era tornato.

In tutte quelle settimane, Zairos non aveva mai fatto l'amore con Kusum.

Era accaduto a tappe. Prima si era astenuto dal penetrarla, alcuni giorni dopo aveva smesso di leccarle il ventre, poi di baciarla, di tenerle la mano, persino di sfiorarla e, alla fine, si era imposta la distanza, lo spazio di qualche respiro, qualche giorno, qualche settimana.

Era tornata a essere una delle donne alle vasche.

Stavolta, però, Mithoo aveva sospinto il figlio verso una meta e Zairos non seppe quale fosse finché non si trovò fuori dal tempio del fuoco zoroastriano, a mezzanotte.

Parcheggiò la moto fuori dal cancello di ghisa ed entrò da un varco più piccolo. Se fosse arrivato durante il giorno, sarebbe stato accolto da ibischi della Cina scarlatti e buganvillee rosa, ma al buio soltanto gli alberi di *ashoka* palesavano la propria presenza, ergendosi solenni e rispettosi.

Due robusti pilastri a ciascuna estremità del tempio del fuoco portavano immagini di afarganyu incise nel cemento, forti fiamme di fede emergevano dai bracieri. Ma era sempre la fravashi al centro della struttura ad accogliere i credenti, le ali che la facevano fluttuare a mezz'aria.

TEMPIO DEL FUOCO ZOROASTRIANO, INGRESSO RISERVATO AI FEDELI

La luna era una tenue lampada da lettura per il cartello, in inglese e in hindi. Zairos superò i sette gradini di marmo larghi sei metri, che facevano somigliare il tempio del fuoco a una biblioteca maestosa.

Prese una brocca d'acqua da un recipiente di metallo e si lavò le mani per liberarsi dalle impurità. Entrando, vide i ritratti dei morti, i benefattori che avevano eretto quel tempio del fuoco, le cornici guarnite di ghirlande inclinate verso i fedeli. C'era un grande specchio con un'immagine a sbalzo di Zarathustra, rappresentato nel giorno della sua rivelazione all'età di trent'anni, quando si trovava sulle rive di un fiume e gli erano apparsi Ahura Mazda e i sei Amesha Spenta. La luce emanata da Ahura Mazda era così abbagliante che Zarathustra non riusciva a vedere la propria ombra per terra.

Dal soffitto della sala principale pendevano lunghe catene di ottone alle cui estremità erano appese lanterne a olio in recipienti di vetro. C'erano almeno settanta di questi diva, immobili a mezz'aria, soddisfatti della propria luce, presenti non solo per il proprio bene, ma per permettere la contemplazione del tempio.

Rapito dalla loro presenza, Zairos scorse altre luci nei vassoi d'acciaio sul pavimento, bicchierini di vetro accalcati l'uno all'altro per trasmettersi calore, quasi fosse l'unica cosa importante. Era un vasto oceano di luce, un mare cantante in cui ogni onda era una nota e ogni nota un guizzo di luce, e il suono non era silenzio, ma silenzio amplificato mille volte da mille luci.

Camminò tra quelle lampade pensili, ciascuna accesa per un diverso scopo, o da una persona diversa, ciascuna che emanava una preghiera, una dolce benedizione, finché finalmente non si trovò di fronte all'*Atash* che ardeva in un grande vaso d'argento. Posò la testa tra le sbarre di ottone e desiderò avvicinarsi, ma solo il sacerdote ne aveva il permesso, per pregarvi al di sopra e alimentare le fiamme.

Il sacerdote era in un angolo del tempio, seduto a gambe incrociate su un telo bianco sul pavimento, a recitare preghiere per i morti. Nonostante il velo sulla bocca, la sua voce ronzava e rimbombava, autorevole e umile al contempo.

Le preghiere, misteriose come il dedalo di una foresta, eppure gentili e consolatorie, fluttuavano attraverso la sala, carezzando le pareti come piume, rasentando le fotografie dei morti, un dolce memento perché non scordassero chi avevano lasciato.

Le lampade a olio della mezzanotte erano, per chiunque entrasse, un appello a ricordare ciò che di importante regnava nell'oscurità: la luce, nient'altro. Era l'unica cosa che si poteva scorgere. Che fosse l'impercettibile barlume di un diva, o le fiamme ardenti dell'Atash.

Anche una scintilla era determinante.

Anche una scintilla faceva la differenza nell'aldilà, sul ponte Chinvat che tutti gli uomini dovevano attraversare, così aveva detto Zarathustra. In base alla sua condotta sulla terra, a quante scintille aveva generato, ciascun uomo riceveva per guida una splendida fanciulla o una megera infernale. Entrambe erano riflessi della coscienza dell'individuo e forse era quello il motivo per cui Zairos si trovava lì, quella notte: per vedere che aspetto avesse la sua coscienza, scoprire cosa voleva che facesse.

Tutte le volte che tentava di ascoltarla, sentiva sia la fanciulla sia la megera. Evidentemente potevano esserci molte voci a suggerirgli cosa fare, ma solo una era quella autentica, perciò avrebbe dovuto distinguerla, come si seleziona un germoglio vivificatore da una schiera di erbacce.

Doveva nutrire quella voce perché era l'unica che avrebbe condotto a un gesto di bontà. D'altra parte era sciocco da parte sua pensare che rivendicare la paternità del bambino fosse una buona azione. Non era un gesto che richiedeva un'attenta riflessione. Era il suo dovere.

L'indomani, quando non riuscì a trovare Kusum nei pressi delle vasche, si recò al villaggio. La scorse sulle rive di un fiumiciattolo non lontano dalla sua capanna. I bufali tenevano la testa immersa nell'acqua, a tratti marroncina per via del limo sollevato dagli animali. Sulla sponda opposta germogliavano buganvillee rosse, che si protendevano verso l'alto più che potevano.

«Non sei venuta al lavoro oggi» esordì Zairos.

Non sapeva da dove cominciare. Si sedette al suo fianco, mortificato per essersi tenuto lontano da lei così a lungo. Colse un filo d'erba e se lo mise in bocca.

Lanciò un'occhiata al pancione, ormai visibilmente ingrossato.

Il nascituro non era riuscito a ignorare il passare del tempo, come Zairos.

I bufali avevano finito di fare il bagno. Emersero dall'acqua a passo lento, dirigendosi verso l'altra sponda del fiumiciattolo. Un esemplare si addentrò tra le buganvillee e si lasciò sfiorare il manto dai fiori.

«Seth, devi aver fame» replicò lei. «Mangi l'erba.»

Gli sfilò di bocca lo stelo verde e lo gettò via.

«Nemmeno gli uomini delle tribù la mangiano» decretò.

Era ancora scherzosa con lui. Non capiva come mai quella donna non volesse fracassargli le gengive, o spezzargli le ginocchia in mille pezzettini.

Lo prese per mano e lo condusse verso la capanna. Apprezzò che fosse stata lei ad avviare il contatto. Magari era il bambino dentro di lei. Stanco di restare nascosto, muoveva le mani della madre; gli occhi e la bocca non ancora formati non potevano vedere o parlare, ma il cuore percepiva alla massima intensità e le ondate del suo desiderio univano i genitori.

«Seth» disse lei. «Mi avevi chiesto chi fosse il padre del bambino.»

Era straripata dal nulla, senza preavviso.

«Sì» confermò Zairos.

Kusum non disse altro finché non furono entrati nella capanna, passando dall'esplosione di luce diurna all'ombra improvvisa e all'odore di sterco di vacca. Lo fece accomodare sul pavimento.

«È figlio di Laxman» annunciò. «Gliel'ho detto quando è venuto a trovarmi.»

«Laxman si è avvicinato a te?»

«Non mi farà più del male. Vuole il bambino. Lo fa sentire un vero uomo.»

«Come sai che è suo?»

«Seth, meglio che lo sia.»

Andò in un angolo della capanna, prese una grande ciotola di terracotta e la mise accanto al fuoco. Zairos osservò la falce alla parete. Era appesa di traverso, con la lama rivolta verso terra. Non c'era nient'altro da guardare.

«Kusum» disse. «Se il bambino è mio, mi occuperò di lui. E di te.»

«Seth» replicò lei. «Da oggi non voglio vederti mai più. Torno da mio marito.»

Svuotò il contenuto della ciotola di terracotta sul pavimento. Conteneva di tutto. Bracciali, anellini da naso, uno specchio da borsetta, un orologio da polso con il laccino di pelle, il rametto di un albero di *neem*.

«Voglio regalarti una cosa» disse lei. «Dei tempi in cui mia madre e mio padre erano ancora vivi. Quando ero felice.»

Cercava di mantenere un atteggiamento esuberante, ma sul suo viso Zairos intravedeva il dolore. Come la sera che si trova ad affrontare una lotta impari con la notte.

«Kusum, ti porterò via con me... Io ti...»

«No. Anche se mi portassi via ora, un giorno mi riporteresti in questa capanna. Magari ora ti prenderesti cura di me, ma in futuro incontrerai una donna irani e la prenderai in moglie... e ti renderai conto che ami lei, non me.»

Kusum non poteva averne la certezza assoluta. Zairos non era in grado di prometterle una vita di felicità, nessuno lo era. Poteva invece prometterle un mattino, magari alcuni pomeriggi, giri in moto lunghi chilometri, la mano sul pancione, quando ne avrebbe avuto bisogno.

Aprì di nuovo la bocca, appena, per lasciar trapelare un ronzio di parole, ma Kusum aveva preso una decisione. Qualcosa dentro di lei la spronava a tagliar corto, erano come due terre ormai separate, che fluttuavano sempre più lontane l'una dall'altra.

Gli posò il palmo sulla guancia. «Seth, ti prego, non tornare più.»

Zairos voleva che quel palmo restasse per sempre con lui. Niente poteva compensare il calore di quella mano. Ma, sotto di esso, avvertì qualcos'altro. Era la delusione, che gli agitava le braccia in pieno viso, ribadendo che l'aveva abbandonata, che aveva mancato di lottare per lei.

Si disse di aver combattuto, ma forse troppo tardi.

Dalla ciotola di terracotta Kusum sollevò una fotografia di quando era bambina, in piedi accanto a un missionario. I bordi erano logori, come bruciacchiati, e doveva consegnargliela prima che si consumasse del tutto.

«È l'unica foto che ho» disse. «È stata scattata ai tempi

in cui venivo a cogliere gigli alla tua piantagione, e una volta ti ho visto in bicicletta...»

Ma Zairos aveva notato qualcos'altro sul pavimento cosparso di paglia della capanna. La sua mente cercava di capire cosa ci facesse quell'oggetto nella ciotola di terracotta.

Il tappo di una bottiglia di whiskey con le iniziali RB cesellate in nero.

«Dove l'hai preso?» le chiese.

«Apparteneva a mio padre.»

«Non mentirmi» protestò lui. «Dove l'hai preso?» Le strinse il braccio con vigore e prese a respirare velocemente. «Dimmi dove l'hai trovato.»

«È il tappo di cui ti ho parlato. Il tappo che Rami aveva trovato nel pugno di mio padre quando era svenuto, da bambino.»

Zairos le lasciò il braccio perché la voce di suo nonno risuonava forte e chiara, quasi Shapur Irani in persona fosse nella capanna.

Il giorno in cui Banu morì, bevvi da quella bottiglia, quella perduta. Quella bottiglia è piena di dolore.

Dopo suo nonno, apparve Ganpat: *Molti anni fa, ho visto Shapur seth fare una cosa terribile.*

E infine Rami, la voce rauca di sempre: *Quel giorno, stringevi in mano il tappo di una bottiglia.*

Zairos annusò il tappo. Non aveva odore. Era consumato, ma conteneva qualcosa.

«Kusum» disse.

Nella sua voce c'era tutto: la supplica di un uomo che alla fine si è reso conto di amare la sua donna, forse troppo tardi, come un orologio dalle lancette pesanti incapace di raggiungere la tacca giusta nell'istante designato. Si mosse verso di lei, ma Kusum non gli permise di toccarla. Respinse la mano protesa.

Ne aveva tutto il diritto, ma stava commettendo un errore.

«Guardami» la pregò.

Se non gli avesse permesso di raggiungerla col tocco della mano, lo avrebbe fatto con la vista: dalla trasparenza dei suoi occhi sarebbe scaturito tutto quello che Kusum doveva sapere.

Lei fissava il pavimento.

«Ti prego, vattene.»

«Kusum, io...»

Le parole, però, non volevano uscire.

Forse perché quello che stava per dirle non esisteva. *Non c'è niente come l'amore.* Lo leggeva da anni sull'armadio di suo nonno.

Si allontanò dalla capanna, dalla sua donna, forse per sempre.

Per la prima volta nella vita, aveva perso qualcosa.

Sulla spiaggia, Zairos seguì con lo sguardo un esercito di pescatori notturni. Erano almeno in cinquanta, a sferrare un assalto al mare durante la bassa marea. Incedevano nel fango viscoso con le torce in mano, a caccia di calamari. Puntavano le fiamme verso il fango e gli animali saltavano fuori: un'irresistibile attrazione per la luce li portava alla cattura.

Il whiskey era dentro di lui. Gli scorreva nelle vene in cerca della dirittura d'arrivo. Era pronto ad affrontare il nonno. I pescatori si addentrarono nel mare, cinquanta paia di piedi che sguazzavano nel fango umido, le torce che guizzavano al vento.

Lakhu aprì la porta. Shapur Irani era a letto. L'intestino gli dava ancora del filo da torcere. Zairos si avvicinò al capezzale, la testiera rigida che si apriva a ventaglio dietro il nonno come una parete di legno scuro.

«Quando Banu era viva, c'era una zanzariera intorno al letto» raccontò Shapur Irani. «Dopo la sua morte, la domestica ha continuato a ricucirla finché non l'ho strappata definitivamente. Una volta morta Banu, che poteva fare qualche zanzara? Ti auguro di non trovare mai il vero amore, Zairos.»

Ogni giorno, Zairos sentiva suo nonno dire qualcosa di diverso. Ogni giorno, andava a parare nel solito posto: il passato. Quella sera, avrebbe ricevuto delle risposte.

«Pa, sapevi che la febbre di Banumai alla fine si sarebbe rivelata fatale?»

Era un punto d'inizio. Da lì, poteva procedere oltre, per vie traverse, in qualsiasi direzione possibile, o che suo nonno gli avesse consentito di imboccare.

«No» rispose Shapur Irani. «E anche se l'avessi immaginato, non avrebbe fatto differenza. La morte, quando raggiunge chi ami, è un'esplosione improvvisa.»

«Eri con lei quando è morta?»

Suo nonno assentì. Non offrì nient'altro.

Zairos, però, doveva sapere: aveva tenuto la mano di Banumai mentre tremava, sotto le coperte, o si era svegliato nel cuore della notte con il terribile presentimento che, dei due corpi nel letto, solo uno respirava?

«Pa, non abbiamo mai parlato della morte di Banumai. Nemmeno mio padre sa molto, tranne che morì di febbre.»

«Ci sono alcuni momenti che dovrebbero rimanere tra moglie e marito» replicò Shapur Irani. «Quegli ultimi istanti con Banu… le farei un torto a parlarne.»

«Hai bevuto molto dopo la sua morte?» domandò Zairos.

«Tanto da aver dimenticato di avere dei figli, per settimane, mesi.»

«Che mi dici del giorno in cui è morta? Eri ubriaco?»

«Zairos, sei mio nipote, ma non pensare neanche un momento di poter passare il limite.»

Zairos cercò di mitigare il suo approccio, ma i nervi glielo impedirono.

«È successo qualcosa il giorno della sua morte.»

«Che vuoi dire?» domandò Shapur Irani. «Cosa te lo fa pensare?»

«Questo» rispose Zairos.

Posò il tappo della bottiglia di whiskey sul petto del nonno, proprio sotto il mento.

Shapur Irani strizzò gli occhi per vedere meglio.

«Che cos'è? Perché l'hai portato qui?»

«Questo tappo appartiene alla bottiglia che hai bevuto il giorno in cui è morta» spiegò Zairos.

Lentamente Shapur Irani estrasse la mano da sotto il lenzuolo bianco e tenne il tappo tra pollice e indice.

«Dove l'hai preso?» domandò.

«Dalla capanna di Ganpat. Ganpat aveva trovato questo tappo da bambino. Ti aveva visto fare qualcosa di...»

«Con Ganpat ho chiuso. Non voleva che soldi. E ho fatto bene a rifiutarglieli.»

«Quello è stato quando ti ha minacciato.»

«Minacciato *me*? Con quale coraggio un uomo delle tribù oserebbe minacciarmi?»

Shapur Irani cercò di alzarsi a sedere, ma non gli fu possibile. Tossiva mentre parlava.

«Ganpat ti ha chiesto dei soldi perché sapeva qualcosa» disse Zairos.

«Parte di questa terra apparteneva a suo padre. Talvolta questi uomini dimenticano che la terra non appartiene più a loro. Dimenticano di averla perduta. Adesso è la tua terra, Zairos. Tua.»

«Questa terra non varrà niente per me se non saprò la verità. Cosa aveva visto Ganpat da bambino?»

«Niente» rispose Shapur Irani. «Non aveva visto niente.»

«Ganpat ti aveva visto vicino a un pozzo. Perché un pozzo? Disse che era successo qualcosa di terribile.»

«Le torture dei warli erano ormai cessate...»

Anche se Ganpat avesse visto Shapur Irani infliggere la peggiore delle torture a un warli, non sarebbe bastato a ricattarlo. Era la normalità. Zairos pensò di lasciare in pace il nonno e di tornare a casa, perché quello che stava per dire avrebbe potuto ferirlo. Ma ormai non poteva permettersi di cedere.

Afferrò il nonno per le spalle, avvicinò il viso tanto da sentire il tanfo del suo alito stantio, l'alito di un uomo che non dormiva mai.

«Magari non aveva niente a che fare con i warli» tentò Zairos. «Aveva a che fare con Banumai.»

«Non toccarmi...» ordinò Shapur Irani.

Era un bambino dall'intestino debole, bisognoso di aiuto.

«Se mi darai questa terra, devi darmi anche la sua verità» protestò Zairos.

«Zairos, ti prego...»

«Cos'è accaduto quel giorno, pa? Cosa aveva visto Ganpat? Dimmelo, o me ne andrò di qui e non tornerò mai più.»

«Zairos...»

Quando guardò negli occhi di suo nonno, Zairos intuì che qualcosa, dentro, si era mosso, un animaletto che si era creduto morto.

«Come facevo a sapere della barba?» domandò il nonno.

16

1948

Quando Shapur Irani si svegliò, si accorse che Banu non era al suo fianco. La cosa non lo sorprese perché la sera prima le aveva bruciato tutti i libri, un gesto di cui si sarebbe pentito amaramente negli anni a venire.

Si sfregò vigorosamente gli occhi, non sapendo che altro fare. Magari Banu era in cucina a preparargli il tè, come tutte le mattine. Sperava che fosse così. Avrebbe significato che aveva scelto di ignorare quel gesto. Quando, però, scese in cucina, lei non c'era. Solo il filtro per il tè giaceva nel lavabo, insieme a due larghe foglie di menta.

Poi andò nella camera dei bambini, e li trovò ancora addormentati.

Facevano le fusa come cuccioli. Era orgoglioso dei suoi ragazzi. Sarebbero diventati uomini della terra, non di cultura. Entrò nel soggiorno dove a Banu piaceva sedere a bere il tè, al tavolo da pranzo.

C'era una tazza di tè sul tavolo, intatta. La porta principale era aperta e, attraverso, vide sua moglie in camicia da notte, circondata dai resti carbonizzati dei libri. La terra intorno ai suoi piedi era diventata nera, e un gallo solitario, col suo vigore, non riusciva a stemperare la crudezza di quel paesaggio.

La spallina della camicia da notte era scivolata dalla

spalla di Banu e questo turbò Shapur Irani. Non gli piaceva che la moglie si mostrasse così all'aperto. Era ancora attraente, la carnagione così chiara, e non voleva che i braccianti portassero un'immagine di lei impressa nella mente. Vedeva il modo in cui la guardavano: la sua pelle doveva ricordare loro il latte di capra.

Stava quasi per dirle di rincasare, ma poi si fermò. Avrebbe avuto l'effetto di un ordine, e gli ordini erano l'ultima cosa di cui sua moglie aveva bisogno, soprattutto visto che la sera prima si era comportato come un tiranno. Si disse di non drammatizzare. In fondo si era trattato di un gesto d'amore, nonché di paura, e dopotutto era stata Banu a spingerlo, con la sua ossessione per le ombre.

«Banu» la chiamò, sforzando la voce solitamente burbera per assumere un tono più gentile. «Ti prego, torna dentro.»

Non rispose. Contemplava il suolo annerito intorno a sé. Notò che era scalza e che aveva i piedi sporchi. Avevano raccolto tutto ciò che la terra aveva da offrire.

«Banu» la chiamò di nuovo. «Torna dentro. I bambini si sveglieranno presto.»

«Come hai potuto?» domandò.

Non era mai stato bravo con le parole. Era un uomo di forza fisica, di flessioni. Come poteva aspettarsi che un uomo simile giustificasse le proprie azioni?

«Scusami» fu tutto ciò che gli uscì dalla bocca. Anche se sapeva che era insufficiente, e poco onesto.

«È terribile» disse lei. «Li hai uccisi tutti.»

«Uccisi?»

«Sì, a centinaia.»

Banu chiuse gli occhi nel proferire quelle parole. Shapur Irani rabbrividì al pensiero che sua moglie non potesse sopportare di guardarlo in faccia.

«Ti comprerò dei libri nuovi, Banu. Io... andremo a Bombay insieme e ricompreremo tutti i libri che ho bruciato, giuro.»

«Quali libri? Di cosa parli?»

Perché diceva così? Voleva che confessasse e riconfessasse il suo crimine? Che vuotasse il sacco come un teppista disgraziato, un ladro comune? Per lei era pronto a farlo.

«Hai ucciso centinaia di persone» ripeté. «Sei un assassino.»

«Cosa?»

«Tutte quelle persone. Erano amici miei. Oliver. Io gli volevo bene. Poi quell'uomo che aveva mandato la sua ombra nel mondo per vedere com'era. Io lo capivo. E quella donna che si era opposta alla famiglia per diventare scrittrice...»

Sciorinò nomi, parlò di fatti di cui Shapur Irani non aveva mai sentito parlare. Dopo un po', capì. Gli stava raccontando dei personaggi di quei libri. Credeva che fossero vivi. In tal caso, meritavano di morire. Avrebbe voluto udire le loro maledette grida mentre venivano mangiati dalle fiamme.

Ne aveva le tasche piene.

La spallina della camicia di Banu era scivolata ancor più in basso. Non aveva scuse per essere uscita di casa in camicia da notte. C'era in lei un elemento di purezza che lui voleva salvaguardare.

«Assassino» ripeté. Non c'era rabbia nella sua voce. Era fredda e limpida, una voce epurata dalla collera, e da qualsiasi forma di giudizio.

«Ora basta» deliberò Shapur Irani.

«Come si sentiranno i ragazzi quando lo sapranno? Cosa penseranno i tuoi figli quando gli dirò che loro padre è un assassino?»

Il sangue turbinava nelle tempie di Shapur Irani. Allungò una mano verso la spalla della moglie, quella scoperta.

«Non mi toccare!» gridò, sfuggendo alla presa.

Si precipitò fra gli alberi di chickoo con un tale impeto da far credere a Shapur Irani che si fosse lanciata all'inseguimento dei personaggi morti dei libri. Li rincorreva, chiedendo misericordia, pregandoli di tornare.

Shapur Irani rimase impietrito. Non capiva come mai l'aria intorno a sé profumasse tanto, benché sua moglie fosse fuggita tra gli alberi, come posseduta. Era uno strano momento per maturare quell'idea, quella considerazione sulla qualità dell'aria.

I ragazzi erano soli in casa. Erano ancora a letto, e più dormivano meglio era. La porta di casa era aperta. Non solo quella, tutto era stato squarciato. La sua vita era una voragine spalancata. Camminò attraverso gli alberi, scostando i rami a furia di zampate, dimenticando l'amore che nutriva per i suoi chickoo.

Anche se Banu era scomparsa alla vista, non corse. Non aveva senso. Non l'avrebbe mai raggiunta: quel giorno, sua moglie possedeva un potere ultraterreno che le infondeva forza. Era il potere dei libri, della stregoneria, o di chissà cosa. Per lui, non faceva differenza.

Agognava la pace e la serenità dei primi giorni di matrimonio. Le grandi tazze di tè dolce che bevevano insieme, la sua mano che le risaliva la coscia e lei che commentava, maliziosa: «Ultimamente c'è stata un'in vasione di serpenti qua intorno». Quella donna non esisteva più.

Non sapeva dove fosse finita. Notò un albero con un rigonfiamento sul tronco, un'escrescenza, sopra la quale spuntava un rametto lungo appena nove o dieci centimetri che aveva smesso di crescere. Riconobbe il posto in cui aveva nascosto una bottiglia di whiskey RB. Magari avesse avuto l'utensile forcuto che usava di solito. Quel buco particolare tuttavia non era profondo, perciò raccolse un sasso appuntito e cominciò a scavare.

Aveva bisogno di un goccio. Pensò ai preti cattolici che impiegavano la croce per scacciare i demoni. Lui non aveva croci, perciò avrebbe usato il whiskey. Il liquore dentro di lui avrebbe sconfitto il demone dentro sua moglie. Non sapeva perché, ma sentiva che era la cosa giusta da fare. Se lei aveva perso la testa, l'avrebbe persa anche lui. Che bruciasse pure tutto quanto. Non solo i libri. Che bruciasse tutto: gli alberi, l'aria, la recinzione di fil di ferro, i figli... Sapeva che era un pensiero orribile, così si mise a scavare con maggiore lena.

Entro pochi minuti, il tappo della bottiglia fece capolino e Shapur Irani non perse tempo. Si versò lo scacciademoni in gola con una tale sventatezza da rabbrividire. Dovette fermarsi e ricominciare. Fermarsi e ricominciare, fermarsi e ricominciare, finché un quarto di bottiglia non se ne fu andato. Ripose la bottiglia nel buco e la ricoprì di fango. Stava sprecando tempo di proposito perché sapeva che lo scacciademoni ci avrebbe messo un po' a fare effetto, e non voleva affrontare sua moglie senza di esso.

Sentì un rumore alle spalle, ma quando si voltò, non vide nulla. Poteva trattarsi di un animaletto. Ma poi scorse un bambino warli. Shapur Irani cercò di ricordare il suo nome.

Dopo un po', Shapur Irani la intravide tra gli alberi. Camminava in cerchio e la spallina della camicia da notte le pendeva ancora lungo il braccio. Shapur non voleva farsi vedere, perché Banu avrebbe potuto scappare di nuovo. Aspettò e rimase a osservarla. La donna seguiva uno strano percorso: camminava in senso orario, faceva tre giri, poi procedeva in senso antiorario e ne faceva altri tre. Infine si fermò per esaminarsi le piante dei piedi e cercò di grattare via con le mani la cenere dei libri. Insoddisfatta del risultato, si avviò in direzione del pozzo.

Shapur Irani ricordava che, quando era stato scavato, sua moglie aveva detto scherzando che, non appena le si fossero rotte le acque, il pozzo sarebbe stato pieno. Dopo essere stato oggetto di tante speranze, il pozzo non aveva dato acqua. Era il più profondo di Dahanu, e completamente secco.

Banu si sedette sul bordo del pozzo e usò una pietra per staccarsi la terra dai piedi. Parlava da sola, borbottando nella lingua delle streghe. Quanto erano diventate velenose le sue parole. Qualcuno, una creatura orribile, si era introdotto in casa durante la notte e le aveva scambiato la lingua. Quale moglie avrebbe chiamato assassino il marito?

Banu in quel momento lo odiava. L'idea lo colse all'improvviso. Odiava Shapur, l'uomo. E se si fosse trasformato in qualcos'altro? In una tigre, magari? Rammentava il gioco che facevano insieme, in cui lei era perduta nel bosco e lui fingeva di essere una tigre, un gioco che si concludeva col fare l'amore. In quell'istante il sesso era l'ultimo dei suoi pensieri, ma poteva avere un senso presentarsi al suo cospetto sotto mentite spoglie. Solo in quel caso lo avrebbe ascoltato.

Iniziò a ringhiare, piano dapprima, cercando di valutare la reazione di sua moglie. Lei non si mosse, non disse una parola. Perciò si avvicinò pian piano e il suo brontolio crebbe di volume e d'intensità. Fece in modo che risultasse allegro, mai minaccioso. Gli occhi di Banu erano puntati verso l'alto, come se stesse scrutando tra gli alberi dietro di lui. Bene così. Purché non corresse via, purché non si muovesse.

«Sono il re di questa giungla» proclamò. «Cosa ci fai qui?»

Mentre il marito si avvicinava, Banu fissava ancora qualcosa. Quella tattica, però, stava funzionando perché adesso si stava dirigendo verso di lui. Nel ruolo della tigre, si era trasferito dal mondo reale in quello immaginario, il mondo in cui viveva Banu. La stava attirando a sé, e ringraziò la sua stella fortunata per aver inventato quel gioco.

D'un tratto Banu si fermò. «Stammi lontano» gridò, lo sguardo ancora perso nel vuoto. «La barba» esclamò. «La barba...»

Il suo viso impallidì. Guardava qualcosa alle spalle di Shapur.

Anche lui si voltò per controllare. Era Ejaz il pathan. Camminava tra gli alberi con una lattina piena d'acqua.

«La barba» ripeté Banu.

Il cervello di Shapur Irani sembrava un groviglio di fili elettrici, fili sconnessi, che sprigionavano impulsi e scintille. Quella sensazione non gli piaceva perché tutto iniziava ad assumere un senso. E quando alla fine Banu gridò con tutto il fiato che aveva in gola: «La barba!», in quell'urlo erano racchiuse mille confessioni.

Lanciò uno sguardo a Ejaz, l'uomo dalla barba nera e lunga, poi a sua moglie.

Al che Banu prese a parlare a raffica. Shapur Irani riusciva a cogliere solo poche frasi, come "mazza di legno" e "l'alito di Ejaz", e Shapur continuava a ripetersi che quelle parole erano del tutto casuali e non significavano niente. Andò verso sua moglie, per farla tacere, perché si stava rendendo ridicola. Ma Banu proseguì: «Mi dispiace, Shapur, volevo dirtelo, davvero».

«Fa' silenzio» rispose Shapur Irani. Fece per avvicinarsi, e lei indietreggiò, in direzione del pozzo.

«Mi dispiace» ripeté.

«Sta' zitta» ordinò Shapur Irani, e afferrò sua moglie per il braccio.

Mentre Banu continuava a parlare, la presa sul suo braccio si fece più forte e, non appena la donna disse: «È tutta colpa *tua*, ti avevo detto di non fidarti di Ejaz», lui la colpì forte in volto, con una tale violenza che gli sembrò che lei corresse all'indietro e, quando Banu scomparve, anche Shapur Irani scattò in avanti, ma non era lui a correre, era il suo cuore. Rimase a fissare il corpo immobile di sua moglie in fondo al pozzo.

Nel giro di un istante, Shapur Irani si fece freddo e grigio, tanto che dalle sue guance avrebbe potuto fioccare la cenere.

Non ricordava nemmeno di aver camminato tanto a lungo, perché era tornato nei paraggi di casa. Come ci era arrivato? Calpestò la cenere dei libri ed entrò in casa, senza sapere dove fossero diretti i suoi passi. La tazza di tè era ancora sul tavolo. Si abbandonò su una sedia e ne bevve un sorso. Era freddo.

I bambini dormivano ancora. Era tutto a posto.

E dopo il tè? Cosa avrebbe fatto? Aprì l'armadio ed estrasse il fucile. Lo caricò, entrò nella camera dove dormivano i suoi figli. Non se ne sarebbero nemmeno accorti. Non avrebbero sentito niente. D'altra parte amavano la mamma più di quanto amassero lui. Uno, due, tre. Tre colpi e si sarebbero ricongiunti a lei.

Proprio allora, Khodi aprì gli occhi e puntò lo sguardo sulla canna del fucile.

«Papà» disse, la vista annebbiata che impediva al cervello di recepire la verità.

Non appena Shapur Irani udì il figlio parlare, lasciò la stanza. Sentì piangere anche il più piccolo, Aspi. Sprangò la porta principale perché non voleva più udire Khodi chiamare «Papà». Più che altro, non voleva che vedesse sua madre in fondo a un pozzo. Li avrebbe imprigionati in quella casa per tutta la vita.

Aveva ancora il fucile tra le mani.

Aveva ordinato a Ejaz di non camminare tra gli alberi la mattina presto, ma quel bastardo non ascoltava mai. Si fidava del pathan e lui l'aveva tradito. Il pathan era un traditore perché non si era attenuto all'ordine di non camminare tra gli alberi.

Adesso si trovava davanti alla capanna di Ejaz, sperando che avrebbe negato tutto ciò di cui Shapur Irani lo sospettava.

«Ejaz!» sbraitò Shapur Irani. «Ejaz!»

L'uomo si profilò sulla soglia, imponente come non mai. Shapur Irani non riuscì a trovare il coraggio di fare domande. Il solo pensiero che i suoi sospetti potessero essere veri era insopportabile.

«Aspettavo questo giorno» esordì Ejaz. «Aspettavo questo giorno.»

«Che vuoi dire?» chiese Shapur Irani.

La sua mano tremava, l'indice incerto sul grilletto, eppure pronto a premerlo. Il desiderio di colpire Ejaz era intenso, ma quello che bramava di più era entrare in quella baracca e svanire per sempre, come un bambino scomparso.

«Mi vergogno di quello che ho fatto» confessò Ejaz. «Ma non ho avuto scelta.»

«Che vuoi dire?» chiese ancora Shapur Irani.

Non riusciva a dire altro. Quella domanda riecheggiava nella sua mente: *che vuoi dire che vuoi dire che vuoi dire che vuoi dire.*

«Ricordi il giorno in cui i padroni si sono radunati sulla spiaggia di Dahanu e hanno mandato i loro scagnozzi a razziare i villaggi e a violentare le donne warli?»

Non usare quella parola, Ejaz. Abbi pietà di me, ti prego, non usare quella parola.

«Quel giorno sono rimasto per proteggere tua moglie e tuo figlio perché sapevo che avresti fatto lo stesso per me. Quando ti dissi che avevo un figlio a Bombay, tu mi rispondesti: "Da questo momento in poi è anche figlio mio", e ti credetti. Quel giorno, mentre tornavi dall'incontro coi padroni, ti ho detto che avevo bisogno di parlarti di mio figlio. Invece tu mi hai chiamato servo, umiliandomi. Mio figlio doveva essere operato, era molto malato. Ma non è per quello che l'ho fatto.»

Cosa hai fatto cosa hai fatto cosa hai fatto.

«Il giorno in cui siamo andati alla fiera con tua moglie e i bambini, il giorno in cui hai picchiato Gustad seth con la cintura, quel mattino preciso ho ricevuto la notizia che mio figlio non ce l'aveva fatta. Ho incolpato te per la sua morte. Se solo mi avessi ascoltato. Quella sera, al bazar, ero ubriaco e arrabbiato, ed è stato allora che Gustad seth si è avvicinato a me. Stavo imprecando contro di te...»

Shapur Irani si chiese cosa c'entrasse quel rifiuto umano in tutta quella faccenda. Ricordava il sorriso di Gustad.

«Gustad seth ha ascoltato la mia storia e ha promesso di darmi dei soldi se avessi fatto una cosa, una cosa soltanto. Ma non l'ho fatto per i soldi, seth. Se mi avessi ascoltato quando ti parlavo di mio figlio, niente di tutto questo sarebbe accaduto.»

«Non c'era nessuno che potesse salvare tuo figlio» disse Shapur Irani, finalmente in grado di formulare una frase di senso compiuto. «E adesso non c'è nessuno che possa salvare te.»

«Aspettavo questo giorno» ribatté Ejaz. «Avrei potuto fuggire dopo quello che avevo fatto, ma mi vergognavo. Un pathan caduto così in basso. Non meritavo di tenere la testa alta.»

Ejaz si piegò lentamente su un ginocchio e abbassò anche l'altro. Ma non chinò la testa. Non guardò neppure nella canna del fucile che gli stava puntato addosso. Guardò Shapur Irani dritto in faccia e, quando la pallottola gli penetrò il cervello, aveva ancora gli occhi spalancati.

Il sole inondò la stanza e illuminò la polvere, per ricordare a Shapur Irani cosa sarebbe diventato alla fine di tutto. C'erano molte crepe nel muro. Ogni volta in cui sul suo viso si formava una ruga, compariva una crepa anche sulla parete. I muri, contrariamente a ciò che si credeva, non erano oggetti inanimati. Assorbivano il dolore umano, lo facevano proprio.

Epilogo

2001

La chiamarono Aban.

Fu Aspi Irani a scegliere il nome. «Vuole dire "oceano di esseri magici"» disse a Zairos. Ma quando Mithoo controllò il significato in un libro di nomi persiani, non compariva che "acqua", al che Aspi Irani ribatté: «Quegli imbecilli non sanno niente». E dall'espressione negli occhi di sua figlia, Zairos comprese che Aspi Irani aveva ragione. Non riuscivano a vedere gli esseri magici *dentro* l'acqua. Ecco tutto.

Da principio, Zairos vedeva sua figlia solo da lontano. Faceva avanti e indietro dalla capanna di Ganpat, spaventato dai vagiti che ne provenivano. Ma poi si era convinto che quella piccina faceva parte di Kusum, ed era costituita della stessa sostanza della donna che amava.

Si avvicinò passo dopo passo, varcando l'oscurità della capanna.

Aveva gli occhi di sua madre, senza alcun dubbio. Abbastanza bruni e abbastanza profondi perché lui vi si perdesse. Tutto in lei era così piccolo, così fragile. Persino il suo respiro somigliava a un insieme di bisbigli. Le carezzò la fronte, le sfiorò il ciuffetto di capelli sulla testa. E quando la baciò sulla guancia, credette che le sue labbra stessero per fondersi.

Nel vedere Zairos in quel modo, svenevole e senza parole, Mithoo sollevò la bambina, la cullò tra le braccia e farfugliò parole di una dolcezza divina. Poi fu il turno di Aspi Irani, ma per qualche motivo le fischiettò il motivetto della pubblicità del detersivo in polvere Nirma, una strana scelta che nessuno contestò, poi cominciò a pensare ai nomi. E quando le fu dato un nome zoroastriano, Zairos capì che gli apparteneva, perciò la portò subito all'Anna's – dove sennò? – e benché lui non avesse idea di cosa dire a sua figlia, gli altri al chiosco sapevano esattamente cosa fare.

Uno a uno si fecero avanti e le dissero le cose più affettuose, e assurde. «Mi viene voglia di mangiarla» affermò Merwan Mota, e qualcun altro di rimando: «Anna, servi un'omelette a questa bestia, subito!»; Behrooz prese una chiave inglese dal suo negozio di ricambi e la fece roteare sopra la testa di Aban, quasi fosse un grappolo di stelle. Sohrab Irani annunciò che Aban sarebbe stata l'unica non giocatrice d'azzardo ammessa nel Casinò Mobile e suonò il corno di bufalo più volte per siglare la sua ammissione. Dalla sua cucina infuocata, Anna intonò una ninnananna in tulu, completa di canti di gallo e latrati di cani, mentre Bumble eseguiva un'impennata sulla BMW in suo onore, facendola ovviamente ridere. Hosi, elettrizzato dalla ripresa della stagione delle corse, si lasciò tirare la barba da Aban a suo piacimento. Poi la passò alla moglie scura e sensuale di Anna, riuscendo, nel trasferimento della bambina, a sfiorarle i seni, e lo sguardo maliziosamente pudico della donna fece decollare Hosi più in alto del monte Kanchenjunga.

Così, allontanandosi dall'Anna's, Aban viaggiò per tutta Dahanu, passò dalle mani gigantesche di Chambal il dacoit che mollò una pacca sulla schiena a Zairos e lo chiamò *mard*, un vero uomo, e annusò gli oli da massaggio fabbricati da Sharmaji, starnutendo ripetutamente. Sulla spiaggia, GP distolse lo sguardo dalla bambina, con imperitura disapprovazione, continuando a considerarla una vergogna, e quando Xerxes si librò sul suo deltaplano blu e rosso, anche l'emozione di Mithoo prese il volo ed elargì più dolcetti ai suoi randagi perché finalmente poteva impiegare il metodo Montessori su un membro della famiglia. Dal canto suo Aspi Irani, dopo tanto crepacuore, decise di cestinare la collezione di repellenti antizanzara per non nuocere ad Aban, ma continuò a respingere gli insetti con i suoi ibridi canori, i duetti tra Belafonte e Irani che la nipotina sembrava adorare. Senza posa, Aban passò dalle braccia di uno a quelle di un altro, finché finalmente non riposò nel grembo da cui tutto era cominciato.

Shapur Irani la guardò con meraviglia e Zairos riuscì ad avvertire il ferro in quell'uomo dissolversi lentamente. Quando Aban gli posò la testa sul petto, le piccole dita aperte, e afferrò un ciuffo argenteo di peli, in quel momento, su una sedia a dondolo che non dondolava mai, divenne la Giulietta di Shapur Irani, nonostante una differenza abissale di età di oltre novant'anni, che non sembrava importare a nessuno dei due. E quando gli rivolse un sorriso sdentato e si addormentò, accadde qualcosa di straordinario: anche Shapur Irani si addormentò. Per la prima volta nella sua vita, desiderò vivere, scelse di restare.

Con Aban al sicuro tra le braccia di Shapur Irani, Zairos si diresse ai piedi dei colli Bahrot, a soli trenta minuti dall'Anna's. Aveva parcheggiato la motocicletta alla base di una diga, l'acqua che si spandeva davanti a lui, piatta e immobile. Camminò lungo il muro, una lunga striscia di cemento grigio simile a un'autostrada, verso le colline su cui i suoi antenati zoroastriani avevano trovato rifugio, nel quindicesimo secolo.

Era stato Aspi Irani a suggerirgli di andare lì.

«Settecento anni dopo la fuga dei primi zoroastriani dall'Iran fino a Sanjan, i musulmani ci perseguitarono di nuovo, quando invasero l'India» gli aveva raccontato Aspi Irani. «Pare che vadano matti per il nostro profumo. Quella volta però non scappammo. Un comandante parsi di nome Ardeshir radunò un esercito di guerrieri e si alleò con il re indù della regione. Ma vennero massacrati tutti in battaglia.»

Aspi Irani si puliva i denti con uno stecchino, come nel tentativo di liberare una verità incastrata.

«I sopravvissuti presero il fuoco sacro, portato dall'Iran e acceso da secoli, e abbandonarono Sanjan alla volta dei colli Bahrot. Si nascosero nelle grotte per dodici anni, accudendo il fuoco che chiamarono *Iranshah*, il fuoco della vittoria. Figliolo, penso che un giorno dovremo salire insieme su quelle colline, ma forse è meglio che tu compia questo viaggio da solo.»

Era stato uno dei rari momenti di serietà da parte di Aspi Irani.

Quando Zairos aveva guardato suo padre, aveva preso la decisione di non rivelargli mai la verità su Banumai. A Zairos si chiudeva lo stomaco al pensiero di come si sarebbe sentito Aspi Irani nello scoprire che suo padre una volta gli aveva puntato un fucile addosso. O che la febbre che aveva tolto la vita a Banumai era in realtà la mano febbricitante del marito, una mano che tremava ancora all'orribile ricordo di quello che aveva fatto.

Zairos aveva persino chiesto a suo nonno, con esitazione, timore, se fosse possibile che Aspi Irani fosse figlio di Ejaz il pathan.

«No» aveva risposto Shapur Irani. «Aspi è mio.»

Zairos sapeva che doveva essere la verità.

Non era soltanto per la pelle chiara, la testa piena di capelli sale e pepe, e la somiglianza nella struttura della mascella. Non c'erano dubbi sul lignaggio di Aspi Irani perché solo un irani avrebbe trascorso il suo tempo a bersagliare la gente con la fionda e a suonare il corno di bufalo davanti a un ospizio.

Nel risalire il fianco della collina, Zairos chiuse gli occhi alla luce penetrante e offrì la propria gratitudine a Ahura Mazda per aver portato Aban nella sua vita. Dal suo ultimo incontro con Kusum – il giorno in cui aveva scoperto il vero significato della storia di Ganpat – lei si era rifiutata di vederlo. In tutti quei mesi aveva portato Aban dentro di sé, con Laxman al suo fianco.

Durante quel periodo, Zairos aveva fatto del suo meglio per dimenticare Kusum, ma il desiderio di lei aveva continuato a crescere. Una notte si era portato a debita distanza dalla sua capanna, protetto dall'oscurità. Desiderava solo scorgerla. Aveva atteso tra i cespugli, circondato dalla frenesia notturna dei grilli. Aveva fumato, senza curarsi che Kusum potesse scorgere la sigaretta accesa. Non avrebbe mai pensato che fosse lui. Poteva trattarsi di chiunque, o di qualunque cosa: anche un insetto che andava a sbattere contro il tronco di un albero, esplodendo come una stella.

Quando era apparsa, aveva avuto voglia di dirle quanto gli era mancato il modo in cui apriva le cosce, il modo in cui lo accoglieva, le labbra e le curve fatte di gioia pura che lo destavano in modi che avrebbe ricordato per tutta la vita. Aveva pensato di uscire da quei cespugli, stare allo scoperto un momento soltanto, per vedere se sarebbe rimasta lì fuori dopo averlo riconosciuto. Ma nell'istante in cui aveva provato a farlo, si era sentito come un aspide, un animale velenoso che emerge dalle tenebre e scompare di nuovo.

Forse starsene alla larga era l'unica possibilità che gli rimaneva.

Per paura che nessuno le desse più lavoro, aveva spedito due volte Damu da lei con una busta con dei soldi, ma l'uomo era tornato entrambe le volte con la busta intonsa.

Allora Zairos le aveva mandato un barattolo nuovo di marmellata di zenzero.

Persino Damu lo aveva guardato con occhio storto quando Zairos aveva sistemato quel barattolo solitario sul cassone del trattore. Anche questo era tornato al mittente, ma in quel caso Zairos aveva sorriso perché stavolta il tappo era stato aperto e mancava un tocco di marmellata, non più grande di una ditata.

Poi un giorno Damu si era presentato da Zairos per dirgli: «Seth, credo che dovresti vedere la bambina».

Era nata quello stesso giorno. Uno dei lavoratori aveva informato Damu.

Zairos sapeva esattamente cosa voleva dire. Che la bambina era chiara di pelle. Non era di Laxman.

Nel rendersene conto, Zairos aveva abbracciato Damu, che aveva abbassato lo sguardo, ritroso come una sposina. Ma a quel punto Zairos si era già messo in cammino.

Adesso Kusum avrebbe sicuramente accettato di vederlo.

Si era precipitato al suo villaggio, il cuore che batteva talmente forte da riecheggiare tra le montagne, ma le mani salde. Era un segno. Di cosa, non sapeva.

Il villaggio era vuoto. In giro non c'erano nemmeno i polli. Si era presentato alla capanna, l'aveva chiamata per nome e aveva aspettato. Come qualsiasi uomo aspetta all'ospedale, dietro le tende bianche, lontano da bacinelle di metallo e da lenzuola intrise di sudore.

Aveva chiamato il nome di Kusum ancora una volta.

L'interno della capanna era buio, ma non c'era niente di strano.

Si era guardato intorno, chiedendosi come mai non ci fosse anima viva. Era sera, un'ora in cui la gente avrebbe dovuto essere a casa, ma chi era lui per giudicare? Forse era festa. Sì, ricordava che c'era una fiera nelle vicinanze e i warli dovevano esserci andati per comprare bracciali, anellini per il naso e farsi leggere la fortuna.

Aveva fatto alcuni passi verso la capanna ed era stato allora che aveva visto le prime gocce di sangue.

Era ovvio che ci fosse del sangue, aveva pensato.

Doveva aspettarselo. Dopotutto aveva partorito.

Poi Zairos aveva scorto il piede, quel piede inconfondibilmente suo, le piante ruvide e callose, la forma squisita, e una cavigliera che non aveva mai visto prima, ma il piede era suo, di sicuro.

Dormiva, esausta.

L'interno della capanna era buio; normalmente avrebbe dovuto esserci il fuoco acceso, per cucinare o per qualche altro motivo, ma in fondo non aveva senso accenderlo, visto che Kusum dormiva. Mica voleva che bruciasse tutta la capanna. Anche la bambina dormiva, ecco come mai non si sentiva volare una mosca.

Dopo pochi secondi, desiderò non essere mai entrato.

L'aveva guardata in volto.

Aveva la mascella fracassata, e c'era un lago di sangue dappertutto, specialmente sul sasso, il sasso che era stata la causa di tutto.

Zairos aveva tentato di sollevarlo, ma non ne aveva avuto la forza.

Sarebbe stato comunque inutile, perché non si trovava più su di lei. Era posato lì vicino, e c'erano denti sparsi sul pavimento di paglia; si era guardato intorno per cercare la bambina, ma non c'era nient'altro, solo Kusum, e non aveva idea di cosa fare.

Le aveva messo la mano sulla fronte come per misurarle la febbre. Non c'era altro da fare. Come Laxman fosse riuscito ad abbatterla, a scagliarle quel masso contro, come Rami fosse riuscita a fuggire con la bambina tra le braccia, andava oltre la sua comprensione.

Si era seduto al suo fianco e aveva preso a tremare.

Kusum era immobile.

Dopo un po', anche lui era rimasto immobile, mentre intorno tutto continuava a muoversi. Il vento, le foglie, le particelle di polvere sul pavimento, tutto si muoveva.

Niente si era fermato per lei.

Zairos aveva attraversato tre crinali ed era adesso sulla salita finale del Bahrot. Si trovava nel cuore della riserva e si sentiva osservato dalle aquile, appollaiate in mezzo agli alberi svettanti, posate maestosamente su rami che somigliavano a troni celesti. Tronchi bianchi giacevano a terra e Zairos li carezzò con le dita, sbirciò nei loro incavi, sperando di scivolare in un altro mondo.

Erano passati tre mesi dalla morte di Kusum e non era ancora stato capace di dirle addio. La loro bambina era venuta al mondo, con la promessa di trovare una strada per i recessi segreti del suo cuore, ma una verità ancora lo tormentava, lo angosciava durante la notte. Aveva bisogno di portarla alla luce, tra quelle colline.

Il nonno e io abbiamo qualcosa in comune, si disse.

Abbiamo ucciso entrambi le donne che amavamo.

Si alzò una folata di vento improvvisa, sollevando come polline la sua incapacità nel proteggere Kusum e costringendo Zairos a trattenere quella consapevolezza avvolta dentro di sé, stretta e sicura. Forse negli anni a venire soltanto Aban avrebbe avuto il potere di soffiarla via.

Avrebbe voluto che Kusum fosse viva per contemplare quella vista. Una moltitudine di fiori di karvi viola lo sorprese, un'esplosione di colore improvvisa, protesa verso l'alto, a regalare una cadenza ritmica al cammino, proprio come avevano fatto sotto gli occhi assetati dei suoi avi, secoli prima.

Qualsiasi sofferenza avesse provato nel perdere Kusum, era solo una briciola in confronto a quella dei suoi antenati, al peso che dovevano aver trasportato su quelle colline mentre i cari giacevano sul campo di battaglia di Sanjan; le case saccheggiate che avevano dovuto lasciarsi alle spalle, gli arcolai, la lana, gli aghi e il filo, le capre e i tori bianchi, le penne e l'inchiostro rosso, le vettovaglie, i raggi di luna, i sussurri degli amanti che avevano imbevuto le pareti delle case come la calda fuliggine delle lampade a olio accese, e i sari dai ricami intricati come gli inni di Zarathustra.

«Siamo rimasti solo in centoquarantamila al mondo» aveva detto Aspi Irani parlando degli zoroastriani. «Siamo una razza in estinzione, e purtroppo arriverà il giorno in cui ne rimarrà soltanto uno ad alimentare le fiamme del fuoco sacro, chissà dove, mezzo matto.»

Il nostro passato deve essere conservato, sembrava dire a Zairos. E il Bahrot era una parte importante di quella conservazione. La vera guerra contro gli aggressori musulmani non si era consumata sul campo di battaglia di Sanjan. Era tra quelle colline che aveva avuto luogo, nelle caverne in cui l'Iranshah aveva continuato ad ardere.

La conservazione della luce. Così gli zoroastriani avevano contrattaccato.

Un uomo di luce come Zairos avrebbe imparato a onorarla.

Continuò a camminare, discostando i rami degli alberi, infilandosi spicchi di arancio in bocca, i capelli incollati alla fronte umida, il proprio respiro e il grugnito di un cinghiale erano gli unici rumori udibili, finché non giunse finalmente alle grotte di Bahrot.

Detriti di pietra, di quelli che un tempo erano i muri esterni. Le pietre erano sprofondate nella terra nel corso del tempo, rischiando di scomparire. Guadagnò una certa altezza e si guardò alle spalle, proprio come aveva fatto la sua gente, secoli addietro. Zairos si chiese se i karvi fossero in fiore a quel tempo.

Il dorso del Bahrot, viola di promesse, li aveva accolti nei suoi angoli e crepacci, permettendo loro di restare per tutto il tempo necessario.

C'erano fenditure nelle pareti delle caverne, il tetto sostenuto da grossi massi addossati l'uno contro l'altro. Restavano tre grandi pilastri, grigi e solidi come le zampe logore di un vecchio elefante, sotto cui si era tenuto l'atto finale di resistenza da parte della sua gente.

Lì, tra i singhiozzi e i tremiti delle madri per i figli morti, i magi ravvivavano le fiamme dell'amato Iranshah, alimentandolo con bastoncini di sandalo, i veli bianchi sulla bocca che impedivano ai loro aliti di contaminare il fuoco, tuttora acceso nella città di Udvada, non lontano dal Bahrot, il fuoco più antico, più puro e più sacro conosciuto all'uomo. Se in quel momento nelle caverne faceva caldo, Zairos immaginava gli uomini a grondare sotto la sudreh bianca, i paramenti sacri intrisi del sudore della devozione.

Erano quelli i momenti che dovevano essere rievocati e venerati, perché sacri. Non i templi, non le grotte, non i luoghi di culto.

Era lì che doveva lasciar andare Kusum.

Sapendo che le caverne erano sacre agli zoroastriani, anche i warli vi avevano costruito un santuario di ramoscelli di karvi, con una bandierina arancione sul tetto.

«Per noi sono state quelle colline a dare tanto potere ai padroni» aveva detto Kusum. «Perciò le veneriamo, nella speranza che cambino anche il nostro destino.»

Per Zairos, era un punto d'incontro.

Lo stridore di secoli, due popoli, che avevano sofferto in passato: uno ora in condizioni assai migliori, potente, ricco, con tante speranze da riempire un bastimento; l'altro ancora allo sbando, meno oppresso di un tempo, ma dalla gioventù buttata al vento, alla deriva.

Era buio dentro il santuario, una cosa che a Kusum non sarebbe piaciuta.

Aveva trascorso troppe notti seviziata e rinchiusa in spazi angusti come quello. C'erano gusci di noci di cocco e piume di pollo per terra, macchie rosso vermiglio su una pietra cilindrica e una vecchia ghirlanda, segni che uno stregone warli vi aveva celebrato da poco una cerimonia di magia nera.

Le ceneri di Kusum non potevano essere sparse lì.

Non voleva neppure farle volare sui pascoli più sotto, sulle corna variopinte di mucche e bufali al pascolo, e sui tetti di paglia delle capanne. Se avesse lanciato le sue ceneri oltre il precipizio, avrebbero potuto raggiungere Sanjan.

Voleva che restassero sul suolo di Dahanu.

Fu allora che lo sentì. Lo scroscio di un ruscello tra le rocce. Andando in quella direzione, vide che era più grande di un ruscello, data l'impetuosità con cui l'acqua scorreva, per raggiungere una persona, o un qualche luogo.

Estrasse la piccola urna rossa dallo zaino.

L'ultima volta in cui era stato con Kusum, lei non gli aveva permesso di toccarla. Non l'aveva nemmeno guardato negli occhi.

Per molte notti Zairos aveva sognato la grazia di essere perdonato dalla donna che amava, ma quel giorno non sarebbe mai arrivato.

Dal momento in cui l'aveva incontrata, aveva fatto di tutto per accettarla, per permetterle di camminare al suo fianco, nel suo mondo. Adesso si rendeva conto che era stata Kusum ad averlo accettato. Era stata più forte di lui, il suo amore più disinteressato e potente.

Con questo pensiero, la lasciò andare.

Cadde in ginocchio mentre osservava Kusum muoversi, lesta e impavida, facendosi strada, passando sotto ramoscelli, scontrandosi contro enormi rocce in uno scoppio allegro.

Non riusciva a credere che non l'avrebbe più rivista.

Lo stava abbandonando troppo in fretta, e gli faceva male. Era già fuori dalla sua portata.

Ma aveva Aban, si disse.

Pensò a quando le teneva il faccino tra le mani, ed era come stringere una piccola luna, o il sole, prima che sapesse di essere il sole. Era tempo di tornare a casa, di ascoltarla fare le fusa e farfugliare, mischiare il suo profumo a quello di lei, era tempo che padre e figlia si scambiassero bisbigli e si unissero in un groviglio di ciglia.

Ringraziamenti

La mia gratitudine va a Dio, ai Bhavnagri, le mie guide spirituali, e a Shiamak, per avermi dato forza e ispirazione; a Maya Mavjee – il mio faro – per la pazienza, la perspicacia e il senso dell'umorismo; a Denise Bukowski per i consigli e gli incoraggiamenti incrollabili; al Canada Council for the Arts e al British Columbia Arts Council per il sostegno generoso e provvidenziale; a Shaun Oakey per le revisioni sagge e meditate; a Kelly Hill per aver realizzato una copertina perfetta (per l'edizione canadese, N.d.R.); a tutte le persone meravigliose della Doubleday, in particolare a Susan Burns, Bhavna Chaulan, Kristin Cochrane, Val Gow, Martha Leonard e Cathy Paine; al dottor Rooyintan Peshotan Peer del K.R. Cama Oriental Institute di Bombay, per aver risposto con pazienza a tutte le mie domande sulla storia e la religione zoroastriana; al professor Denzil Saldanha del Tata Institute of Social Science di Bombay, per avermi concesso il suo tempo e fornito materiale di riferimento di valore inestimabile; ai miei genitori per aver aperto i loro cuori e le loro memorie; infine, un grazie speciale a mio cugino Kaizad Irani per avermi rivelato la sua storia, e le molte avventure, poche delle quali potrebbero essere raccontate.

I testi seguenti mi sono stati estremamente utili nella stesura del presente romanzo: *A Zoroastrian Tapestry: Art, Religion & Culture*, a cura di Pheroza J. Godrei e Firoza Punthakey Mistree; *Zoroastrians: Their religious beliefs and practices* di Mary Boyce; *Adivasis Revolt* di Godavari Parulekar; *The Kings of the Jungle* di Winin Pereira; *On Drinking and 'Drunkenness'* e *Tribal Women in the Warli Revolt: 1945-47* di Indra Munshi Saldanha; la tesi del professor Denzil Saldanha, *A Socio Psychological Study of the Development of Class Consciousness*, presentata per il titolo di dottore in Filosofia della sociologia, Bombay, Dipartimento di sociologia, Università di Bombay, agosto 1984.